In einer Garage findet die Polizei eine Leiche. Nackt, an zwei Stricken unter der Decke baumelnd, den Mund mit rotem Lippenstift bemalt. Handelt es sich um einen autoerotischen Unfall, oder ist es Mord?

Während Beate Stein, verstärkt durch ihren Kollegen Weber, versucht, mehr über den Toten in Erfahrung zu bringen, machen Leserin und Leser die Bekanntschaft einer Dame, die ein Sex-Studio betreibt und bei der die Freundin des Toten angeschafft hat.

In diesem Roman geht es um Geld und Geilheit, um Doppelmoral, um Dienstleistungen, die rasant nachgefragt werden. Es geht um echte und falsche Gefühle, um den Tauschwert von Liebe und Freundschaft. Um das, was sich nicht in Mark und Pfennig rechnen läßt. Und es geht um dominante Damen in Staats- und anderen Diensten, die sehr wohl wissen, worauf es ankommt, wenn sie nicht zu den Verliererinnen im Kampf ums Überleben gehören wollen. Damen, die bei all ihrer Dominanz durchaus dünnhäutig reagieren können...

Sabine Deitmer, Jahrgang 1947, studierte Anglistik und Romanistik. Der erfolgreiche Einbruch ins kriminelle Gewerbe gelang ihr mit Mordgeschichten, in denen sie männliche Auslaufmodelle ins Jenseits befördert (»Bye-bye, Bruno«, Band 4714, und »Auch brave Mädchen tun's«, Band 10507). Nach »Kalte Küsse« (Band 11449) ist dies der zweite Kriminalroman mit der Kommissarin Beate Stein.

Sabine Deitmer

Dominante Damen

Kriminalroman

Fischer Taschenbuch Verlag

Die Frau in der Gesellschaft
Herausgegeben von Ingeborg Mues

26.–35. Tausend: Juli 1994

Originalausgabe
Veröffentlicht im Fischer Taschenbuch Verlag GmbH,
Frankfurt am Main, Juni 1994

Gesamtherstellung: Clausen & Bosse, Leck
Printed in Germany
ISBN 3-596-12094-2

Gedruckt auf chlor- und säurefreiem Papier

Für Gisela Z.

Prolog

Die Fliege saß auf der Scheibe, streckte zwei Beine nach vorn und rieb sie aneinander. Sie setzte die Beine zurück auf das Glas und stand still. Nach einer Weile hob sie die Flügel. Mit einem Surren flog sie in die obere Ecke, setzte die Beine auf, knickte sie ein und lief vorwärts. Sie bog nach links, lief im Kreis, nach rechts, schob sich in Bögen und Kreisen der Ecke entgegen, in der das Metall des Fensterrahmens aneinanderstieß. Sie verharrte bewegungslos, die Füße fest auf dem Glas. Licht brach durch das Fenster. Die Flügel mit den feinen Adern schillerten regenbogenbunt.

Sie löste sich von der Scheibe und schwirrte durch den Raum. Das Surren brach ab. Sie landete auf glattem schwarzen Grund. An dem Gummi des Scheibenwischers entlang wanderte sie einem hellen Punkt auf der roten Kühlerhaube entgegen. Dort putzte sie sich die Flügel. Mit einem Bein fuhr sie über den Flügel und unter ihm hindurch.

Dann flog sie los, ließ sich nieder auf einem fingerdicken Seil, das von einem Rohr unter der Decke quer durch den Raum verlief. Sie setzte ein Bein vor das andere. Auf einem Knoten machte sie eine Pause. Sie kletterte weiter, stieg über ein Seil, das vor ihr lag, über ein zweites, löste sich von dem Hanf und wagte über warmem Grund den Aufstieg nach oben.

Auf einer weiten, weichen Fläche marschierte sie vorwärts. Sie stoppte, spürte einen festen Belag unter ihren Füßen. Ein gefundenes Fressen. Sie saugte mit ihrem Rüssel an dem eingetrockneten Brei, der dem Toten aus dem Mund gelaufen war.

Ein Speicheltropfen fiel aus dem Rüssel und glänzte milchig weiß.

I

Mein Name ist Stein, Beate Stein.

Ich schieße, trete Türen ein und lasse mich nicht einmachen. Von nichts und niemandem. Aber was Gefühle angeht, bin ich ein jämmerlicher Feigling.

Er sah mich an aus seinen dunklen Augen.

Ich sah an ihm vorbei nach draußen.

Die Herbstsonne stand über dem Hafen. Ein Kahn mit blauweißroter Flagge schwamm durch das Wasser. Wellen klatschten gegen die Metallbohlen.

Ich räusperte mich und suchte nach Worten.

»Es liegt nicht an dir. Du bist schon in Ordnung.«

Der Kahn mit den Containern dockte auf der anderen Kanalseite an.

Ich atmete tief durch und sprach weiter.

»Ich bin einfach kein Typ für so was. Ich hasse es, für jemanden verantwortlich zu sein. Ich halte das nicht aus. Jemand, der zu Hause auf mich wartet, auf mich angewiesen ist. Das ist, als würde ich ersticken.«

Er ließ mich nicht aus den Augen.

»Ich habe es doch versucht«, verteidigte ich mich. »Es ist nicht so, als würde ich es mir leichtmachen. Sechs Wochen lang habe ich es versucht. Ich schaffe es einfach nicht.« Meine Stimme klang trotzig. »Ich kann für niemanden Verantwortung übernehmen. Ich habe für mich selbst ja schon alle Hände voll zu tun.«

Er musterte mich stumm mit seinen vorwurfsvollen Augen.

»Eins verspreche ich dir. Du kommst in gute Hände.«

Ich steckte den Zeigefinger durch die Gitterstäbe und kraulte dem Kaninchen die watteweichen Backen.

»Es ist nicht, daß ich dich nicht mag.«

Das Kaninchen preßte die Backe gegen meinen Finger.

»Ich bin verkorkst. Bindungsscheu. Zu große Nähe macht mich einfach nervös.«

Mit drei Fingern kraulte ich ihm den grauen Pelz hinter den Ohren.

»Allein schon mein Job. Ich kann nicht arbeiten, wenn ich daran denke, daß zu Hause jemand sitzt und wartet.«

Das Kaninchen schloß die Augen und überließ sich meinem Streicheln.

Auf den Treppen vor der Anlegestelle lag ein Pärchen und knutschte.

»Wir bleiben Freunde. Das verspreche ich dir.«

Das Telefon schellte.

Ich zog den Hörer an mein Ohr. »Ja?«

»Ich habe Ihre Anzeige gesehen.«

»Welche Anzeige?«

Der Nagezahn saß auf seinen Hinterpfoten und spitzte interessiert die Lauscher.

»Sie wissen schon. Lady Elvira. Sie sieht dich. Sie nimmt dich. Sie versaut dich.«

»Sehr witzig.« Ich knallte den Hörer auf die Gabel.

Es gibt jede Menge Männer, denen ich diese Nummer zutraue. Kollegen. Alte Kunden. Wenn ich ehrlich bin, kenne ich keinen, dem ich sie nicht zutraue.

Lady Elvira. Toll.

Ich schnappte mir den Käfig mit dem Schlappohr. Er riß die Augen auf und preßte sich platt auf den Boden.

Diesmal ließ ich mich nicht erweichen. Diesmal stellte ich ihn nicht zurück auf die Fensterbank. Gefühle hin, Gefühle her. Er war ein Männchen. Und noch war ich nicht soweit, mit einem Vertreter des männlichen Geschlechts mein Leben zu teilen.

Ich hängte mir die Tasche mit der Pistole über die Schulter. Wenn es etwas gibt, das ich an meinem Beruf hasse, dann ist es das. Daß ich nie mehr einfach so zur Tür hinausgehe, ohne Pistole. Auch nicht, wenn ich freihabe. Ich weiß zu gut, was einer Frau in dieser Stadt zu jeder Tages- und Nachtzeit passieren kann. Ich habe mehr als eine Frau gesehen, die am hellichten Tag neben dem Eingang zum Supermarkt vergewaltigt und getötet wurde.

Das Leben war leichter, als ich weniger wußte.

Vor der Tür war es angenehm warm. Das Klirren schwerer Eisenketten hallte über das Wasser. Das Pärchen auf den Stufen ließ sich von dem Lärm nicht stören. Hingebungsvoll knutschte es weiter. Ein gelber Container hing zwischen den Klauen einer dikken Metallspinne.

Ich stellte den Käfig auf den Rücksitz und fuhr los.

2

Die Stadt war eine einzige Baustelle. Pfeile, die den Verkehr auf eine Spur leiteten, Löcher mit rotweißen Plastikverspannungen, aufgeschüttete Sandhaufen.

Selbst ein Stück der Landstraße, die zu Anna führte, war aufgerissen. Arbeiter schaufelten dampfenden Teer auf die Fahrbahn. Ein Mann in einer orangefarbenen Jacke schwenkte eine Plastikfahne und dirigierte die Autos schubweise vorbei.

»Wir sind gleich da.«

Ich sah in den Rückspiegel. Plattgedrückt wie auf dem Weg zur Schlachtbank lag der Nagezahn auf dem Käfigboden.

»Kein Grund zur Panik. Anna wird dir gefallen.«

Ich bog in die Einfahrt. Ein blauer Kombi kam mir entgegen. Die Sonne stand auf der Windschutzscheibe und blendete. Ich konnte nicht sehen, wer in dem Auto saß. Auf dem Anhänger stand eine Ziege und hielt den Kopf in den Wind.

Der Schäferhund zerrte an der Kette und bellte.

»Leise ist es nicht hier«, verriet ich dem Nagezahn und zog den Käfig vom Rücksitz. »Du wirst dich daran gewöhnen.«

Wir liefen an dem Käfig mit den Pfauen vorbei. Sie kreischten laut.

»Die tun nur so wild«, beruhigte ich das Kaninchen. Seine Barthaare zitterten. »Im Grunde sind sie harmlos.«

»Bea, bist du das?« Anna stand in der offenen Haustür.

Sie erkannte ihre Gäste an dem Motorengeräusch der Autos. Ein Golf Diesel, das bin ich.

»Ich bin nicht allein«, warnte ich sie.

»Wen hast du mitgebracht? Deinen jungen Mann?«

»Einen jungen Mann, aber nicht meinen.«

Ich setzte den Käfig auf die Mauer und nahm sie in den Arm. Sie roch nach Haarshampoo. Normalerweise riecht sie weniger aufdringlich. Nach Steinstaub oder Lehm. Ich ließ sie schnell wieder los.

Mit leeren Augen sah sie in die Luft. Es gab mir einen Stich. Ich werde mich nie daran gewöhnen, daß irgendein Verrückter meiner besten Freundin Gas in die Augen gesprüht hat, daß sie nie wieder sehen kann.

Leise machte ich die Käfigtür auf und faßte das Kaninchen am Nacken. Ich setzte ihr den Nagezahn in die Halsbeuge. Sie griff nach ihm und steckte ihre Nase in das weiche Fell. Das Schlappohr knabberte an Annas Fingern.

»Ein Kaninchen.« Sie lächelte. »So weich. Der Überlebenskünstler aus deinem letzten Fall?«

Ich sah in den Himmel. Ein Wolkenberg trieb auseinander. Es war mein vorletzter Fall. Der, den ich nicht so leicht vergessen werde. Ich trug den Käfig ins Haus, stellte ihn auf den Küchentisch. Anna strich mit einer Hand sacht über die Käfigstangen.

»Gehört er niemandem?« fragte sie.

»Keiner wollte ihn haben. Wenn du ihn nicht willst, nehm ich ihn wieder mit.«

»Er kann bleiben«, sagte sie. »Ich besorg ihm einen größeren Käfig.«

Anna goß kochendes Wasser in die Teekanne. Ich fragte mich einmal mehr, wie sie das schaffte, ohne einen Tropfen daneben zu gießen. Der Geruch von Pfefferminz zog durch die Küche.

»Er war das einzig Erfreuliche an dem Fall. Er und ein kleines Mädchen.«

»Was war das für ein Fall?« fragte sie.

Ich sah zu, wie Anna das Netz aus dem Tee nahm und in den Ausguß tat. Sie goß die Tassen voll.

»Horror pur. Ein Ehemann, der im Eisfach endet. Zersägt und ordentlich in Plastiktüten verpackt... Willst du noch mehr hören?«

Ich nippte an dem heißen Tee.

»Und eine Kommissarin, die um ein Haar einen unschuldigen Menschen ins Gefängnis gebracht hätte.«

Der Tee brannte in meiner Speiseröhre.

»Du führst ein aufregendes Leben, fängst Verbrecher, flirtest mit Kaninchen. Bist du nicht deshalb zur Polizei gegangen?« Annas Stimme klang ironisch.

»In dem Fall bin ich um Jahre zu spät gekommen. Was ich herausgefunden habe, nützt heute keinem mehr.«

»Und das gefällt dir nicht«, stellte sie fest. »Am liebsten hättest du es wie im Märchen. ›Und sie lebten glücklich und zufrieden bis ans Ende ihrer Tage.‹«

»Na hör mal, findest du es vielleicht in Ordnung, wenn jemand anderen jahrelang das Leben zur Hölle macht? Bis die Opfer denken, sie hätten es nicht anders verdient?«

»Natürlich finde ich das nicht in Ordnung.« Sie strich über meinen Arm. »Aber meinst du nicht, daß du dir etwas viel vornimmst, wenn du alles Unrecht dieser Welt wieder in Ordnung bringen willst?«

»Warum nicht?« fragte ich. »Willst du mir meine Wut nehmen?«

»Nein. Ich will nur, daß du dich nicht übernimmst. Mit der ganzen Welt auf einmal. Freu dich, daß du einem Kaninchen zu einem Zuhause im Grünen verholfen hast...«

»Ich bin Polizistin und keine Tierpflegerin.«

»Du bist Polizistin. Nicht der liebe Gott.«

Die Worte standen im Raum.

»Übrigens, ich hab' was für dich.«

Anna stand auf und kramte im Küchenschrank. Sie legte eine Pappschachtel vor mir auf den Tisch.

»Was ist das?« Ich beäugte das Geschenkpapier. Silberfolie mit zarten blauen Streifen.

»Pack es aus. Es ist keine Bombe.«

Ich knibbelte ein Stück Tesa los und zog den Karton aus dem Papier.

»Weiter«, trieb Anna mich an.

Ich öffnete die Lasche und zog einen länglichen, in Plastik verpackten Kasten heraus. Was mochte das sein? Ich riß das Plastik auf, und eine bunte Bedienungsanleitung fiel mir entgegen. Eine Polaroid. Das neueste Modell.

»Was soll ich denn damit?« fragte ich entgeistert.

»Zu viele häßliche Bilder.« Sie ahmte meine Stimme nach. »Zu viele häßliche Bilder.«

Das mußte ich gesagt haben. Keine Ahnung, wann.

»Sammle die schönen. Du kannst sehen, ich nicht. Mach die Augen auf. Oder meinst du, ich will, daß meine Freundin vor die Hunde geht? Nur weil sie bei der Polizei ist?«

Sie hatte es mal wieder geschafft. Ich war sprachlos. Ich nahm den grauen Kasten in die Hand, fuhr über das Gehäuse, den eingelassenen Schalter und den Gummikranz, der die Linse schützte.

»Setz dich.«

Unsanft faßte ich sie an den Schultern und dirigierte sie auf den Stuhl. Dann packte ich den Nagezahn am Fellkragen und setzte ihn ihr in den Schoß.

»Und jetzt tu dein Bestes«, befahl ich. »Das wird mein erstes verdammtes Bild von der schönen Sorte.«

Sie streichelte das Kaninchen hinter den Ohren. Es legte die Schnauze in die Beuge von Annas Arm und streckte die Pfoten. Ihr Gesicht war entspannt. Ein Lächeln spielte um die Mundwinkel.

Mit einem Rattern rollte das Foto aus dem Apparat.

Langsam kamen die Farben. Annas dunkle Haare, die kräftigen Hände, die den Marmor bearbeiten, der dunkelblaue Overall, das Grau des Nagezahns, die weiße Schnauze.

Der Ausschnitt stimmte.

Das Foto war umwerfend.

Die Sonne stand hinter den Birken, als ich mich von Anna verabschiedete. Sie stand in der Tür und winkte. Ich kurbelte das Fenster herunter. Die Luft war frisch. In den Kronen der Laubbäume leuchteten gelbe und rote Flecken. Die abgeernteten Felder glänzten schwarzbraun. In den Furchen, die mächtige Reifen durch den Boden gezogen hatten, gingen die Krähen spazieren.

Nur die schönen Bilder sammeln. So einfach war das. Hier oben bei Anna kam mir immer alles ganz einfach vor.

3

Das alte Hafenamt glühte im Licht der untergehenden Sonne. Ich stellte meinen Golf auf den Parkplatz unter der Kastanie. An solche Bilder mußte Anna gedacht haben. Auf die Entfernung war meine Polaroid leider etwas überfordert. Ein weißer BMW ließ den Motor an. Da hatte ich mein Bild.

Ich schob den Schalter zurück, und die Kamera sprang auf. Ich drückte ab. Keine Minute zu früh. Die Hand mit den blauweißen Punkten bewegte sich in Sekundenschnelle, gab frei, was sie festgehalten hatte. Der BMW fuhr los.

Ich legte den Kopf in den Nacken. Drei knallrote Luftballons stiegen über dem Parkplatz in den Himmel. Rote Bälle, die über den Hafen segelten und langsam kleiner wurden.

Das Bild kam herausgerattert. Ich wartete auf die Farben. Eine Frauenhand in einem blauweißen Handschuh lag in einem offenen Autofenster. Dünne Schnüre liefen um die Hand. An ihren Enden schwebten drei rote Luftballons. Ein schönes Bild.

Ich sah auf meine Hände, die das Foto hielten. Auf die Sommersprossen über dem Handrücken, die Adern, die unter der Haut lagen. Das war doch verrückt. Handschuhe. Wer trug heute noch blauweiß-gepunktete Handschuhe?

4

Ihre Hände lagen locker auf dem Lenkrad. Kleine, kräftige Frauenhände, in Handschuhe verpackt. Blau mit weißen Punkten. Sie verstärkte den Druck und drehte das Rad zur Seite. Der Wagen bog um die Ecke. Ein rotweißes Schild. Durchfahrt nur für Anlieger. Sie bremste ab, rollte über graurosa Steine weiter. Zu beiden Seiten Einfamilienhäuser. Davor Zweitwagen mit Kindersitzen und Aufklebern: Baby an Bord. Eine junge Frau stand mit einem Eimer in einem offenen Fenster. Zwei Mädchen hielten ein Gummiseil zwischen ihren Beinen. Ein drittes sprang hoch und preßte das Seil mit beiden Füßen zu Boden.

Die Frau mit dem blonden Pagenkopf nahm die rechte Hand vom Lenkrad. Die Finger mit den weißen Punkten fanden den Verschluß der Tasche auf dem Beifahrersitz, ließen ihn aufschnappen und tauchten in das Innere. Das Metall schnappte wieder zu. Sie sah auf das gefaltete Stück Zeitung zwischen ihren Fingern. Auf die schwarze Schrift am Rand. Ihr Blick streifte die Nummern neben den Haustüren.

Das Haus lag am Ende einer Zeile zweistöckiger Reihenhäuser. Gegenüber war ein Spielplatz. Ein kleiner Junge hing in den Seilen eines Klettergerüsts. Sie parkte ihren Wagen hinter einem roten Kombi, warf einen prüfenden Blick in den Spiegel, strich den weißen Kragen auf der Kostümjacke glatt und griff nach ihrer Handtasche.

Die Tür ging auf. Ein Mann in einem hellen Trenchcoat kam aus dem Haus gestürmt. Sie trat zur Seite. Der Mann drehte sich um: »Wo bleibst du denn?« herrschte er eine Frau an, die im gleichen hellen Trenchcoat wie er den Eingang herunterkam. »Ich komm' ja schon«, entschuldigte sie sich mit roten Wangen.

»Kommen Sie auch wegen dem Haus?«

Der alte Mann sah sie aus zusammengekniffenen Augen an.

»Sie sind die fünfzehnte heute«, fuhr er fort, ohne ihre Antwort abzuwarten.

»Ist das Haus noch zu haben?« Sie fühlte seinen kurzsichtigen Blick auf ihrem Kostümrock, dem Revers, im Gesicht.

»Zu haben ist es schon.« Er blinzelte ihr entgegen. »Aber nicht für jeden. Heute kann ich mir meine Mieter aussuchen.« Er mekkerte los, als ob er einen guten Witz gemacht hätte. »Und an Frauen allein vermiete ich nicht.«

Sein faltiger Hals reckte sich aus dem karierten Hemd.

»Da haben Sie recht. In so ein schönes Haus gehört eine Familie mit Kindern«, schmeichelte sie ihm.

»Ich vermiete nur an ordentliche Familien.« Zur Bestätigung nickte er mit dem Kopf. »Wie viele Kinder haben Sie?«

»Zwei, einen Jungen und ein Mädchen. Wollen Sie mal sehen?« Sie zog zwei Fotos aus der Kostümjacke und reichte ihm eins.

»Na, dann kommen Sie rein.« Er griff nach dem Foto. »Wie heißen Sie überhaupt?«

»Kuhlmann, Vera Kuhlmann«, stellte sie sich vor.

»Das ist das Wohnzimmer«, sagte er. »Mit der Durchreiche in die Küche. Sehen Sie sich nur um.« Er ging zum Fenster und stellte sich ins Licht. Eine zusammengeklappte Brille vor den Augen, betrachtete er die Fotos.

Die Tapeten waren vergilbt, der Teppichboden voller Flecken. Die Fenster waren schön groß, und die Terrasse ging nach Süden. Im Garten stand eine Schaukel. Die Blumen auf dem Rasen waren verblüht. Welk hingen die gelben und blauen Blätter an den Stengeln.

»Kann ich mir die obere Etage ansehen?«

»Gehen Sie nur. Wenn Sie Fragen haben, ich bin hier unten.«

Ein großes, helles Zimmer mit Balkon und drei kleine. Vera stieg die Treppe wieder nach unten.

»Na, was sagen Sie?«

Der alte Mann blinzelte sie an.

»Das Haus gefällt mir. Ich würde es gern mieten.«

»Alle wollen es mieten.« Er meckerte los. »Auch die alten wären gern wohnen geblieben. Zehn Jahre haben die hier gewohnt.« Wie eine Schildkröte wackelte er mit dem Kopf. »Die haben die Miete nicht mehr zahlen können. Da mußte ich sie raussetzen.«

»Ich kann zahlen«, sagte sie. »Geld ist kein Problem.« Sie zog mit einer Hand den rechten Handschuh stramm.

»Und Ihr Mann?« fragte er. »Wo ist der?«

»Auf Montage. Das ist er.« Sie reichte ihm ein Foto.

Er starrte mit dem rechten Auge durch das Gestell der zusammengeklappten Brille.

»Ist das auch ein Deutscher?« fragte er mißtrauisch. »Eseltreiber kommen mir hier nicht rein.«

»Aber ja«, versicherte sie.

»Und warum ist er nicht hier?«

»Er ist auf Montage. In Dubai.«

»Verdient er da auch was?« Der Alte lauerte auf ihre Antwort.

»Geld ist kein Problem«, wiederholte sie und öffnete die Handtasche.

Der Blick des Alten hing an der Rolle blauer Scheine in ihren Händen.

»Was kostet das Haus pro Monat?«

»Zweitausend«, sagte er und blickte ihr ins Gesicht. In der Anzeige hatte eintausendfünfhundert gestanden.

Sie zählte zwanzig Scheine ab und hielt sie dem Alten vor das faltige Gesicht.

»Wenn wir den Mietvertrag jetzt gleich machen, lasse ich Ihnen das da. Für den laufenden Monat.«

Er sah auf die Scheine und wiegte den Kopf.

»Ein Mann in der Ferne. Was ist, wenn er kein Geld schickt?«

»Ich verdiene mit.«

Sie machte noch einmal die Tasche auf und zählte zwanzig Scheine ab. Ein dicker Packen blauer Scheine steckte zwischen den Fingern mit den weißen Punkten.

Der Alte streckte die Hand nach dem Geld aus.

Sie wich der knochigen Hand aus.

»Das Geld gehört Ihnen, sobald wir den Mietvertrag unterschrieben haben.«

5

Die Sonne stand hinter den Hochhäusern. Vera parkte auf dem freien Platz neben einem Haufen von Glasscherben. Vor dem Eingang fuhr ein Junge mit rotem Sturzhelm auf einem Mountainbike die Treppen hinunter. Sie stellte sich vor die silbernen Metallwände des Aufzugs. ›Claudia, ich liebe dich‹, hatte jemand quer auf die linke Wand gemalt. Ein heller Gong ertönte. Die Türen gingen auf.

Sie drückte auf den Knopf. Mit einem Ruck fuhr der Fahrstuhl an. Es roch wie immer. Nach einer Mischung aus Schweiß und Urin.

Hilde machte die Tür auf.

»Alles in Ordnung?«

Die weißhaarige Frau im Wollkleid nickte.

»Mama, Mama.« Andreas stürmte ihr aus dem Kinderzimmer entgegen. Katrin kam mit dem Puppenwagen nach.

»Alle mitkommen. Ich habe euch was mitgebracht.«
»Das ist für Andreas.«
Sie zog ein großes buntes Buch aus der Tüte.
»Boh, Dino-Bilder. Spitze, Mama.«
Andreas setzte sich auf den Boden und begann zu blättern.
»Du sollst die Kinder nicht so verwöhnen.«
Hildes Worte klangen vorwurfsvoll.
»Das ist für Katrin.«
Sie holte ein Springseil aus der Tüte.
»Guck mal, was ich schon kann, Mama.«
Kati stellte sich ans Fenster und sprang mit überkreuzten Füßen. Ein paar Blätter der Birkenfeige fielen auf den Boden. Der Topf blieb stehen.
»Nicht hier.« Hilde schob Katrin zur Diele hinaus. »Da kannst du springen.«
»Und das habe ich uns mitgebracht.«
Sie legte ein gelbes Papier auf den Tisch.
Hilde rückte ihren Stuhl heran.
»Was ist das?«
Sie nahm das Papier in die Hand.
»Na, was sagst du jetzt?«
»Ein Mietvertrag«, staunte Hilde.
»Wir haben es endlich geschafft. Die Schulden sind abbezahlt, und wir kriegen ein anständiges Zuhause.«
In Hildes Augen schimmerte es verdächtig.
»Das ist doch kein Grund zum Weinen.«
Sie zog die Handschuhe aus und strich Hilde mit den bloßen Händen über den Nacken. »Wenn ich dich nicht hätte, säh' es anders aus.«
Hilde zog ein Taschentuch aus dem Ärmel und schneuzte sich.
»Es ist ein richtiges Haus, im Grünen, mit einem Garten, einem großen Wohnzimmer, einer Terrasse. Und du hast ein schönes Zimmer nach Süden mit eigenem Balkon.«
Hilde sagte kein Wort. Die Tränen liefen ihr die Wangen herunter. Erneut trompetete sie in ihr Taschentuch.
»Oder willst du nicht mitkommen? Willst du lieber hierbleiben?«

Hilde schüttelte den Kopf.

»Es kommt so plötzlich. Das ist alles. Wie hast du es gefunden?«

»Durch die Zeitung. Er wollte nur an eine Familie vermieten.«

»Was hast du ihm erzählt?«

»Dasselbe wie den anderen.«

»Es ist nicht recht zu lügen.«

»Sollte ich ihm vielleicht die Wahrheit sagen? Dann hätten wir die Wohnung nie gekriegt.«

Hilde seufzte.

»Nichts als Lügen, Vera. Wie lange willst du den Kindern diese Lügenmärchen erzählen?«

»Solange sie einen Vater brauchen. So lange bekommen sie einen. Den besten, den es je gab.«

6

»Mama, kannst du heute nicht hierbleiben?« Andreas bettelte sie mit seinen blauen Augen an. »Nur heute. Ausnahmsweise.«

Sie schüttelte den Kopf.

»Das geht nicht. Auch die Kranken wollen, daß ich bei ihnen bin.«

»Nur heute.« Andreas gab nicht auf.

»Und wer soll den Männern die Betten machen und aufpassen, daß sie nicht noch kränker werden, den Arzt rufen, wenn sie Schmerzen haben?«

Hilde griff ein.

»Eure Mama muß arbeiten gehen. Hört auf mit dem Quengeln.«

»Liest du uns noch einen Brief von Papa vor, eh du gehst?«

»Sie hat euch jeden einzelnen mindestens schon zehnmal vorgelesen«, schimpfte Hilde. »Muß das denn heute wieder sein?«

»Ist schon gut, Hilde.«

Sie ging zur Anrichte und zog eine Schublade heraus.

»Also ich höre mir das nicht schon wieder an.«

Hilde ging in die Küche und warf die Tür hinter sich zu.

»Na, dann kommt her.«

Sie setzte sich auf die Couch, und die beiden kamen zu ihr.

»Zuerst den Umschlag. Den Umschlag.«

Sie legte die dünnen Papierseiten in den Schoß und hielt den Umschlag hoch.

»Wer will ihn haben?«

»Heute bin ich dran«, rief Katrin und stieg auf das Sofa.

»Stimmt gar nicht«, schrie Andreas. »Das ist mein Umschlag.«

»Kati ist heute dran.«

Sie legte den Umschlag in Katis kleine Hände.

»Schön vorsichtig.«

Kati legte den Daumen auf eine Briefmarke.

»Ein Tiger«, sagte sie ehrfürchtig.

»Da, wo Papi ist, gibt es Tiger.«

»Und Schlangen und Hornissen und Fische und Affen und Kamele«, gab Andreas an. »Nicht nur Tiger.«

»So, jetzt legen wir den Umschlag auf den Tisch«, sagte sie. »Und jetzt?«

»Jetzt mußt du lesen«, gab Kati das Kommando und steckte den Daumen in den Mund.

Andreas legte seinen Kopf auf ihren Arm.

»Lesen, Mama«, sagte er.

Sie faltete die dichtbeschriebenen Blätter auseinander.

»Liebe Kati, lieber Andreas, meine liebe Frau«, begann sie.

»Alles lesen«, forderte Andreas.

»Noch mal ganz von vorn.«

»Dubai, den achtzehnten April. Liebe Kati, lieber Andreas, meine liebe Frau. Heute habe ich am Flughafen eine deutsche Zeitung gefunden. Da mußte ich an Euch denken. Wie schön es wäre, wenn wir jetzt alle zusammensein könnten ...«

7

Vor der Tür bastelten zwei Jungen in zerschnittenen Jeans und Bomberjacken an einem Mofa. Der Motor heulte auf. Vera stieg ins Auto. Erst frisierten sie ihre Mofas, dann klauten sie die ersten Motorräder und Autos. Es wurde Zeit, daß Katrin und Andreas von hier wegkamen. Je eher, desto besser.

Sie umkurvte die Schlaglöcher und fuhr vom Parkplatz. Die hohen Wohntürme mit den winzigen Balkons, die wie Waben in der Luft hingen, verschwanden in ihrem Spiegel.

Sie hielt vor einem Kiosk. Als sie den Kasten Mineralwasser zum Wagen trug, riß in dem Haus neben der Bude ein Mann mit Halbglatze die Ladentür auf. Ein Schuh flog durch die Luft und knallte auf das Pflaster. Die Tür schlug wieder zu.

Eine junge Frau in einem kurzen Rock mit langen dunklen Haaren drehte sich auf dem Bürgersteig um und hinkte mit nur einem Schuh am Fuß zurück. Die junge Frau in der Jeansjacke bückte sich, hob den pinkfarbenen Schuh vom Pflaster und zielte. In die Mitte der Goldschrift, die auf das Glas montiert war. ›SALON JÜRGEN. IHR COIFFEUR.‹ Der Schuh flog los. Kurz vor der Tür fiel er zu Boden.

»Mist.« Sie stieg aus ihrem Schuh. Den Absatz in der Hand, hob sie den Arm und holte weit aus. Peng. Ein Treffer. Die Scheibe vibrierte.

Sie lief zur Tür, sammelte die pinkfarbenen Schuhe ein, streifte sie über die Füße mit den schwarzen Nylonstrümpfen.

»Wichser.« Sie knickte mit einem Fuß um, zog den Schuh vom Fuß und sah ihn sich an. Mit einem rosa Schuh in der Hand humpelte sie über das Pflaster.

Vera fuhr im Schrittempo neben dem Bordstein.

»Brauchen Sie Hilfe?«

Sie strich die Haare aus dem Gesicht. An den Fingern saßen silberne Ringe.

»Danke. Ich bin okay.«

Wache graue Augen in einem blassen Gesicht.

»Soll ich Sie ein Stück mitnehmen?« fragte Vera.

»Stadtmitte?«

Vera nickte. »Steigen Sie ein.«

Die junge Frau ließ sich neben ihr in die Polster fallen.

Sie stellte eine Basttasche auf den Boden und beguckte sich den rosa Schuh.

»Der ist hin. So ein Wichser.«

Mit zwei Fingern bewegte sie den Absatz vor und zurück.

»Mein gutes Paar hat er total plattgemacht. Mit 'nem Rasiermesser. Die hätte ich gar nicht mit zur Arbeit nehmen sollen.«

Sie warf den Schuh auf den Boden.

»Typen gibt's. So was von durchgeknallt.«

Das Licht fiel in ihre toupierten schwarzen Haare.

»Das kann man kaum glauben.«

Sie beugte sich zu der Strohtasche. Mit einem kleinen Fläschchen in der Hand tauchte sie wieder auf. Sie schraubte den Verschluß ab, hielt es an ein Nasenloch und sog die Luft ein. »Ist das toll...« Sie machte die Augen zu. »Maiglöckchen. Wollen Sie auch mal?«

»Nein, danke«, sagte Vera.

Im Heck des Wagens vor ihr saß eine Dogge und sah gelangweilt nach draußen.

»Können Sie sich das vorstellen?« Die junge Frau drehte Vera den Kopf zu. »Da kriegt so ein Typ ein Baby. Seine Frau, meine ich.« Sie schraubte die kleine Flasche wieder zu. »Und lädt uns ein, einen mit ihm zu heben nach Feierabend. Und wir tun ihm den Gefallen.«

Eine Maiglöckchenwolke zog zu Vera herüber.

»Alles ganz super und toll. Er karrt ein paar Flaschen Sekt an. Billigste Sorte, aber immerhin.«

Vera machte das Fenster einen Spalt auf.

»Und dann geh' ich zum Klo. Und was sage ich Ihnen?«

Vera trat auf die Bremse. Die Ampel war rot.

»Wie ich zurückkomme, sind alle weg. Ich bin die einzige, die noch da ist. Da hätte ich eigentlich schon wissen müssen, was kommt.«

Eine Frau schob einen Zwillingswagen über den Zebrastreifen.

»Fällt der über mich her und sagt, daß er mich heiraten will und alles. Und seine Frau hat gestern entbunden...«

Die Ampel war grün. Vera fuhr los.

»Wie finden Sie das?«

Sie sah auf die Hand mit den blauweißen Punkten, die den Knüppel der Gangschaltung nach vorn drückte.

»Ich hab' ihm gesagt, das läuft nicht, und da dreht er durch.«

Sie zog mit der rechten Hand an der Rockkante. Einen Moment lang bedeckte der Jeansstoff zur Hälfte das Loch im schwarzen Nylon. Sie ließ die Rockkante los. Der Stoff glitt wieder zurück.

»Schreit rum, ich wär' entlassen und soll abhaun. Als ob ich Bock darauf hätte, in seinem Laden zu bleiben nach dem Tanz.«

Sie betrachtete die breiten Laufmaschen, die sich über ihr spitzes Knie nach unten fraßen.

»Sowieso 'n Scheißjob, Friseuse, den ganzen Tag stehen.«

Vera bremste vor einem gelben Wagen. Am Ende des langen Schwenkarms hing eine Gondel. Ein Mann mit einer Elektroschere stutzte die Bäume.

»Wie der sich das denkt? Ich soll bei ihm arbeiten und in der Mittagspause mit ihm bumsen oder wie?«

Sie schraubte das Fläschchen auf, kippte ein paar Tropfen in ihre Hand.

»So ähnlich wird er sich das gedacht haben«, vermutete Vera.

»Wissen Sie, daß ich noch keinen Chef hatte, der mich nicht angegrabscht hat? Echt wahr. Manchmal frag' ich mich, warum ich nicht gleich auf den Strich gehe.«

Sie verrieb das Parfüm in ihrem Nacken.

»Ist natürlich Quatsch. Aber so Gedanken kommen einem schon mal.«

Vera drehte das Fenster weiter auf. Der Fahrtwind zog die Duftwolke nach draußen. Sie fuhren über die Kreuzung am Wall.

»Da hinten ist die Reinoldikirche«, sagte sie. »Soll ich Sie da rauslassen?«

Die Frau neben Vera schnupperte an ihren Händen.

»Es gibt viel zu wenig nette Typen. Hab' ich recht?«

Vera hielt auf einer freien Spur am Taxistand.

»Und wenn man einen hat, muß man ihn festhalten. Stimmt's?«

»Wir sind da.«

»Ist schon gut. Ich hab' verstanden. Sie wollen nicht mit mir reden.«

Sie sammelte den Schuh und die Strohtasche vom Boden.

»Sind sich wohl zu fein dazu.« Die Spitze des rosa Schuhs zeigte auf das Lenkrad. »Mit Ihren komischen Handschuhen da. Trotzdem, danke fürs Mitnehmen.«

Die Tür knallte zu.

8

Vera schloß den Kofferraum ab. Sie hängte die Handtasche über die Schulter, faßte den Kasten Mineralwasser mit beiden Händen und überquerte die Straße. Die Frau in der Zeitungsbude schob neugierig den Kopf aus der Verkaufslade.

»Guten Tag«, grüßte Vera freundlich.

Der Kopf der Frau verschwand. Die Lade fiel krachend zu.

Vera schleppte den Kasten mit dem Wasser ein paar Meter die Straße hoch. Aus einem offenen Fenster schallten Stimmen. Im Halbkreis um Holztische gruppiert, saßen Männer unterschiedlichen Alters. Der Mann, der vor ihnen stand, sah Vera und hob die Hand zum Gruß.

Vor einem grauen Mietshaus bog sie in eine Toreinfahrt und lief in den Hof. Auf einem Stück verwilderter Wiese standen grüne Wäschestangen und rosteten vor sich hin. In einer Ecke sprossen Brennesseln.

Vera setzte den Kasten ab und sah an der Backsteinfassade hoch. Durch einen Fensterspalt wehte eine weiße Gardine. Sie schloß die Tür auf, trug den Kasten die grauweiß gesprenkelten Treppen nach oben.

Sie sperrte die Wohnungstür auf, hob die Kiste mit den Flaschen vom Boden. Mit dem Fuß schob sie die Tür hinter sich zu.

Auf dem Tisch in der Teeküche lag ein Zettel.

»Irma ist morgen beim Arzt. Bis dann. Angelika.«

Durch die Diele hallte das Klingeln eines Telefons.

Das rote Telefon schellte. Drä, drä, drä. Das schwarze gesellte sich dazu. Ring, ring, ring.

Vera lief zu dem antiken Sekretär am Fenster. Das Klingeln hörte auf. Mit einem Knacken sprang erst der eine, dann der andere Anrufbeantworter an.

Aus einem Seitenfach des Sekretärs zog Vera eine mit Samt bezogene Schachtel. Ihre blauweißen Handschuhfinger liefen über das Register der dichtgedrängten Karteikarten. Beim Buchstaben K wurde sie langsamer, zog eine Karte heraus, ließ sie fallen, zog eine andere. Schließlich fand sie, was sie suchte, und schloß das Fach wieder ab. Mit der Karte in der Hand lief sie in die Teeküche zurück.

Vera legte die Karte auf den Küchentisch und griff eine Flasche Mineralwasser aus dem hellbraunen Kasten. Sie las, was vorn auf der Karte stand, goß sich ein Glas mit Mineralwasser voll, drehte die Karte herum, las weiter. Sie legte sie zurück auf den Tisch. Dann nahm sie ein Röhrchen aus der Handtasche, zog den Plastikstopfen heraus, warf die Tablette in das Glas. Luftblasen stiegen auf. Mit einem Löffel rührte sie um. Der weiße Fleck löste sich auf. Ohne abzusetzen, stürzte sie das Glas herunter.

Nebenan ging es wieder los. Drä, drä, drä.

Vera packte sich Glas und Flasche. Durch ein dunkelblau gekacheltes Badezimmer ging sie in einen Ankleideraum. Die Wände waren mit Einbauschränken verkleidet. In einer Ecke stand ein hoher Spiegel.

Mit einem Schlüssel öffnete sie den doppeltürigen Schrank. Sie zog die Handschuhe von den Fingern und legte sie sorgfältig in eine Schublade. Dann zog sie den Rock aus, die Bluse, hängte Kostüm und Bluse auf Kleiderbügel, stieg aus der Strumpfhose und entledigte sich der Unterwäsche. Als letztes nahm sie ein Gliederarmband ab und legte es in einen Schmuckkasten.

Sie griff ein weiches Stück Leder, faltete es auseinander, legte es um die Taille, zog die Luft ein und drückte einen Haken nach dem anderen in die Ösen. Das Leder spannte sich um ihren Körper, glänzte schwarz. Sie befestigte die schwarzen Strümpfe an den Strumpfhaltern und schlüpfte in ein paar hochhackige rote Pumps mit Plateausohle und Stilettoabsatz aus silbernem Stahl.

Sie prüfte den Sitz des Mieders vor dem großen Spiegel, drehte sich zur Seite. Die Silhouette stimmte. Das helle Fleisch ihrer Pobacken blähte sich unter dem Mieder, der Busen lag hochgeschnürt und prall über den Viertelkörbchen.

Vera setzte sich vor den Spiegel, schminkte sich. Schatten um die Augen, Schatten über die Backenknochen, hart konturierte blutrote Lippen. Mit Gel strich sie sich die Haare an den Seiten streng nach hinten.

Steif lief sie zur Teeküche. Sie sah auf die Uhr. Halb neun. Sie nahm die Karte vom Tisch, überflog sie noch einmal.

Kurt, 45, Staatsanwalt, verheiratet, Töchter studieren (Medizin / Jura), geschlossene Schuhe, Strümpfe, Peitsche, Natursekt.

Sie stellte die Karte zurück in den Karteikasten, verschloß den Sekretär. Natursekt war kein Problem. Sie mußte nur genug trinken. Das war alles. Sie lief in das Ankleidezimmer zurück, setzte sich vor den Schminkspiegel. Sie goß ein Glas Mineralwasser ein, trank in kleinen Schlucken. Sie zog die Schublade auf, nahm ein Sortiment schwarzer Fingernägel heraus. Einen nach dem anderen schob sie ins Nagelbett, drückte ihn fest. Sie goß sich ein zweites Glas Mineralwasser ein, umfaßte es mit ihren schwarzen Krallen und führte es zum Mund. Am einfachsten war Bier. Das trieb am schnellsten. Für Mineralwasser mußte man sich mehr Zeit lassen.

»Hast du nicht manchmal die Nase voll von den ganzen Perversen?« hatte Angelika sie am Anfang einmal gefragt.

Vera legte das Lederband mit den silbernen Stacheln um den Hals.

»Es ist ein Beruf, und er ist nicht schlecht bezahlt«, hatte sie ihr geantwortet. »Was meinst du, was ich als Krankenschwester alles machen mußte? Und mich dazu noch dumm anquatschen lassen. Das wagt keiner hier bei mir.«

Vera legte die Finger um den Hals und zog das schwarze Band im Nacken zu. Sie goß sich noch ein Glas Mineralwasser ein.

»Und da ist noch etwas«, hatte sie geantwortet. »Ich habe keine Angst mehr.«

Vera hob das Glas mit dem Mineralwasser und prostete sich im Spiegel zu.

»Es gibt einfach keinen Mann mehr, der mir angst machen könnte.«

9

Die Sonne kam durch das Fenster, schien auf den häßlich braunen Teppichboden, auf die Schreibtische mit den Aktenbergen, die Telefone, auf die grünen Schalen mit den Stiften und Reißzwecken.

Es ist immer das gleiche. Ein paar freie Tage, und schon frage ich mich, was ich überhaupt an diesem Schreibtisch verloren habe.

Keine zwanzig Meter Luftlinie von mir entfernt hing ein Eichhörnchen an einer Häuserwand und genoß die Sonne. Sein Fell glänzte braun. Zwischen der vierten und fünften Etage hing es einfach da neben der Regenrinne und genoß das Leben. Unten in der Straße rauschte der Verkehr. Autos hupten. Bremsen kreischten. Das Eichhörnchen streckte alle viere von sich und tankte Sonne.

Die Augen meines Kollegen klebten an einer Fliege, die über unseren Schreibtischen Kreise drehte. Er zupfte ratlos an seinem Bart. Die Fliege setzte sich auf einen Papierhaufen und spazierte los. Seine Augen leuchteten auf. Er nahm eine dünne Broschüre, rollte sie zusammen und hob den Arm. Dann schlug er zu. Befriedigt betrachtete er sein Werk. Schwarz und lädiert hing die Fliege an der Papierkeule. Mit einem Schnippen des Fingers beförderte er die Leiche in den Papierkorb.

Das Mordwerkzeug rollte sich wieder auf. ›Anregungen für einen konfliktfreien Umgang mit dem polizeilichen Gegenüber.‹

Die Tür öffnete sich. Petra stöckelte zu uns an den Schreibtisch.

»Wollt ihr mal sehen?«

Sie schob den Papierhaufen zur Seite und setzte sich auf die Schreibtischkante. Wie auf Kommando rollten Weber und ich mit unseren Drehstühlen zu ihr.

»Das hier war unser Hotel.«

Ich übernahm das Foto aus den Fingern mit den roten Nägeln.

»Direkt am Meer. Spitze.«

Von einem Hotel war nicht viel zu sehen. Bis auf die weiße Ecke einer Häuserwand. Dafür war ein Stuhl aus Rattan mit Petras Hüfte und der Stiel eines Sonnenschirms gut getroffen. Ich reichte das Foto an Weber weiter.

Er öffnete mit einer Hand den obersten Hemdkragen, als ob ihm schon vom Zusehen warm würde.

»Wo wart ihr überhaupt?« fragte ich.

»Griechenland«, sagte sie und reichte mir das nächste Bild. »Der Hafen.«

Diesmal wurde ich neidisch. Petra saß sonnenbeschienen in rotweiß gestreiften Polstern und grinste gelöst in die Kamera.

»Da waren wir jeden Morgen essen.«

Die Tür ging auf. Unser Chef, Kriminalrat Heinze, stand im Türrahmen. Petra sammelte zügig die Bilder ein und legte den Haufen neben ihre Hüfte auf den Schreibtisch.

»Was ist denn hier los?« bellte er.

Petra schlug die Beine übereinander und wippte mit den Schuhspitzen. Weber stieß sich vom Boden ab und rollte rückwärts zu dem Platz hinter seinem Schreibtisch.

Ich blieb, wo ich war.

»Kleine Gruppeninfo«, erläuterte ich. »Wir informieren Frau Klar, was während ihrer Abwesenheit vorgefallen ist.«

»So, so«, brummte er und ließ sich in den Besuchersessel fallen. »Ich muß mit Ihnen beiden…«, er zeigte mit einem fleischigen Finger erst auf mich, dann auf meinen Kollegen hinter dem Schreibtisch, »…reden.«

Petra schnappte den Stapel Fotos und rutschte vom Schreibtisch.

»Vielen Dank, Frau Klar.« Ich lächelte ihr zu. »Wir machen später weiter.«

Wortlos und mit geradem Rücken stöckelte die Stütze unserer Abteilung zur Tür hinaus.

Heinze zog ein weißes Taschentuch aus seiner Jacke und tupfte sich die Stirn.

»Worum geht es?« fragte ich freundlich.

Er steckte sein Taschentuch in die Brusttasche.

»Ich brauche eine Frau.«

»Ich dachte, Sie hätten eine«, bemerkte Weber unschuldig.

»Wann hier Witze gerissen werden, bestimme ich.« Heinze pochte an die Anzugbrust. »Ich allein. Merken Sie sich das gefälligst.«

Unser Chef. So, wie wir ihn kennen und lieben.

»Also eine Frau«, nahm ich den Faden auf. »Wozu?«

»Für die Leistungsschau.«

Einmal im Jahr zeigt sich die Polizei landesweit von ihrer fotogensten Seite. Mit Pferden, Hunden, Hubschraubern und den Menschen, die in unserem Verein ihr Unwesen treiben. In erster Linie Männer, versteht sich.

»Und was soll ich da?«

Nach dreizehn Jahren bei der Polizei mache ich mir keine Illusionen über die Art von Jobs, bei denen speziell Frauen gefragt sind.

»Nur da sein, sonst nichts.«

Das hörte sich besser an, als Zigeunerinnen die Röcke auszuziehen und nach Drogen zu suchen. Oder als Lockvogel durch dunkle Parks zu spazieren. Alles Dinge, die ich schon gemacht hatte.

»Und wieso?« wollte ich wissen.

»Der Innenminister.« Er rückte den Knoten seiner Krawatte zurecht. »So was können sich nur Politiker ausdenken. Zwei Artikel in der Zeitung, und schon werden die weich. Es müssen mehr Frauen her. Egal, wie.«

»Und da wird jetzt in allen Ämtern für die Leistungsschau getrommelt? Damit mehr Frauen teilnehmen?«

Heinze nickte.

»Teilzunehmen brauchen die nicht. Jedenfalls nicht richtig. Nur mit ins Stadion einziehen und dabeisein.«

Heinze zupfte an seiner Krawatte. Dezente Pastellfarben, die ineinander verliefen.

»Für die Fotografen.«

Seit er eine neue Geliebte hat, sind seine Krawatten eine Augenweide.

»Finden Sie nicht, daß ich fürs Blümchenstreuen etwas alt bin?« fragte ich.

»Sie müssen da hin«, grunzte er. »Sie sind die einzige Frau hier.«

Er legte noch einen nach.

»Geben Sie Ihrem Herzen einen Stoß.«

Es sah ganz so aus, als bräuchte er meine Zustimmung. Sonst würde er nicht so nett mit mir plaudern, sondern einfach einen grauen Wisch mit Stempel auf meinen Schreibtisch knallen.

»Wann ist das?« fragte ich.

»Das Wochenende Mitte Oktober.«

In fünfzehn Tagen also.

»Ich mache mit. Unter einer Bedingung...«

»Na dann ist ja alles klar.«

Er stand flink auf. Ich war schneller.

»Unter einer Bedingung.«

Er hielt sich an seinem Stuhl fest.

»Ich will bei den Kradfahrern mit einer Solonummer dabeisein.«

Er starrte mich mit offenem Mund an. Dann schluckte er, machte den Mund wieder zu.

»Das ist eine reine Männertruppe.«

Ich lehnte mich in meinem Stuhl zurück und wartete.

»Die haben noch nie eine Frau dabeigehabt.«

Er sah mich hilflos an. »Das geht doch nicht.«

Er zog das Taschentuch aus seiner Brusttasche und seufzte. »Wie haben Sie sich das denn gedacht?«

»Eine Solonummer am Anfang oder am Ende oder in der Mitte. Und ich mache, was ich will.«

»Muß das sein? Können Sie nicht einfach nur hingehen und sich da sehen lassen?«

Das war sein letzter Versuch. Jetzt startete er noch einen kleinen Angriff von hinten. Dann hatte ich es durch.

»Wollen Sie etwa durch einen brennenden Reifen springen?«

»Zum Beispiel«, antwortete ich ruhig. »Das ist gar keine schlechte Idee.«

»Machen Sie, was Sie wollen. Aber benehmen Sie sich bei den Kollegen. Ich will keinen Ärger kriegen.«

»Haben Sie meinetwegen je Ärger gekriegt?« fragte ich mit unschuldigen grünen Augen.

Er steckte sein Taschentuch ein und lief zur Tür.

»Herr Heinze.«

Er drehte sich um.

»Ich brauche eine Maschine... und Zeit zum Üben.«

»Sie wissen, wie viele Frauen es bei der Polizei gäbe, wenn es nach mir ginge«, explodierte er. »Vergessen Sie das nie.«

Die Tür schlug hinter ihm zu.

»Frau müßte man sein«, grummelte Weber neidisch und stichelte mit der Spitze seines Bleistifts auf den Schreibtisch.

»Geschlechtsumwandlungen sind kein Problem«, klärte ich ihn auf. »Das haben die Mediziner heute voll im Griff.«

Ohne aufzusehen, stichelte Weber weiter.

»Wenn ich wüßte, wie du das immer hinkriegst.«

»Ich folge nur meinen Prinzipien…«

Er legte den Bleistift aus der Hand.

»Prinzip Nummer eins«, sagte ich. »Mach an zusätzlicher Arbeit nur, wozu du wirklich Lust hast.«

Ich rollte meinen Stuhl hinter den Schreibtisch, schnappte mir meine Jacke und die Tasche mit der Pistole.

»Du kannst raus in die Sonne, Krad fahren«, maulte er. »Und ich?«

10

Die Umkleidekabine war eng. Die Luft war stickig. Ich zwängte mich in einen Lederoverall, zog den Bauch ein und versuchte, den Reißverschluß zuzukriegen.

»Na, wie ist es?« Der platinblonde Igel des Verkäufers schob sich durch den hellen Vorhang. Er musterte mich. »Vergiß es.«

Ein vernichtendes Urteil. Der Vorhang fiel wieder zu.

Ich probierte es mit einer schwarzen Hose. Das Leder war weich. Der Reißverschluß ging zu. Ich lief zu dem Spiegel vor der Kabine.

Der Platinblonde legte den Kopf schief.

»Das ist schon eher was.«

Richtig zufrieden war er noch nicht. Er tigerte los, quer durch den Laden. Zweihundert Quadratmeter Leder. In allen Größen, Farben und Formen.

»Probier das mal.« Er hielt mir einen Kleiderbügel mit einem schwarzen Anzug hin. »Du bist doch eher so'n dominanter Typ.«

Ich verschwand in der Kabine, stieg in die Hose, in die Jacke.

Beides saß wie angegossen. Das Leder schmiegte sich fest an die Haut.

»Das ist es«, empfing mich der Platinblonde.

Die Hose war bequem, ohne zu labbern. Die Jacke saß in den Schultern, war eng in der Taille und ging bis über die Hüften. Ansonsten gab's etliche Taschen und Reißverschlüsse, die sich mühelos auf- und zuziehen ließen.

»Ist auch'n guter Kurs«, versuchte er, mir die Kaufentscheidung zu erleichtern.

»Wieviel?« fragte ich und beäugte mich von hinten.

»Sechshundert«, sagte er. »Beides zusammen. Das ist geschenkt.«

Ich ging in die Hocke. Die Hose ging bequem mit.

»Muß ich lange für arbeiten«, teilte ich ihm mit.

»Fünfhundertfünfzig.« Er verschränkte die Arme vor der Brust. »Weiter runter kann ich nicht.«

»Ich brauch' auch noch Stiefel«, informierte ich ihn.

Er blieb hart. »Fünfhundertfünfzig.«

»Kann ich mit Scheck zahlen?«

Er nickte. »Wenn du 'ne Karte hast, kein Problem. Was machst du denn so?« fragte er mich und reichte mir einen Stiefel.

»Rat mal.«

»Kellnern.«

Ich stand auf und lief vor den Spiegel.

»Und?«

»Die drücken.« Ich zog die Stiefel aus.

»Wie kommst du auf kellnern?«

»Du kannst mit Leuten. Quatschen und so«, sagte er. »Und du kannst draufhaun, wenn's sein muß. Stimmt's?«

»Stimmt.« Ich schnürte mir einen Stiefel zu.

»Was für 'ne Maschine hast du?« fragte er mich.

»Keine. Kommt noch.«

Ich sah zur Decke. »Die da oben ist nicht schlecht.«

An vier dicken Drahtseilen schwebte eine alte Harley über unseren Köpfen.

»Logo«, sagte er. »Die hat ihre Fans. Deshalb hängt sie ja da.«

Ich lief mit den Stiefeln vor den Spiegel. »Die nehm' ich.«

»Behältst du die Klamotten gleich an?«

Ich nickte.

»Dann komm mal her.«

Ich folgte ihm an die Theke.

Mit geöffneter Schere trat er an meine Seite.

»Das muß ja nicht sein.«

Ein Schnitt, und das Preisschild, das an meiner Hüfte baumelte, lag in seiner Hand.

»Wenn du mir meine alten Sachen in 'ne Tüte tun könntest?«

Er verschwand in Richtung Umkleidekabine. Ich zückte einen Stift für den Scheck. Er faltete ordentlich meine Tigerhöschen und verstaute sie zusammen mit meinen Schuhen in einer schwarzen Plastiktüte.

Er verglich die Zahlen auf meinem Scheck mit der Karte.

»Ich steh' auf starke Frauen.« Er gab mir die Scheckkarte zurück. »Kann man sich mal sehen?«

11

Der Kollege von der Fahrbereitschaft ließ die Motorzeitung fallen und öffnete das Fenster im Glaskasten. »Waren Sie das nicht mit dem abgerissenen Heizungsschlauch?« fragte er mich zur Begrüßung.

»Was für ein Schlauch?«

»Schon gut, ich dachte ja nur...«

Er trat aus dem Glaskasten. »Was brauchen Sie denn?«

»Ein Krad.«

»Wozu brauchen Sie denn ein Krad?«

Er musterte mich eingehend.

»Hier ist mein Schein.«

Ich reichte ihm den Zettel mit der Unterschrift von Heinze. Er las jedes Wort, als ob er so einen Wisch zum erstenmal in seinem Leben sehen würde.

»Ihr Chef wird ja wissen, was er unterschreibt. Kommen Sie mit.«

An den grünweißen Einsatzwagen vorbei liefen wir nach hinten. Die Farbe Grün erinnert mich unweigerlich an die Jahre, die ich in einer kratzigen Uniform verbracht habe. An die Einsätze zum Schutz von Objekten der merkwürdigsten Art.

Was ich nicht schon alles beschützt habe in meinem Uniformleben: den Beton von Kernkraftwerken, die Villen korrupter Politiker und das Leben millionenschwerer Manager. Meine Vorstellungen von den Aufgaben der Polizei sind eigentlich ganz andere. Ich legte einen Schritt zu.

Vor einer Betonwand standen die Maschinen des Sondereinsatzkommandos aufgebockt. Schön unauffällig schwarz und nicht häßlich grünweiß.

»Die hier könnte ich Ihnen lassen.«

Er führte mich zu einer Kawasaki. Ich lief darum herum, sah sie mir von allen Seiten an, stieß mit meinem Schuh vor den Auspufftopf. Ein Rohr klapperte.

»Bißchen schlapp, finden Sie nicht?«

Ich sah mich unter den anderen Maschinen um.

»Ich hätt' gern die hier.« Eine der wenigen BMWs in dem Haufen. Auf den ersten Augenschein sah es so aus, als ob sie gut in Schuß wäre. »Probefahrt?«

»Ich hol' den Schlüssel. Warten Sie einen Moment.« Der Kollege lief zu seinem Glaskasten.

Ich stieg auf die Maschine. Seit ein paar Jahren hatte ich schon auf keinem Krad mehr gesessen. Er kam zurück, steckte den Schlüssel ins Schloß. Ich setzte den Helm auf.

»Danke«, rief ich und schob die Maschine unter mir vorwärts. Dann drehte ich das Gas auf. Die Maschine heulte. Ich fuhr los.

»Und Sie waren das doch mit dem Heizungsschlauch. Ich erinnere mich genau...«

Draußen schien die Sonne. Ich legte mich in die Kurve und bretterte die Hohe Straße hinunter. Ein ganz neues Fahrgefühl. Ohne zu halten, immer zwischen den Autoschlangen hindurch. So schnell war ich noch nie über den Wall gekommen. Ich fuhr durch die Sperre zurück in die Tiefgarage.

»Na, wie ist sie?« fragte er mich.

Ich nahm den Motorradhelm ab.

»Die nehm' ich.«

»Kommen Sie zu mir, zum Unterschreiben.«

Ich unterschrieb. Beate Stein, Kriminalhauptkommissarin, 1. Kommissariat, Tötungsdelikte. Zu schade, daß ich nicht jedesmal, wenn ich in diesem Verein wieder einmal meine Unterschrift unter ein Stück Papier setze, fünf Mark kriege.

Es muß alles seine Ordnung haben. Das hat meine Mutter mir schon am Kinderbett gesungen.

Der Kollege besah sich das Blatt und nickte.

»Genau, Sie waren das mit dem Heizungsschlauch. Sie und der Weber.«

»Weber ist unschuldig.«

Ich stieg auf die Maschine und setzte den Helm auf.

»Das mit dem Schlauch war ich.«

Ich kam mir sehr edel und kollegial vor, als ich mich von dem Kollegen in der Fahrbereitschaft mit erhobener Hand verabschiedete.

12

Flach über die Maschine gestreckt, rollte ich gen Süden, fuhr über Bilder, die die Sonne vor mir auf den Asphalt malte. Flirrende Punkte und wandernde Schatten. An den Seiten rauschten die Bäume in satten Farben an mir vorbei. Gelb, rot, braun und orange. Ganz weit vorn liefen die beiden Baumreihen aufeinander zu und trafen sich in einem Punkt, der geheimnisvoll glänzte.

Unter der Brücke lag gleißend der Fluß. Flugenten landeten auf dem Wasser. Ich fuhr den Berg hoch. Neben der Straße lagen aufeinandergeschichtete Baumstämme. Durch eine Tannenschonung kam ich in den Wald. Das Licht brach in langen Streifen durch die Bäume. Ich hielt an, stellte die Maschine ab und kletterte auf einen Hochstand. Es roch nach Erde. Ich atmete tief durch. Eine Weile dachte ich an gar nichts. Dann sondierte ich das Gelände.

Der Weg hatte die richtige Steigung. Ein paar dicke Wurzeln lagen quer. Für den Anfang mußte das reichen als Training. Ich schob die Maschine an und sprang auf. Bei der ersten Wurzel schoß das Vorderrad nach oben. Ich stieg aus dem Sattel, lehnte mich vornüber und brachte das Rad wieder auf den Boden.

Der nächste Huckel. Als erstes mußte ich die Beherrschung der Maschine im freien Gelände trainieren. Das Springen kam später. Ich fuhr die Strecke ein paarmal auf und ab. Immer wieder, bis ich vollkommen durchgeschwitzt war und keuchte.

Auf der Suche nach einem Café rollte ich den Waldrand entlang. Ich fand eine Holzhütte, an der eine rotweiße Fahne wehte. Mit einer Dose Mineralwasser und einem Eis verzog ich mich auf eine Bank in der Sonne.

Fünf Kinder kamen in bunter Kleidung den Weg heraufgelaufen. Ein Mädchen in Jeans und einem roten Pullover lief vorneweg, winkte den anderen zu, nachzukommen. Ich döste, ohne zu denken, in der Sonne. Für einen Moment fielen mir die Augen zu.

Die Kinder knieten unter einer Kastanie und wühlten in dem Blätterteppich auf dem Boden. Sie hatten etwas gefunden. Auf die Entfernung konnte ich nicht sehen, was es war. Die Neugierde trieb mich zu ihnen.

Ein Junge versuchte, in die Beine einer dunklen Gummihose zu steigen. Ein Mädchen hatte etwas Schwarzes auf dem Kopf. Schwarz mit Schnüren.

»Was hast du da?« Ich streckte meine Hand nach ihr aus. Das Mädchen tauchte unter der Hand hindurch, riß sich das schwarze Teil vom Kopf und rannte weg. Ein Junge mit einem Plastikbeutel in der Hand rannte hinter ihr her. Die Kinder verschwanden im Wald.

Ich durchstob mit einem Fuß die Blätterschicht auf dem Boden. Dann sah ich es silbern blitzen. Ich bückte mich. Ein kurzes Metallseil in Plastik eingeschweißt mit Bändern an den Seiten. Ich legte es in meine Hand. Wozu das wohl gut war? Ich suchte weiter in den Blättern und fand etwas Glänzendes, das ich nur zu gut kannte. Handschellen. Jetzt hatte mich das Jagdfieber gepackt. Ich wühlte weiter, warf die Blätter hoch, spürte den Staub und die Erde zwischen den Fingern.

Dann fand ich, wonach ich suchte. Einen Hohlraum unter

einer Baumwurzel. Einen Hohlraum, in den jemand eine Plastiktüte gesteckt hatte. Ich zog sie heraus und packte aus, legte ein Teil nach dem anderen auf den Boden.

Ein schwarzer Plastikstab in der Form eines Penis, ein Maulkorb aus Leder, eine Gummimaske mit Loch, eine silberne Kette mit zwei Kneifern an den Enden. Ich legte die Handschellen und die Eisenkette mit dazu. Eine Sammlung bizarrer Gegenstände lag da vor mir in den braunen Blättern.

Plötzlich roch der Waldboden nicht mehr nach Erde. Er roch nach Tod. Genauso hatte der alte Mann gerochen, den wir erschlagen auf einer aufgeschlitzten Matratze gefunden hatten. Wie ein modriger alter Baumstamm. Der einzige Tote, den ich je gefunden habe, der gut roch.

Ich sammelte alles wieder ein und tat es zurück in die Tüte. Vielleicht war ja alles ganz harmlos. Es war kein Blut an den Sachen. Ich hängte die Tüte an den Lenker und schob die Maschine den Weg zur Straße hinunter. Ein Papierkorb aus grünem Draht stand am Weg. Ich brauchte die Tüte nur hineinzuwerfen und wäre sie wieder los. Für einen Augenblick schien mir die Aussicht verlokkend.

Mach dir nichts vor, Beate, sagte eine Stimme in meinem Kopf. Das kannst du nicht. Das wirst du nie können. Dazu bist du viel zu neugierig.

Ich band die Tüte auf der Maschine fest. Die Spurensicherung sollte das einmal genauer unter die Lupe nehmen. Dann fuhr ich los. Vorbei an den Gärten der Reihenhäuser, die an den Wald grenzten, vorbei an ihren grünen Hecken. Die Rückseiten der Häuser lagen im Dunkeln.

Die Sonne war in die Gärten gewandert.

Zwei Männer stachen mit ihren Grabegabeln in einen Komposthaufen. Neben einem Schuppen klopfte ein Mann Erde von seinem Spaten.

Einer von ihnen könnte es gewesen sein. Einer von ihnen könnte die Tüte unter der Wurzel versteckt haben. Jedesmal, wenn ihm danach war, in den Wald gegangen sein, die Tüte geholt haben. Sich eine Maske über den Kopf gestülpt oder eine Eisenkette zwischen die Zähne gezogen haben.

Einer von ihnen könnte es sein.
Jeder von ihnen konnte es sein.

13

Vera sah durch den Spion und machte die Tür auf.

Toupierte schwarze Haare, ein waches Gesicht. Eine Hand lag über der Strohtasche. Wo hatte sie die Finger mit den silbernen Ringen schon einmal gesehen?

»Ich komme auf die Annonce. Bin ich da richtig hier?«

Sie hielt die Zeitung hoch. Eine Duftwolke wehte Vera entgegen. Blumig und süß.

»Hübsche junge Kollegin gesucht zu besten Bedingungen, Top-Betriebsklima.«

Sie packte die Zeitung in die Tasche zurück.

»Hört sich gut an.«

»Kommen Sie herein.« Vera hielt die Tür auf.

Sie zog mit ihrer Duftwolke vorbei. In einem kurzen Jeansrock lief sie vor ihr durch den Korridor. Schmale Hüften, schlanke Beine, klein, zierlich. Etwas steif in den Bewegungen. Typ mädchenhafte Kindfrau, registrierte Vera automatisch. Ein Typ, der immer ging.

»Das hier ist unser Empfangszimmer.«

Sie blieb mit ihren hellblauen Pumps in der Mitte des Zimmers stehen. Ihr Blick streifte die weiße Ledergarnitur auf dem roten Teppich. Die Musikanlage mit dem Videorecorder in der Ecke.

Im Büro klingelten die Telefone. Vera hörte Angelikas Stimme. Sie zog die Tür zu.

»Was ist das denn?« Die junge Frau in dem Jeansrock lief zu dem Stoffpapagei auf seiner Schaukel, stieß ihn am Schwanz an.

»Hol mir einen rrrrunter«, krächzte er los. »Hol mir einen rrrrunter.«

»Ist ja irre«, staunte sie.

»Ein Geschenk von einem Stammkunden«, erklärte Vera. »Setzen Sie sich.« Vera zeigte auf die weiße Couch.

»Nicht schlecht.« Sie ließ sich in die Polster fallen, stellte die Basttasche unter den Couchtisch.

»Möchten Sie etwas trinken? Kaffee, Tee, Orangensaft, Sekt, Bier?« fragte Vera.

»Einen Kaffee mit Milch und Zucker. Alkohol kann ich tagsüber nicht ab.«

Vera lief zur Tür. Eine Alkoholikerin war sie anscheinend nicht.

Als Vera mit dem Tablett zur Tür hereinkam, hatte sie ein Magazin auf den Knien. Sie klappte es zu und warf es zu den anderen auf dem Tisch.

»Irgendwoher kenne ich Sie«, sagte sie.

Vera stellte das Tablett auf den Tisch. Eine süße Duftwolke kam auf sie zu.

»Haben Sie vielleicht mal auf dem Autostrich gearbeitet?«

»Das ist nicht mein Stil.« Vera schenkte Kaffee ein.

»Woher kenn' ich Sie dann?« Sie schaufelte zwei gehäufte Teelöffel Zucker in ihren Kaffee.

»Keine Ahnung.« Vera nippte an ihrem Kaffee.

»Irgendwoher kenn' ich Sie.« Die Hand mit den silbernen Ringen rührte im Kaffee.

Vera sah auf das schmale Gesicht mit den schwarzen Haaren. Auf die Beine mit den schwarzen Strumpfhosen, die spitzen Knie. Auf einmal erinnerte sie sich. An eine breite Laufmasche, die über das Knie nach unten gelaufen war. Und an diesen Duft.

»Ich habe Sie einmal im Auto mitgenommen.« Sie überlegte. »Das ist schon eine Weile her. Sie hatten Probleme mit Ihrem Chef.«

»Sie waren das?« Ihre Augen waren groß und rund. »Die Frau mit den Handschuhen?« Sie strich sich die Haare aus dem Gesicht. »Da sahen Sie aber ganz anders aus. Total seriös.«

»Das war auch privat«, sagte Vera.

Sie kicherte. »Ist doch verrückt. Ich denke, Sie sind wer weiß was. Und in Wirklichkeit sind Sie bloß 'ne Nutte. Mehr nicht.«

Vera setzte die Tasse mit dem Kaffee hart auf die Untertasse zurück. »Ich bin die Chefin hier«, stellte sie klar.

»Sie bumsen also gar nicht?« wunderte sie sich. »Sie machen nur das Geschäftliche und zählen das Geld? Haben Sie ein Glück.«

»Das alles hier«, Vera zeigte um sich, »muß erst mal wieder reinkommen. Ich arbeite mit. Als Domina.«

»Als Domina? So was machen Sie?« Sie warf die Haare nach hinten. »Das könnte ich nicht.«

Vera sah sie nachdenklich an.

»Mir kommt das entgegen«, sagte sie. »Ich bestimme gern, wo's langgeht. Und was machen Sie?«

»Normal«, sagte sie. »Bumsen und blasen.«

»Ist das alles?« fragte Vera sie.

»Reicht Ihnen das nicht?«

Sie bückte sich und strich über den Knöchel am rechten Fuß.

»Mehr mach' ich nicht.« Sie kam wieder hoch.

»Auf dem Straßenstrich komme ich damit auf einen guten Schnitt.«

»Warum sind Sie dann hergekommen? Wenn es auf dem Straßenstrich so gut für Sie läuft?«

»Na ja«, sie wich Veras Blick aus, sah auf die Magazine, die auf dem Tisch lagen. Die bunten Bilder mit dem nackten Fleisch. »Es gibt manchmal Ärger. Eine haben sie so zusammengeschlagen, daß sie nie wieder wird.«

Sie sah Vera an.

»Wie das war, hatte ich erst mal die Nase voll und bin wieder als Friseuse. Hätt' ich mir glatt sparen können. Die Story kennen Sie ja.«

»Und warum gehen Sie nicht in die Linienstraße?«

Durch die geschlossene Tür drang das entfernte Klingeln von Telefonen.

»Ich will keine zweihundert pro Tag für 'ne Bruchbude abdrükken«, sagte sie. »Da gehe ich lieber privat.«

»Haben Sie schon einmal in einem privaten Studio gearbeitet?«

Sie schüttelte den Kopf. Eine dunkle Haarsträhne fiel ihr ins Gesicht.

»Ich mache das ja erst seit 'nem halben Jahr. Jedenfalls so richtig«, schob sie nach. »Früher bin ich immer nur anschaffen, wenn ich Streß hatte.«

Sie zog an ihrem Rock.

»Ein paar Tage, länger nicht.«

»Sind Sie verheiratet?«

Vera erinnerte sich vage, daß sie etwas von einem Mann erzählt hatte.

»Ich bin verlobt.«

»Kinder?«

»Nein«, sagte sie. »Noch nicht.«

»Weiß Ihr Verlobter, daß Sie anschaffen gehen?«

Zu ihr ins Studio kam keine, deren Freund nicht Bescheid wußte. Das gab nur Ärger.

»Ja. Er hat mir die Anzeige selbst gezeigt.«

Sie strich die Haare aus dem Gesicht.

»Es ist ja auch nur vorübergehend«, setzte sie nach. »Bis wir genug Geld zusammenhaben.«

Warum waren die Geschichten, die sie hörte, immer so, als hätte sie sie schon tausendmal gehört?

»Kommen Sie, ich zeige Ihnen die Räume. Das ist das Bad. Das werden Sie ja zu schätzen wissen nach dem Anschaffen auf dem Strich. Ich lege Wert auf äußerste Sauberkeit. Keine Nummer ohne Bad.«

»Und das machen die Freier mit?« fragte sie ungläubig.

»Wir verkaufen ihnen das als Entspannung unter der Dusche. Ach ja, und keine Nummer ohne Präser. Da verstehe ich keinen Spaß. Sind Sie registriert?«

Sie nickte.

»Ich will die Untersuchungsergebnisse sehen. Ich kann mir keine Schlampereien erlauben. Dann ist das Studio tot.«

Vera führte sie ins Ankleidezimmer.

»Hier können Sie Ihre Sachen lassen. Das da hinten sind die abschließbaren Schränke für die Freier. Bei uns ist noch keinem was weggekommen«, stellte Vera klar. »Wer sich nicht daran hält, fliegt.«

Sie zeigte auf eine Tür.

»Das ist unser Spiegelzimmer. Da können wir jetzt nicht rein. Das ist besetzt.«

Ein Männerlachen drang durch die Tür.

»Unser blaues Zimmer. Mit separatem Bad.«

Sie liefen weiter.

»Und das hier ist mein Studio.«

Vera öffnete die gepolsterte Tür, gab den Blick auf das Zimmer mit dem schwarzen Boden frei. Die junge Frau neben ihr sah sich stumm die Peitschen an den Wänden an, die Geräte, die im Raum verteilt standen, das gläserne Klo, den Teewagen mit den Spritzen und Schläuchen neben dem gynäkologischen Stuhl.

»Kommen Sie.« Vera lief an schweren Ketten vorbei zu der Tür neben dem schwarzen Kreuz. »Hier ist unsere Kostümkammer.«

Vera zeigte auf die Regale, die mit Schuhen und Perücken vollgestopft waren. Auf der Kleiderstange an der Wand drängten sich Kleidungsstücke aus unterschiedlichen Materialien.

Durch die Kleiderkammer gelangten sie zurück in den Flur.

»Dann haben wir hier noch die Teeküche«, erklärte Vera. »Und dies ist mein Büro. Wenn's mal eng wird, können wir das dazunehmen.«

Der Rundgang war beendet. Sie waren wieder auf der Couch im Empfangszimmer gelandet.

»Was geht an Sie, wenn ich hier mitmache?«

»Fünfzig Prozent von den Tageseinnahmen. Da ist alles drin. Die Anzeigen, Bettwäsche, Seife, Kundengetränke und Fahrten bei Hausbesuchen. Aber die machen wir nur ganz selten. An den Tagen, wo Sie nicht arbeiten, brauchen Sie nicht zahlen. Und ich zahle jeden Tag aus. Bar.«

»Hört sich gut an.« Sie strich über die silbernen Ringe an ihren Fingern.

»Sie müßten mir allerdings ab und zu in meinem Studio assistieren.«

»Natursekt und Kaviar mache ich nicht.« Sie verschränkte die Arme vor der Brust. »Solche Schweinereien mache ich nicht mit.«

»Wenn Sie nicht wollen, brauchen Sie das auch nicht.«

Sie hatte noch keine Frau zu etwas gezwungen, das sie nicht freiwillig tun wollte.

»Aber Sie müßten mir als Zofe zur Hand gehen und die normalen Sachen machen.«

Sie warf die Haare zurück. »Das ist okay.«

»Wann könnten Sie hier anfangen?«

»Gleich anfangen ist schlecht.« Sie hob ihr rechtes Bein. Das

Knie war geschwollen. »Ich bin da wo vorgeknallt. Aber ab Montag geht's.«

»Von mir aus ist alles in Ordnung«, sagte Vera.

»Eine Frage noch.« Sie blieb in der Tür stehen. »Kann ich bei Ihnen auch Freier ablehnen? Wenn ich mal einen nicht abkann.«

»Selbstverständlich«, sagte Vera. »Wir wollen schließlich zufriedene Kunden.«

Sie stand auf der Schwelle, die Strohtasche im Arm.

»Sollen wir uns nicht duzen?« schlug Vera vor. »Wo wir jetzt bald Kolleginnen sein werden...« Sie streckte die Hand aus. »Ich heiße Vera. Für die Freier bin ich Madame Claude.«

»Und ich bin die Tina.«

Die Hand mit den silbernen Ringen lag für einen Moment warm und feucht in Veras Hand.

14

Die Sonne war hinter dem alten Hafenamt versunken. Auf dem Brückengeländer saßen Kinder und ließen an einem Seil Steine nach unten. Wasser spritzte auf und glänzte. Ich stellte meine Maschine auf den Bordstein unter der Kastanie. Eine Möwe flog über das Wasser.

Ich schloß die Haustür auf und leerte den Briefkasten. Nichts als Werbung. Noch nicht einmal eine einsame Rechnung. Ich stopfte den Krempel in den Briefkasten von Frau Neue. Die hatte es verdient. Vielleicht fuhr sie ja mal mit in den Bayerischen Wald. Fünf Tage nur neunundneunzig Mark, Frühstück und Fahrt inklusive. Am besten sie blieb gleich da. In diesem Haus war ich bestimmt nicht die einzige, die ihr das wünschte.

Ich spurtete hoch in den Zweiten und schloß die Wohnungstür auf. In der Küche stand das Kaffeegeschirr der letzten Tage im Spülstein. Auf einen Tag mehr oder weniger kam es jetzt auch nicht an. Ich holte mir eine Flasche Riesling aus dem Gemüsefach im Kühlschrank und zog den Korken heraus. Plopp. Was für ein wunderbares Geräusch zum Feierabend.

Mit einem Stück trockenem Brot und einem kühlen Glas Wein verzog ich mich an meinen Lieblingsplatz am Fenster.

Der Himmel war blau und klar. Vom Wasser stiegen die ersten Nebel auf. Möwen schaukelten auf den Wellen. Wenn ich etwas liebe an meiner Wohnung, dann ist es der Blick über das Wasser und der weite unverstellte Himmel.

Die Menschen auf dem Hafenvorplatz trugen Wolljacken. An der Anlegestelle war richtig was los. Paare warteten im Stehen oder wanderten am Ufer entlang. Frauen trieb es in Zweier- und Dreierklübchen zum Wasser. Männer standen solo in der Landschaft. Am ersten Donnerstag im Monat stach die Santa Monika mit einer Musikband zur Traumparty in See. Über den Kanal zum Schiffshebewerk und wieder zurück. Am Tag danach fischten die Kinder im Hafenbecken nach Kondomen.

Mein Telefon klingelte. Ich hob ab.

»Ja?«

»Ich habe Ihre Anzeige gesehen.«

»Welche Anzeige?«

»Sie wissen schon. Wiedergeburt in Gummi. Das wollte ich immer schon mal probieren.«

»Dann tun Sie's doch. Wozu brauchen Sie mich?«

Ich knallte den Hörer auf die Gabel.

Wiedergeburt in Gummi. Sehr witzig.

Die Santa Monika nahm mit ihren bunten Lichtern Kurs auf den Hafen. Die Leute liefen an der Anlegestelle zusammen.

Es schellte an meiner Tür. Ich legte den Finger auf den Drücker und das Auge an den Spion. Für den Fall, daß mich irgendein Spinner persönlich beglücken wollte.

Kein Spinner. Mein Freund. Eine Überraschung.

Ich machte ihm die Tür auf.

Er hatte ein Köfferchen unter dem Arm. Ich habe ihn am liebsten natur. Ohne Tüten und Koffer. Einfach so.

»Haben Sie auch die Anzeige gelesen?«

Er blinzelte mich mit seinen blauen Augen an. »Anzeige?«

»Wiedergeburt in Gummi«, informierte ich ihn. »Wollten Sie das nicht auch einmal probieren?«

»Was soll das?« Er gab mir einen Kuß auf die Nase.

Ich zuckte die Achseln und schnüffelte ein bißchen Rasierwasser an seinem Hals. Was wußte ich schon von der Wiedergeburt in Gummi.

»Überhaupt.« Er legte seine Hand auf meinen Hintern. »Wieso Gummi? Das ist doch Leder.«

»Erst Leder, dann Gummi. Wart's ab«, riet ich ihm.

»Willst du mir angst machen? Ich bin viel zu kaputt heute.«

Dachte er, ich wollte ihn auf der Schwelle samt Köfferchen vernaschen? Oder war das als Ansporn gedacht?

»Ich hab' dir was mitgebracht«, grinste er. »Guck nicht so böse.«

Ich beäugte mißtrauisch seinen Koffer.

»Es fliegt nicht, es beißt nicht, und es tropft nicht.«

Einmal hatte er mir ein totes Kaninchen angeschleppt. Der Gestank hatte sich wochenlang in meiner Küche gehalten.

Er klappte den Koffer auf.

Eine Bohrmaschine mit unterschiedlichen Vorsätzen und Dübeln. Alles geruchsneutral. Ich war erleichtert.

»Jede Frau braucht es.« Er grinste anzüglich. »Der Knaller kommt noch.«

Er zog eine Tüte aus seinem Sakko, nestelte an dem Papier und förderte eine Eisenklammer zutage.

»Was soll das sein?« fragte ich gefaßt.

Er griff in die andere Tasche und holte eine lange Tube heraus, die an eine Zahnpastatube erinnerte.

»Zeig mal.« Ich nahm ihm die Tube aus der Hand. Es war Zahnpasta. »Hab' ich Mundgeruch?« wollte ich wissen.

»Du hast keinen Mundgeruch«, beruhigte er mich.

Es hätte mich auch gewundert. Aber man weiß ja nie. Die Werbesendungen gehen auch an mir nicht spurlos vorüber.

»Das ist die Antwort auf deine Zahnpastaprobleme«, verkündete er stolz.

»Zahnpastaprobleme?« Eine Sorte Probleme, von der ich bisher nicht wußte, daß ich sie hatte.

»Du kannst nicht mit einer Zahnpastatube umgehen. Keine Frau kann das.« Er hielt die Drahtschraube gegen die Wand und riß mit der Kante die Tapete ein.

Ich war neugierig, wie die Dinge sich weiter entwickeln würden.

»Das gehört so.« Er stopfte die Tube kopfüber in die Halterung.

»Au.«

Tube und Halterung fielen auf den Eßtisch.

Er hatte sich den Nagel eingerissen und lutschte das Blut ab.

»Willst du mir das hier über dem Tisch anbringen?« Ich hielt meine Stimme bewußt neutral.

»Natürlich nicht.« Er kaute an seinem Fingernagel. »Das gehört ins Bad, neben das Waschbecken.«

»So, so. Ins Bad.« Ich sah auf den geöffneten Werkzeugkoffer und dachte an meine Fliesen. Häßlich gelb, aber bisher intakt.

»Jetzt sag bloß, das ist nicht praktisch.« Er sah mich triumphierend an.

»Doch, doch.« Ich gab ihm einen Kuß auf den Mund. »Das Bad gehört dir.«

Er klappte die Kiste zu, klemmte sie unter den Arm und schritt erhobenen Hauptes der Bohrstelle entgegen.

Das Telefon schellte.

Ich nahm ab.

»Wiedergeburt in Gummi gibt's nicht. Heute nicht.«

»Was quatschst du da?« Weber. »Wir haben eine Leiche. In zehn Minuten bin ich bei dir.«

Durch die offene Tür drang das Kreischen eines Bohrers, der sich durch Stein frißt.

»Alles in Ordnung?« fragte Weber. »Bei dir ist so ein Krach.«

»Aber ja«, beruhigte ich ihn. »Mein Freund baut nur das Badezimmer ab.«

Ich suchte meine Tasche mit der Pistole und den Dienstausweis. Als das Bohren pausierte, wagte ich mich ins Bad.

Der Bohrer lag samt Schnur in der Badewanne, und eine Fliese lag zerbrochen am Boden.

»Liebling, ich muß weg.«

Ich gab ihm einen Kuß auf die Backe. »Der Wasseranschluß ist im Kämmerchen neben dem Bad.«

Was waren schon ein paar demolierte Badezimmerkacheln, wenn mir das Bohren erspart blieb und ich abhauen durfte?

Es geht nichts über ein paar freie Tage. Die Nerven werden wieder fest wie Drahtseile.

15

Ich schlug die Haustür auf. Die Santa Monika schwamm mit ihren bunten Lampen durch den Hafen. Fetzen von Musik drangen zu mir. Ich meinte etwas wie ›life, life is life‹ zu verstehen. Unter der Laterne lief ich ein paar Schritte auf und ab.

Weber bog mit seinem Volvo um die Ecke. Ich öffnete die Tür und setzte mich zu ihm auf den Beifahrersitz.

»Ausgerechnet heute«, fluchte Weber. »Das mußte ja sein.«

Ich spannte mir den Gurt über die Brust. Mit einem Klick rastete er ein. »Was ist denn heute?« Ich sah ihm ins Gesicht.

Er zupfte an seinem Schnauzbart. »Wir sind eingeladen. Bei Ingas Chef.«

»Sei froh, daß du nicht mit mußt.«

»Das sagst du.« Er fuhr nach links, stoppte ab.

Wir zockelten hinter einem Abschleppwagen her. Ein eiserner Greifarm schwenkte in der Luft.

»Ich hätte den Spinner gern mal kennengelernt.« Er machte einen neuen Ansatz zum Überholen, bremste ab.

»Der hat doch ein Rad ab. Und so was findet Inga toll.«

Er gab Gas und preschte in halsbrecherischem Tempo an dem Abschleppwagen vorbei. Gerade noch rechtzeitig. Ein LKW kam uns entgegen.

»Wohin geht's überhaupt?« fragte ich meinen Kollegen, der starr nach draußen guckte.

»Nicht weit. Braunschweiger.«

Wir fuhren die Mallinckrodtstraße hinunter.

»Mehr weiß ich auch nicht.«

An einer Ecke verhandelte eine blonde Frau mit einem Mann am Steuer. Sie stieg in das Auto.

Der Nordmarkt lag im Dunkeln. Die Scheinwerfer des Volvo streiften das Backsteinhaus, vor dem ein paar Obdachlose ihr Nachtquartier eingerichtet hatten.

Weber bog ab in die Braunschweiger. Er brauchte mir die Nummer nicht zu nennen. Es war klar, wo wir hinmußten.

Wir hielten neben dem grünweißen Wagen auf dem Bordstein. Der Kollege stieg aus und kam zu uns.

»Es ist im Hof.«

Er übernahm die Führung. Die Jungens von der Spurensicherung waren mit ihrem Wagen direkt in den Hof gerollt. Ein Scheinwerfer beleuchtete die Front alter Garagen. Über den Garagen lag eine Wohnetage. Auf dem Dach thronte eine große schwarze Schüssel. Die Fenster waren dunkel.

»'n Abend, Frau Kommissar, Herr Kollege.«

Ich nickte einen kurzen Gruß.

Vor der offenen Garage stand ein Kollege in Uniform mit einem älteren Ehepaar.

»Das sind Herr und Frau Schimmloh«, stellte er uns die beiden vor. »Herr Schimmloh hat die Garagentür aufgebrochen und die Polizei gerufen.«

»Meine Frau hat es zuerst gerochen. Das riecht nach Tod, hat sie gesagt.«

Die Frau mit den grauen Haaren nickte. »Und du hast gesagt: ›Das ist eine tote Ratte.‹ Ich wußte gleich, daß das keine Ratte war.«

16

Der Tote baumelte nackt unter der Decke. An zwei Seilen, die um Eisenrohre verknotet waren. Ein Seil um die Taille, eins um den Hals. Kopf und Oberkörper kippten nach hinten. Die Füße waren mit schwarzen Lederriemen zusammengebunden.

Mein Blick wanderte durch den Raum. Eine Garage wie viele, größer als die meisten. An der Rückwand ein schmales Fenster, unter der Decke Rohre, in der Mitte ein roter Sportwagen. Daneben ein Stapel Reifen. In der Ecke ein Haufen ordentlich gefalteter Kleidung. Darauf ein Paar halbhohe Turnschuhe.

Die Scheinwerfer der Kollegen leuchteten alles taghell aus. Erbarmungslos, bis in den letzten Winkel.

Ein Summen hing in der Luft. Dicke schwarze Fliegen schwirrten durch den Raum. Mit lautem Brummen stürzten sie sich der Lichtquelle entgegen. Ihr Summen setzte sich in mein Ohr. Böse und bedrohlich.

Ich ging näher an die Leiche. Es stank elend. Die Zunge lag aufgequollen zwischen den Zahnreihen. Ich schluckte. Die Lippen leuchteten in grellem Rot. Drei Fliegen kreisten um die Beine des Toten. Jetzt sah ich die schwarze Schleife zwischen den Beinen. Das Fleisch in der Mitte der Schleife schimmerte blau.

»Toter, männlich, geschätztes Alter zwischen zwanzig und dreißig.« Fleischers Diktierstimme. Er schaltete das Gerät aus.

»Gucken Sie mal, Frau Kollegin.« Er zeigte auf weiße Maden, die aus der eingerissenen Halsspalte des Toten krochen. »Sind die nicht nett?«

»Schön warm hier. Ein lauschiges Plätzchen zum Brüten.«

So nah an der Leiche war der Gestank kaum auszuhalten. Ein paar Tage mußte sie schon hängen. Ich sah die Totenflecken an den Beinen und Unterarmen. Es rumorte in meinem Magen.

Ich werde mich nie an den Geruch von Leichen gewöhnen.

»Gucken Sie sich das an.« Fleischer zeigte auf das Seil, das vom Körper des Toten mit seinen beiden Enden zu den Röhren unter der Decke lief. Dort verknotet war. »Sieht nach Selbsttötung aus.«

»Ziemlich aufwendig, das Ganze.«

Ich zeigte auf den Reifenstapel, über dem der Tote baumelte. Dort mußte er hinaufgestiegen sein. Von dort die Enden des Seils über die Rohre geworfen und festgeknotet haben.

»Wie gefällt Ihnen der Lippenstift?« fragte er mich.

»Könnte meiner sein«, antwortete ich. »Nett.«

»Ich wette, das da sind Samenspuren.«

Fleischer zeigte auf die Schenkel des Toten. Manchmal glaube ich, es gibt da so einen Wettbewerb unter den Kollegen. Wer schafft es als erster, die Stein zu schocken? Ich sah auf das blaugeschwollene Geschlechtsteil zwischen dem schwarzen Nylon. Die Enden der Schleife, auf der eine Fliege herumspazierte. Die angetrockneten weißen Spritzer auf dem Fleisch darunter.

»Ich wette, er hatte noch Spaß.« Seine Augen glänzten. »Die Menschen sind erfinderisch, wenn es um die Lust geht.« Das Thema beflügelte ihn. »Einmal hatten wir einen, der hat sich mit einer Glühbirne ins Jenseits befördert. Wollen Sie wissen, wie?«

Nichts würde ihn davon abhalten, mir die Geschichte zu erzählen.

»Er hat sich eine brennende Glühbirne eingeführt, rektal.«

Jetzt brachte er mich doch noch zum Staunen.

»In Kerzenform«, setzte er nach. Aha. »Dann packt er an einen Wasserhahn und peng. Die ganze Lust ist vorbei. Für immer.«

Ein Kollege näherte sich mit einem Fotoapparat. Er stieg auf den Reifenstapel und brachte die Kamera in Anschlag.

»Selbstfesselung dient dem Lustgewinn, Frau Kollegin.«

Heute hatte Fleischer zu einer neuen Berufung gefunden. Sexuelle Weiterbildung einer weiblichen Kollegin.

Der Kollege mit der Kamera stieg von den Reifen und machte sich an die Ablichtung der Partien zwischen den Schenkeln.

»Haben Sie schon einmal eine Manschette zum Blutdruckmessen angelegt?« Die Frage war rein rhetorisch.

Er hob den Arm, machte eine Faust.

»Sie pumpen die Manschette auf. Die schnürt den Arm ab. Und was passiert? Das Blut staut sich vor der Abschnürung. Das Gewebe schwillt an. Ein simples Prinzip.« Er schwieg.

Ich war dankbar, daß mir ein vertiefender Vortrag über männliche Schwellkörper im einzelnen und im allgemeinen erspart blieb.

»Sie glauben also, hier ging es um Lust?«

Was er gesagt hatte, lief eindeutig auf Unfall heraus. Es war ungewöhnlich, daß Fleischer sich so schnell festlegte.

»Der Lippenstift, die Penisdressage.« Er wiegte den Kopf. »Sagen wir einmal, auf den ersten Blick sieht es so aus.«

Da war der Rückzieher. Hatte ich es mir doch gedacht.

»Erst einmal muß ich ihn obduzieren. Sie wissen ja, wie das ist bei Erhängen. Stellen Sie sich vor, er hat ein kleines Loch in der Brust, und wir haben das übersehen.«

Es ist immer wieder erstaunlich, wann die Kollegen ›ich‹ und wann sie ›wir‹ sagen.

17

Zwei Kollegen zerschnitten die Hanfseile und hängten den Toten ab. Ein Kollege stand auf einer Leiter und beschäftigte sich mit dem Seilende, das an einem Rohr festgebunden war. Jetzt hielt er ein Stück Seil in der Hand, in dessen Mitte ein Knoten saß.

Die berühmten Knoten. Jedes Lehrbuch war voll davon. Seemannsknoten, Zimmermannsknoten. Ich hatte noch von keinem Fall gehört, der aufgrund der Art des Knotens gelöst worden war.

Müller zog mit einer Sprühdose durch die Garage. Gaswolken schossen aus der Düse. Insektenspray konnte es nicht sein. Die Fliegen ließen sich jedenfalls nicht beeindrucken. Nach wie vor schwirrten sie aufgeregt und aufgebracht über unsere Köpfe. Ich tippte auf Geruchsspray. Was es auch war, gegen den durchdringenden Geruch dieser Leiche hatte es keine Chance.

Der Tote wurde auf die Bahre gelegt. Ich hielt Ausschau nach Gebhard, dem Chef der Spurensicherung. Mir war, als hätte ich ihn vorhin noch hier gesehen. Fehlanzeige. In einer Ecke beschäftigte sich ein Kollege mit der Kleidung des Toten. Das interessierte mich. Ich lief zu ihm.

Als ich an der Bahre mit dem Toten vorbeikam, sah ich einen dicken, schwarzen Brummer von der Schläfe her auf den Augenwinkel zumarschieren. Er stellte sich an den Rand des Auges und tauchte den Rüssel ein. Ich sah schnell wieder weg.

»Das ist er.« Der Kollege reichte mir das Plastiktütchen mit dem Ausweis.

»Frank Bartels«, las ich. »Geboren am 24. 3. 1969, wohnhaft Braunschweiger Straße.« Ein sympathisches Männergesicht mit Grübchen.

»Habt ihr sonst noch was?« fragte ich.

»Den Lippenstift.«

Ein kurzer Stift in einer schwarzbraun glänzenden Hülle. Die Sorte, die ich mir nie kaufe, weil zu wenig drin ist. Ich gab ihm die Tüte mit dem Stift zurück.

»Wir nehmen uns auch noch die Karre vor.«

Er zeigte auf den roten Flitzer.

»Was ist das denn?«

Unter den Kleidern lugte ein buntes Stück Papier hervor.

Er zog mit seinen Plastikfingern die Zeitung heraus und warf einen kurzen Blick darauf.

»Tittenpresse«, sagte er. »Billigste Sorte.«

Das Titelblatt zeigte eine Blondine mit drallen Brüsten. In der Ecke war eine Werbung eingebaut.

»Spanische Fliege. Steigert Potenz und Lebensfreude.«

Ich bedankte mich bei dem Kollegen und ging zu dem roten Wagen. Ein Sportwagen, englisches Modell. Einige Jahre hatte er schon auf dem Buckel. Die Seitentür stand offen. Das Armaturenbrett war aus Holz, die Sitze aus Leder. Neben der Handbremse steckte ein dünner Autoatlas. Unter dem Vordersitz lag ein Plastiktier mit grünen Pfoten.

Zwei Fliegen jagten an mir vorbei. Eine hinter der anderen. Sie flogen einen rasanten Bogen. Eine Fliege setzte sich auf den Rükken der anderen, zwang sie zur Landung. Übereinander saßen sie auf dem Dach des Wagens. Es sah nicht so aus, als würden sie zur Steigerung von Potenz und Lebensfreude irgendein Mittelchen brauchen. Ich überließ den Kollegen von der Spurensicherung das Terrain und verließ die Garage.

Ein Taxi fuhr in den Hof. Der Herr Staatsanwalt. Mit wehendem Mantel lief er direkt auf mich zu.

»Verehrte Kollegin.« Er streckte mir die Hand hin. »Da liegen die Ermittlungen ja in kompetenten Händen.«

Sein Augenlid zuckte. Bei unserem letzten Treffen hatte er mich noch mit ganz anderen Sprüchen beglückt.

Ich ließ ihn stehen und hielt nach Weber Ausschau. Vergebens. Ich lief zu dem Ehepaar, das immer noch neben dem Kollegen von der Schutzpolizei stand und die Aktivitäten im Hof verfolgte.

»Kennen Sie den Toten?« fragte ich den Mann in der dunkelblauen Zimmermannshose mit dem karierten Hemd.

Er nickte. »Der Frank wohnt hier bei uns.« Er zeigte auf die Rückseite des Wohnhauses hinter uns. Nur zwei Fenster waren beleuchtet.

»Unter dem Dach«, ergänzte seine Frau.

»Herr Schimmloh ist hier der Hausmeister und Verwalter«, informierte mich der uniformierte Kollege.

»Wohnte der Tote schon lange hier?« fragte ich.

»Nicht so lange«, Frau Schimmloh schüttelte den Kopf. »Zehn, zwölf Jahre.«

Wenn zwölf Jahre kurz für sie waren, was war für sie lang?

»Hat er gearbeitet?« Früher habe ich gefragt, wo hat er gearbeitet. Heute frage ich, hat er gearbeitet. Die Trefferquote ist einfach höher.

»Er arbeitet bei Strottmann«, sagte Herr Schimmloh. »Die verdienen gut da.«

Noch, ergänzte ich in Gedanken. Auch das Kfz-Gewerbe ist nicht mehr das, was es mal war.

»Hat er alleine gelebt?«

Frau Schimmloh sah ihren Mann an.

»Meistens«, sagte sie.

»Was heißt meistens?« bohrte ich nach.

»Zwischendurch hatte er Freundinnen und hat mit denen da oben gelebt. Aber das ging nie gut.«

»Mit Tina ist er schon länger zusammen«, sagte Herr Schimmloh.

»Das nennst du lange?« empörte sich seine Frau.

Ihre Zeitbezüge kamen mir erklärungsbedürftig vor.

»Wie lange etwa?« fragte ich.

»Ein halbes Jahr, höchstens.«

Zeit ist relativ. Ich habe es noch nicht länger als sechs Wochen mit einem männlichen Wesen unter einem Dach ausgehalten.

»Aber jetzt sind sie auseinander, und das wundert mich gar nicht.«

»Mia«, ermahnte Herr Schimmloh seine Frau. »Das weißt du doch gar nicht.«

»Und wo ist sie die letzte Zeit? Kannst du mir das mal sagen?« fragte Frau Schimmloh. »Bestimmt hat er sich von ihr getrennt. Das wurde auch langsam Zeit.«

»Mia...« Sein Appell zeigte keine Wirkung.

»Ist doch wahr«, beharrte Frau Schimmloh. »Wie die immer rumgelaufen ist.«

»Wissen Sie etwas über Verwandte?« versuchte ich unsere Unterhaltung auf ein anderes Gleis zu bringen.

Herr Schimmloh schüttelte den Kopf. »Frank war allein. Franks Mutter ist nach Spanien.«

»Nach Spanien?« fragte ich.

»Sie hat noch einmal geheiratet. Einen Spanier. Und den Frank hat sie allein hiergelassen.« Frau Schimmloh verzog mißbilligend die Lippen.

»Er hat dann die Wohnung übernommen«, erklärte Herr Schimmloh. »Vor fünf Jahren etwa.«

Fürs erste reichten mir die Informationen. Ich verabschiedete mich von Herrn und Frau Schimmloh und kündigte an, daß ich mich im Laufe der Ermittlungen noch einmal mit ihnen in Verbindung setzen würde.

Die Kollegen von der Spurensicherung räumten ihre Sachen in den Wagen und waren dabei, die Garage zu verriegeln. Der Motor des mobilen Einsatzwagens sprang an. Mit einem Schlag ging das Licht im Hof aus. Der letzte Scheinwerfer wurde eingeräumt.

Ich sah die Fassade hoch. Zwei Fenster waren hell. Der Rest lag im Dunkeln. Dort oben hatte er einmal gelebt. Zusammen mit einer Freundin.

Die Kollegen fuhren vom Hof.

Jetzt gehörte die Garage wieder den Fliegen. Oder auch nicht. Was sollten sie da ohne ihre Beute?

18

Ich lief durch die dunkle Einfahrt nach draußen.

Weber saß am Steuer seines Volvos.

»Wo warst du?« wollte ich wissen.

»Ich war nur mal kurz telefonieren. Wegen Inga. Ob sie ohne mich zu dem Lackaffen ist.«

Es war nicht schwer zu raten, wie der Anruf ausgegangen war. Seine Wangen waren gerötet, und sein Atem roch nach Bier.

»Und dann hab' ich ein Bier gezischt und Gebhard getroffen.«

Ich war begeistert. Die einen malochten. Die anderen verdrückten sich und tranken ein Bier.

»Bist du nicht neugierig, was der mir erzählt hat?«

Wenn ich ehrlich war, konnte ich mir bei der Kombination von Gebhard und Bier nur schmutzige Witze vorstellen.

»Erzähl schon«, sagte ich trotzdem.

»Er war in Düsseldorf im Puff.«

»Und was ist daran so spannend?« fragte ich.

»Du glaubst nicht, wer ihm da über den Weg gelaufen ist. Auf dem Parkplatz.« Er haute auf das Lenkrad. »Heinze. In seinem Mercedes. Steigt aus. Sieht Gebhard. Steigt sofort wieder ein und haut ab.«

Er sah mich erwartungsvoll an. »Ist das wohl 'n Ei?«

»Gebhard ist ein blindes Huhn», sagte ich.

»Wieso blindes Huhn?« fragte mein Kollege und zupfte ratlos an seinem Bart.

»Er hat den Autobus nicht gesehen.«

»Welchen Autobus?«

»Den Autobus voller Kollegen. Die Fachkonferenz zur Bekämpfung der organisierten Kriminalität fand in diesem Jahr wieder in Duisburg statt«, zitierte ich. »Und Duisburg und Düsseldorf...« Den Rest ließ ich offen.

Weber verstand immer noch kein Wort.

»Ja, was meinst du denn, wo die sich abends vergnügen?«

Jetzt war der Groschen gefallen.

»Autobus voll. Das ist gut.« Er gluckste los. »Das muß ich dem Gebhard erzählen.«

»Komm, fahr. Ich will nach Hause.«

Sein Gesicht verdüsterte sich. Der Gedanke an sein Zuhause schien ihn nicht zu erfreuen.

»Was hältst du von dem Fall?« lenkte ich ihn ab. »Glaubst du, daß es ein Unfall war?«

»Vielleicht hat der Typ einem anderen die Frau ausgespannt, und der hat sich dafür gerächt und es so gemacht, daß es wie ein Unfall aussieht.«

Ich gähnte.

»Wär' doch möglich«, sagte er. »Es gibt solche Typen. Die schrecken vor nichts zurück. Die baggern selbst eine verheiratete Frau mit zwei Kindern an. Gibt's alles.«

Er sprach nicht von irgendeiner Frau. Er sprach von seiner Frau.

Ich gab auf. Heute war mit meinem Kollegen kein vernünftiges Wort mehr zu wechseln. Über ruhige Straßen rollten wir in Richtung Hafen. Ich dachte an den Toten. An das Foto auf dem Ausweis. Ein ganz normaler junger Mann. Ein Gesicht mit Grübchen. Eine Leiche, die an zwei Seilen über einem Reifenberg gehangen hatte. Mit Totenmalen an Armen und Beinen, mit einer grotesken schwarzen Schleife über einem Geschlechtsteil, das blau angelaufen war.

Auf einmal hatte ich wieder den Geruch in der Nase. Der Gestank ist jedesmal wieder ein Schock. Dieser widerliche Geruch von verwesendem Fleisch, der einem den Magen umdreht. Irgendwer hat mir einmal gesagt, kein Tier stinkt so wie der Mensch. Ich bin sicher, er hat recht.

Und wir machen jedesmal das gleiche. Ich so wie jeder andere Kollege. Wir sammeln, sichten, machen, tun. Wir erzählen uns abgestandene Witze.

Alles, um zu verdrängen, daß wir auch eine Haut haben, die reißen kann, Knochen, die brechen. Ein Herz, das von einem Moment auf den anderen das Schlagen einstellen kann.

19

Vera schloß die Tür des Studios auf. Sie trug die Tüte mit den Einkäufen in die Küche und ging ins Ankleidezimmer. Mit einem Fingerdruck schaltete sie das Radio ein. Nachrichten. Sie hängte die Kostümjacke auf den Bügel, legte die blauweißen Handschuhe in die Schublade.

An einem anderen Ende der Welt zerstörte ein Tornado die Häuser von Tausenden von Menschen und machte sie obdachlos.

Vera verschob Kleiderbügel, hing einen Rock an die Schranktür und suchte nach einer passenden Corsage.

Die fünf Weisen sagten weiterhin steigende Arbeitslosenzahlen voraus.

Vera setzte sich vor den Schminktisch. Sie griff nach einem Stift und rahmte die Augen schwarz.

Das Wetter war erfreulich. Sonnig und warm.

Sorgfältig malte sie sich die Lippen rot.

Hoffentlich blieb es weiter schön. Morgen wollte Hilde mit den Kindern in den Zoo.

Sie legte ein Papier zwischen die Lippen und preßte sie fest zu.

Im Radio wurde der erste Studiogast zum Thema Müllvermeidung begrüßt. Vera zerstäubte mit einem Pinsel Puder auf dem Gesicht. Die Frau im Radio bat die Frauen zu Hause, bei ihr anzurufen und zu erzählen, was sie machten, damit der Müllberg kleiner wurde. Vera setzte ihren Zeigefinger auf die schwarze Taste. Das Radio schwieg.

Sie ging in die Küche und packte die Einkaufstüte aus. Brötchen- und Kaffeeduft machte sich breit.

Ein Telefon klingelte. Sie lief ins Büro, hob den Hörer des roten Telefons ab.

»Studio dreizehn.«

»Machen Sie auch Hausbesuche?«

»Nein, keine Hausbesuche«, sagte sie automatisch. »Warum kommen Sie nicht zu uns? Wir haben es sehr nett. Sauber, gepflegt...«

Der Mann am anderen Ende der Leitung fiel ihr ins Wort.

»Ich zahle gut, sehr gut sogar.«

»Vielleicht ließe sich ja doch etwas machen«, räumte sie ein. »An was hatten Sie denn gedacht?«

Der Mann lachte dröhnend.

»An was ich gedacht habe? Ich will dir mein dickes, fettes Rohr reinschieben. Da...«

Sie drückte die Gabel herunter.

Vera hörte einen Schlüssel in der Tür. Sie sah auf die Uhr. Punkt zehn. Schritte näherten sich über den Flur.

Angelika war pünktlich wie immer.

»Hallo Vera. Alles klar?«

Ungeschminkt sah Angelika völlig unscheinbar aus. Mit ihren mausigen kurzen Haaren. Wie eine Hausfrau, die eben mal um den Block zum Einkaufen huscht. Seit einem Jahr arbeitete sie schon bei ihr. Vera hoffte, daß sie noch lange blieb.

»Wie geht's den Kleinen?« fragte Angelika sie.

Vera füllte das Kaffeepulver in den Filter.

»Andreas schimpft auf die neue Schule. Aber Kati geht gern in den Kindergarten.«

Sie schaltete die Kaffeemaschine ein.

»Das wird schon«, tröstete Angelika sie. »Und wie gefällt's deiner Mutter?«

»Hilde ist begeistert. Sie hat zum erstenmal in ihrem Leben einen Garten.«

»Na, siehst du.« Angelika lief weiter ins Ankleidezimmer zum Umziehen.

»Wie war's bei dir, bei deinem Schwager?« rief Vera durch die offene Tür.

Das Wasser begann mit leisem Gurgeln in den Filter zu sprudeln.

»Furchtbar. Alle haben sie auf Tom rumgehackt, weil er keine Arbeit hat.«

Vera schmierte Brötchen. Sie drapierte die mit Käse und Schinken belegten Hälften auf einem Teller.

Angelika kam zur Tür herein. Kurzer Rock, enger Pulli über dem prallen Busen, die Perücke mit den blonden Locken, geschminkt.

»Schon was los?« fragte sie und goß sich eine Tasse Kaffee ein.

»Ein Spruchperverser am Telefon.« Vera schnitt eine Tomate auf und setzte sie zur Dekoration zwischen die belegten Brötchen. »Am meisten ärgert mich, daß die nicht zahlen. Wichsen sich einfach einen gratis.«

»Wie lief's gestern?« Angelika nahm mit spitzen Fingern eine Brötchenhälfte, brach sie in zwei schmale Stücke. »Wir haben gar nicht mehr geredet. Hast du sie genommen?«

»Montag fängt sie an.«

»Wieso erst Montag?« Angelika schob sich vorsichtig das Stück mit dem Käse in den offenen Mund.

»Sie hat was am Knie.« Vera zeigte auf ihr Bein. »Das will sie erst noch kurieren.«

Angelika kaute und sah auf Veras Knie. Mit einem Schluck Kaffee spülte sie die Reste des Brötchens runter.

»Seit wann brauchst du ein Knie beim Bumsen?« fragte sie. »Das fängt ja gut an. Und sonst? Wie ist sie so?«

»Um die zwanzig«, gab Vera Auskunft. »Nicht auf den Kopf gefallen, sieht gut aus, klein, zierlich.«

Angelika klappte einen Spiegel auf.

»Hat immer mal wieder angeschafft. Auf dem Autostrich. Seit einem halben Jahr ist sie voll dabei. Der Freund weiß Bescheid. Mal sehen, wie sie sich macht.«

Mit dem Ende der Serviette tupfte Angelika sich die Krümel vom Mund. »Eine Neue ist immer gut fürs Geschäft.«

Angelika zerknüllte die Serviette in ihrer Hand.

»Sie ist keine Konkurrenz für dich«, beruhigte Vera sie. »Sie macht nur normal und blasen. Mehr nicht.«

»Erst einmal werden sich alle auf sie stürzen. Das ist ganz klar.« Angelika betrachtete ihre Augenbrauen im Spiegel. »Und ich werde weniger machen.« Sie setzte die Pinzette an.

»Hast du eigentlich mal wieder von Irma gehört?«

»Du kennst doch Irma. Autsch.« Angelika sah auf das Haar, das zwischen den Schenkeln der Pinzette klebte. »Unter der großen Liebe tut sie's nicht. Privat meine ich.«

Sie klappte den Spiegel zu.

»Neues Leben, neues Glück. Was soll sie da mit uns?«

Sie verstaute Spiegel und Pinzette in einer schwarzen Tasche.

»Eines Tages steht sie wieder vor der Tür«, sagte sie. »Wetten, daß...?«

Ein Telefon klingelte.

»Laß mal, ich geh' schon.« Angelika stand auf und lief ins Büro.

»Studio dreizehn.« Sie setzte sich auf den Hocker und schlug die Beine übereinander.

»Wir sind zu dritt.« Sie hielt den Hörer locker am Ohr. »Für jeden Geschmack etwas. Worauf stehst du denn so?«

Angelika sah auf ihr Netzstrumpfbein.

»Kannst du alles haben. Wir heizen dir ein, daß dir Hören und Sehen vergeht.

Also heute um kurz vor zwölf. Wir warten auf dich.«

Angelika ließ den Hörer fallen.

Vera ging an den Sekretär und schlug das Buch mit dem roten Samtumschlag auf.

Die Türklingel schellte.

Vera ging die Eintragungen in ihrem Buch durch.

»Ein Neuer. Thomas.«

Es schellte ein zweites Mal an der Tür.

»Auf die Plätze, fertig, los.« Vera prüfte im Spiegel den Sitz des Rocks. »Heute mittag geht's dann richtig los.«

Sie ging zur Wohnungstür, sah durch den Spion.

Ein Mann in einem grauen Anzug rückte sich die Krawatte gerade. Vera öffnete die Tür.

»Willkommen im Studio dreizehn«, lächelte sie. »Du bist bestimmt der Thomas.«

Während sie lächelte, ratterte der Computer in ihrem Kopf.

Mitte Dreißig, gutverdienend, gepflegt. Die Haut schlecht durchblutet, ein angespannter Zug um den Mund.

»Wir haben miteinander telefoniert, glaube ich.«

Er gab ihr eine kalte Hand.

»Nach dir.«

Sie ließ ihn vorgehen. Gib keinem die Chance, dir von hinten ein Messer zwischen die Rippen zu halten. Egal, wie seriös er aussieht.

»Links die Tür.«

Angelika hatte alles im Griff. Die Gardinen waren halb zu. Die Stehlampe mit dem roten Schirm brannte. Angelika lehnte an der Stereoanlage, regulierte mit einer Hand die Lautstärke der Musik und winkte ihm zu. »Hallo, Thomas.«

»Setz dich, Thomas.« Vera wies auf das weiße Ledersofa. »Mach es dir bequem.«

Er stellte die Aktentasche neben das Sofa und streckte die Füße lang. Schwarze Lederschuhe, ziemlich neu, ziemlich teuer.

»Möchtest du etwas trinken?«

»Ein Leichtbier, bitte.«

Männer wie er wußten, was sie wollten. Und waren bereit, dafür zu zahlen.

»Wie hast du von uns gehört?« fragte Vera.

Es war immer interessant zu erfahren, auf welchen Wegen die Kunden ins Studio kamen.

»Ein Freund hat euch empfohlen.« Er musterte die Ledersessel, als wäre er ein Vertreter für Polstermöbel.

Angelika kam mit dem Getränketablett und nahm ihm gegenüber im Sessel Platz. Sie schlug die Beine übereinander.

Er goß sich ein Bier ein und sah Angelika zwischen die Beine. »Was kann man bei euch denn so alles machen?«

»Wir sind flexibel«, Angelika fuhr mit ihrer Zunge um den roten Mund. »Alle Neigungen.«

»Was hast du dir denn so vorgestellt?« fragte Vera.

Der Mann nahm einen Schluck Bier und stellte das Glas sorgfältig an seine alte Stelle auf das Tablett.

»Das Normale interessiert mich weniger.« Seine Hand löste sich von dem Glas. Der schmale Goldring an seinem Finger glänzte.

»Wir sind spezialisiert auf ausgefallene Wünsche«, sagte Vera. »Das hat aber seinen Preis.«

»Was kostet bei euch eine bizarre Behandlung?« fragte er.

»500 DM eine Stunde bizarr. Das ist ein kurzer Streifzug durch die gängigen Techniken«, sagte sie. »Wenn es länger dauern soll und intensiver, kostet es entsprechend.«

»Was für eine Ausstattung habt ihr in eurem Studio?«

»Andreaskreuz, Strafbock, Streckbett, Galgen, Käfig«, zählte Vera auf. »Ein gläsernes Klo und natürlich einen Behandlungsstuhl.«

»Habt ihr auch Kleidung für Gummiliebhaber?«

Er sah auf ein Paar blauweiße Gummischlappen, die vor der Tür zu Veras Studio standen.

»Wir sind gut sortiert in Gummi. Mäntel, Hosen, Röcke«, zählte Vera auf, »Schürzen, Corsagen, Windelhosen, was du willst.«

Er zückte die Brieftasche.

»Eine Stunde«, sagte er. »Für den Anfang. Zum Kennenlernen.«

Fünf blaue Scheine lagen auf dem Tisch.

Vera rollte die Scheine zusammen.

»Was mache ich mit meinen Unterlagen?« Er zeigte auf seinen Koffer.

»Den können wir wegschließen«, sagte Vera. »Angie zeigt dir alles.«

Angelika stand auf und lächelte ihn an.

»Du kannst mit ihr schon unter der Dusche ein wenig entspannen.«

Er griff seinen Aktenkoffer und folgte Angelika zur Tür.

»Ich erwarte dich dann im Studio«, verabschiedete sich Vera. »Ich hoffe, du weißt, wie du dich deiner Herrin zu nähern hast.«

20

Ein lautes Klingeln brach in meine Träume. Was immer vorher an Bildern in meinem Kopf herumgespukt war, jetzt preschte ein weißer Krankenwagen mit Rotlicht eine nächtliche Straße entlang. Kein Krankenhaus in Sicht. Ich schlug die Augen auf. Das Telefon neben meinem Bett klingelte.

»Ja?« ich zog den Hörer ans Ohr.

»Ich möchte einen Termin vereinbaren.«

»Einen Termin wofür?« fragte ich verschlafen.

»Ich habe Ihre Anzeige gelesen.«

Auf einmal war ich hellwach. Noch so ein Spinner. »Welche Anzeige?«

»Na die im Happy Weekend, Sie wissen schon. Das wollte ich kennenlernen.«

»Was wollten Sie kennenlernen?«

»Sie wissen schon.« Die Stimme wurde leiser. »Lassen Sie sich von Ihren Wünschen und Träumen treiben. Lassen Sie einfach los.«

»Nur zu«, ermutigte ich ihn. »Fangen Sie schon mal mit dem Telefon an.« Ich drückte den Hörer auf die Gabel.

Ein letztes Mal streckte ich mich unter der Bettdecke. Von wegen, lassen Sie sich von Ihren Wünschen treiben. Es war halb neun. Ich mußte raus.

Ich band den Kimono zu und lief ins Bad.

Der Effekt war riesig. Er hatte es mal wieder geschafft. Der Bohrer lag in der Wanne. Samt Handfeger und einem Kehrblech voll Keramiksplitter und Putzbrocken. Neben meinem Spiegel fehlten drei gelbe Fliesen. Dafür prangte jetzt ein Zahnpastatubenhalter auf der nackten Wand. Ohne Zahnpasta.

Der Koffer für den Bohrer lag aufgeklappt in meinem Waschbecken. Ich hielt Ausschau nach dem alten Glas mit den Zahnbürsten und der Zahnpasta. Nirgendwo zu sehen.

Ich beschloß, mir von solchen Kleinigkeiten nicht die Stimmung vermiesen zu lassen, räumte den Schrott aus der Badewanne und stieg in die Wanne zum Duschen.

Eine Viertelstunde später war ich ausgehfrisch. Saubere Leggings, Lippen brombeerrot passend zum Pullover, Parfümtropfen hinter den Ohren. Der einzige Schwachpunkt waren die Zähne. In einer Küchenschublade fand ich ein paar Pfefferminz. Ich steckte mir eine Handvoll in den Mund und zermalmte sie zwischen den Zähnen. Dann zog ich die Motorradkluft über.

In Rekordzeit saß ich hinter meinem Schreibtisch. Ich überlegte gerade, ob ich meinen Golf für eine BMW in Zahlung geben sollte, als Petra zur Tür hereinkam.

Sie stellte sich vor meinen Schreibtisch und stemmte die Hände in die Hüften. »Das mit Heinze mußte ja sein.«

Einen Moment überlegte ich, was sie wohl meinte.

»Und wann gucken wir uns jetzt die Griechenlandbilder an?« fragte sie. »Ich hab' keine Lust, die jeden Tag umsonst mitzubringen.«

»Sieht schlecht aus«, sagte ich. »Wir haben einen neuen Fall.«

Die Fotos waren vergessen. Sie setzte sich auf den Schreibtisch und beugte sich zu mir. »Eine Leiche? Oder mehr? Komm, sag schon.«

Petra ist so wild auf Leichen, daß ich Angst habe, wir werden sie eines Tages an die Gerichtsmedizin verlieren.

»Mach schon«, forderte sie mich auf.

»Eine Leiche.« Sie hing an meinen Lippen. »Ein Mann. Wir haben ihn nackt in einer Garage gefunden.«

»War er noch frisch? Die Leiche meine ich?«

Ich schüttelte den Kopf.

»Sah er schlimm aus?« Petra hielt sich die Hand vor den Mund.

Ich nickte. »Ziemlich. Ein paar Tage hat er da gehangen. Ein gefundenes Fressen für die Fliegen.«

Sie schüttelte sich.

Das Telefon schellte.

»Bin schon weg.« Petra hüpfte von meinem Schreibtisch.

»Beate Stein. 1. Kommissariat.«

Gebhard von der Spurensicherung war am Telefon.

»Ich wollte dir nur kurz Bescheid geben. Wegen unserem Toten.«

Ich spitzte die Ohren.

»Sieht tatsächlich so aus, als ob er sich selbst aufgeknüpft hat. Wir untersuchen die Klamotten natürlich noch auf Spuren.«

»Den Lippenstift auch?« fragte ich.

»Für wen hältst du uns? Ist doch klar.«

»Was ist mit der Schleife?«

»Ein Damenstrumpf. Marke und so weiter checken wir noch«, sagte er. »Ansonsten normales Eierabbinden.« Er gluckste in den Hörer. »Jeder Mann kann's.«

»Nicht nur die«, vermutete ich.

»Da hast du recht«, stimmte er mir zu. »Aber das kostet. Übrigens, deine Sachen aus dem Wald. Alles ganz harmlos.«

»Du meinst, ihr habt keine Blutspuren oder so was gefunden.«

»Hätte mich auch gewundert.«

Weber kam zur Tür herein und setzte sich an den Schreibtisch.

»Wieso?« fragte ich.

»Das gehört heute fast schon zur Grundausstattung.«

»Grundausstattung?« wunderte ich mich. »Handschellen?«

»Grundausstattung für Sado-Maso«, präzisierte Gebhard. »So was kriegst du an jeder Ecke.«

»Auch die Kette mit den Kneifern?« fragte ich.

»Brustwarzenstimulation für Anfänger. Da kannst du gleich Wäscheklammern nehmen.«

»Und was ist für Fortgeschrittene?« wollte ich wissen.

»Fortgeschrittene hängen sich da noch Gewichte dran. Das macht mehr Spaß. Willst du noch mehr wissen? Ich helfe gern.«

»Du meinst also, da steckt nichts weiter dahinter«, vergewisserte ich mich.

»Da würde ich meinen Arsch drauf verwetten.«

Eine klare Aussage. Ich wußte, wie wertvoll meinem Kollegen die Körperteile unter der Gürtellinie waren.

»Das ist irgendein armer Teufel, der die Spielsachen vor Mutti im Wald verstecken muß.«

»Fotografier die Klamotten und gib sie an die Sitte weiter«, schlug ich ihm vor. »Sollen die sehen, was sie damit machen.«

Weber schielte neugierig zu mir herüber.

»Warum willst du nicht in die Frühbesprechung damit?« fragte Gebhard mich.

»Nur, wenn du bei der Vorstellung kassierst. Gratis mache ich das nicht.«

Die Sache würde auch so ihre Runde machen. Ohne daß ich vor den Augen von dreißig Kollegen mit einem schwarzen Plastikpenis herumspielte.

»Soll ich dir nicht was verwahren?« Sein Lachen gluckerte an mein Ohr. »Finderlohn. Ich sag's auch keinem weiter.«

Im Grunde mag ich Gebhard. Ich weiß wirklich nicht, warum.

»Vergiß nicht, uns die Sachen aus der Garage rüberzuschicken«, erinnerte ich ihn.

»Du kennst uns doch. Superschnell, supergut, superclever.«

»Das muß 'ne Verwechslung sein«, sagte ich. »Die Truppe, die du beschreibst, sitzt hier oben.«

Ich legte den Hörer auf und betrachtete meinen Kollegen.

Er sah aus, als ob ihm heute morgen mehr als eine Tube Zahnpasta gefehlt hätte. Der oberste Hemdknopf stand offen. Ein schwarzer Ring hing in seinem Kragen. Auf den Wangen zeigten sich dunkle Stoppeln.

»Sie ist erst heute morgen nach Hause gekommen. Stell dir das mal vor.«

Das war es also. Er war die Nacht wach geblieben, hatte auf Inga gewartet.

»Sie hat noch nicht mal mit den Kindern gefrühstückt.«

Ich fuhr mit der Zunge über meine Zähne. Das hatte ich auch nicht.

»Komm.« Ich packte meine Tasche. »So kann man dich ja nicht auf die Leute loslassen.«

Er fuhr sich mit der Hand über die Bartstoppeln.

»Wo willst du denn hin?«

21

Vor dem Eingang der Kneipe stand eine schwarze Tafel. ›Frühstück bis 11‹ war da in weißer Kreide geschrieben. Einmal dick unterstrichen. ›Kännchen Kaffee, 2 Brötchen, Butter, Marmelade 7,50 DM.‹

Die Tür stand offen. Ein Holzkeil hinderte sie am Zuschlagen.

»Wollen wir?«

Weber nickte.

Am Tresen saß ein Mann in einem Jeansanzug auf einem Barhocker und las die Zeitung. Ich steuerte mit Weber den blankgescheuerten Tisch in der Fensternische an.

Auf dem Tisch lagen ein paar zusammengefaltete Zettel, gelb, mit Eselsohren. Ich klappte einen auseinander. Die Frühstückskarte.

»Was hätten Sie gern?« Die Kellnerin zog den Block aus der Tasche unter der weißen Schürze und zückte den Stift.

»Ich hätte gern das Frühstück mit Orangensaft und Rührei.«

Sie sah mich aus müden Augen an.

»Welche Nummer?«

Ich suchte auf der gelben Karte.

»Die Nummer fünf.«

»Frühstück Nummer fünf«, wiederholte sie. »Tee oder Kaffee?«

»Kaffee.« Sie schrieb auf ihren Block.

»Und Sie?« wandte sie sich an Weber.

»Für mich Nummer drei.« Er klappte den Zettel zu.

»Frühstück Nummer drei.« Sie schrieb. »Tee oder Kaffee?«

»Tee«, sagte Weber.

Sie lief zur Theke. Die Füße in den schwarzen Schuhen, die bis über die Knöchel gingen, waren geschwollen.

»Bis gleich.«

Ich ging auf die Straße und sah mich um. Eine Straßenbahnhaltestelle, Ampel, ein Supermarkt, ein Videoverleih, zwei Apotheken, ein Zeitschriftenladen, zwei Bäcker. Alles um eine Großkreuzung verteilt. Der Verkehr rauschte in Dreierreihen vorbei. Stadtplaner nennen so etwas urbanes Subzentrum.

Ich lief an einem Geschenkladen vorbei, dessen Schaufenster mit Nippes vollgepfropft war. Ein weißer Porzellanhund mit schwarzen Flecken reckte den Kopf und sah mir in die Augen. Im Fleischerladen kreisten Fliegen über einer Pyramide von fest verschnürten Rollbraten. Bleich und fett quoll das Fleisch zwischen den weißen Bändern hervor. Ich legte einen Zahn zu. So früh am Morgen war ich einfach noch nicht fit für totes Fleisch und Fliegen.

An der nächsten Ecke fand ich, was ich suchte. Den Drogeriemarkt, der nirgendwo fehlt. Ich nahm mir ein Körbchen und zwängte mich durch die engen Gänge. Jetzt wußte ich erst, was in meinem Badezimmer alles fehlte. Intimsprays, Slipeinlagen, Duftsteine für Toiletten, Weichspüler. Die Sauberkeitsbranche schlug voll zu. Nach drei Rückfragen bei der Frau, die ein Regal mit Deos auffüllte, hatte ich endlich, was ich wollte.

Weber schob sich ein Brötchen mit Salami in den Mund, als ich mit meiner Tüte zu ihm stieß.

»Schmeckt's?«

»Super.« Er versuchte es mit einem Grinsen. Noch nicht ganz überzeugend. Aber immerhin.

»Ich habe mit dem Rührei auf Sie gewartet«, rief die Kellnerin von der Theke quer durch den Raum.

»Warten Sie noch einen Moment«, bat ich sie und ging an ihr vorbei zu den Toiletten.

Als ich zurückkam, kaute Weber an seiner letzten Brötchenhälfte. Ich schob eine Papiertüte zu ihm hinüber.

»Jetzt bist du dran.«

»Womit?« fragte er und schluckte die Reste seines Brötchens herunter.

»Frischmachen.« Ich strich mit den Händen über die Wangen. »Ich habe dir einen Wegwerfrasierer besorgt und eine Probe Rasierwasser.«

Die Kellnerin kam und stellte mir das Rührei hin.

»Wenn du auch die Zähne putzen willst, nimm die grüne.«

Vorsichtshalber hatte ich gleich zwei Zahnbürsten gekauft.

Er trank seine Tasse aus und schnappte die Tüte.

»Ist da auch Rasiercreme drin?«

»Wieso? Daß mit dem Schaumschlagen kriegst du doch auch so hin.«

Wortlos dackelte er ab in Richtung Herrentoilette.

Ich widmete mich meinem Rührei und verdrängte erfolgreich, was ich über die Folgen von Salmonellenvergiftungen gelesen hatte.

Mit einer Riefe auf der Wange und einem strahlenden Lächeln kam er zurück. Meine Investition hatte sich voll gelohnt. Es gibt nichts, was ihn so hochzieht, wie ein erfreulicher Anblick im Spiegel. Der eigene, versteht sich.

Er setzte sich und rieb die Hände.

»Wo fangen wir an?«

»An seinem Arbeitsplatz. Bei Strottmann.«

»Ach deshalb bist du hier.«

Strottmann lag nur ein paar Meter entfernt am Hellweg.

»Was hältst du von dem ganzen Selbstfesselungskram? Fleischer hat mir nahegebracht, was das für einen Spaß machen kann...«

»Das hab' ich früher mit meinen Milchzähnen gemacht.«

Er grinste.

»Gefesselt?«

»Du nimmst eine Schnur. Nähgarn oder so. Die wickelst du um den Zahn und verschnürst ihn.«

»Und?«

»Den Rest des Fadens wickelst du um die Türklinke.«

»Wer hat die Tür zugeknallt?« fragte ich.

»Meine Schwester.« Er streichelte seinen Bart. »Die war ganz wild darauf. Wumm. Und die Tür war zu. Manchmal mußte sie ein paarmal knallen, ehe es klappte.«

»Warum hast du sie gelassen?«

»Na ja.« Weber legte die Stirn in Falten. »Es war spannender zu zweit. Klappt es oder klappt es nicht?«

»Hat das nicht weh getan?«

Allein, wenn ich daran dachte, spürte ich meinen linken Backenzahn. Der, den sich mein Zahnarzt vor einem Jahr vorgenommen hat.

»Irgendwie schon.« Er überlegte. »Einen Moment lang hat es weh getan. Aber danach war es sofort ganz toll. So ein blutendes

Loch im Mund, und da bist du mit der Zunge reingefahren. Das war irgendwie auch ein ganz tolles Gefühl.«

»Tolles Gefühl ist das Stichwort«, sagte ich. »Genau das müssen wir rauskriegen, ob das für ihn auch so ein tolles Gefühl war oder ob mehr dahintersteckt.«

»Das heißt die ganze Mühle wie bei einem richtigen Mord. Obwohl es vielleicht gar keiner ist.«

»So ist es.«

Was vor uns lag, war die typische Kleinarbeit. Identität überprüfen, Vorstrafen, Tathergang rekonstruieren. Fremdverschulden ausschließen. Das Leben eines unter Umständen völlig unbescholtenen Bürgers nach allen Regeln der Kunst auseinandernehmen.

Kurz, wir würden uns mal wieder rundum beliebt machen.

22

Bei Strottmann sah es nicht so aus, als ob die Automobilbranche Probleme hätte. Wir bogen auf einen Parkplatz voller Autos. Weißgelbe Fahnen flatterten an den Masten. Entweder es ging ihm gut, oder dies war das letzte Aufbäumen vor der Pleite.

Wir näherten uns dem strahlend weißen Prunkbau. Links die Werkstätten. Rechts die Schauräume. Weber war nicht zu halten.

»Wie findest du den da?« Er strich an der Scheibe entlang, seinem Traumauto entgegen. »Ist der nicht toll?« flüsterte er.

Ich konnte dem Teil hinter der Scheibe nicht viel abgewinnen. Es sah aus wie eine mißglückte Kreuzung zwischen einem Mondfahrzeug und einem Minibus.

»Das ist ein Auto«, schwärmte er. »Da sitzt du drin wie in einem Cockpit. Alles Glas. Du machst die Tür zu, und es ist ruhig wie in einer Kirche.«

Er schwieg ehrfürchtig.

»Wenn ich das Geld hätte, würde ich den sofort kaufen. Auf der Stelle.«

»Wozu brauchst du sieben Sitze?« fragte ich. »Um deine Schwiegermutter mitzunehmen?«

»Die Sitze kann man rausnehmen«, klärte er mich auf.

»Und dann?« fragte ich.

»Dann hast du eine Transportfläche.«

Ich beäugte den hellgrauen Teppich, mit dem Boden und Wände ausgeschlagen waren.

»Du hast keinen Transporter. Du hast ein fahrbares Wohnzimmer. Besorg dir schon mal 'ne Putzfrau.«

Er hörte nicht zu.

»Hast du die Heckleuchten gesehen?« schwärmte er. »Die gibt es bei keinem anderen Auto.«

»Ich geh' schon mal rein...«

Nach einer Weile kam er hinter mir hergerannt. »Man muß doch noch Träume haben«, maulte er. »Aber das verstehen Weiber nie.«

Ich drückte die Glastür auf. Der rote Läufer führte uns zu einer weißen Informationstheke. Ein Mann mit Brille blätterte in einem dicken Katalog.

Wir standen und warteten. Er blätterte weiter. Dem Laden schien es wirklich gutzugehen.

»Guten Tag«, sagte ich laut und fröhlich.

Er bequemte sich und kam an die Theke.

»Kriminalpolizei.« Ich hielt meinen Ausweis hoch. »Wir brauchen Informationen über einen Ihrer Mitarbeiter.«

»Um wen handelt es sich denn?«

»Frank Bartels. Der soll hier bei Ihnen arbeiten.«

»Nicht hier.« Ein feines Lächeln umspielte seine Züge. »Das hier ist der Verkauf.«

Seine Augen streichelten den sauberen Boden, die glänzenden Autos und die Ständer mit den Hochglanzbroschüren.

»Frank Bartels arbeitet in der Werkstatt.«

Wie er das sagte, machte klar, daß Welten zwischen einem Verkaufsraum und einer Werkstatt lagen.

»Wer kann uns denn nähere Auskunft über Herrn Bartels geben?« fragte ich.

Weber stand an dem Ständer mit den Prospekten und suchte.

»Für das Personal ist der Chef persönlich zuständig. Strottmann senior.«

»Könnten wir ihn kurz sprechen? Jetzt gleich?«

Ich lächelte.

»Ich weiß nicht, wo der Chef gerade…« Er überlegte.

»Hat er keine Sekretärin?« half ich ihm auf die Sprünge.

»Wir sind ein Familienbetrieb.«

Er ging zu seinem Tisch, nahm den Hörer vom Telefon und drückte ein paar Tasten. Er sprach so leise, daß ich nicht verstehen konnte, was er sagte. Er legte auf und kam zurück an die Theke.

»Der Chef kommt gleich. Wenn Sie da drüben warten würden.«

Er zeigte auf die schwarze Ledergarnitur neben einem edlen blauen Sportwagen. Ich ließ mich in die Polster fallen.

Ein junges Paar kam zur Tür herein und ging zielstrebig zu einem hellen Geländewagen. Er hielt ihr die Tür auf. Sie stieg ein. Der ideale Wagen für den Dschungel.

Weber gesellte sich zu mir. Er las in seinen Prospekten.

Ein sportlicher Vierziger mit einem sonnengebräunten Gesicht kam zu uns. Strottmann senior, wenn mich nicht alles täuschte. Ich täuschte mich nicht. Er stellte sich vor und setzte sich zu uns.

»Was kann ich für Sie tun?« Er strich sich über seine grauen Schläfen.

»Es geht um Frank Bartels.«

»Wir machen uns Sorgen um ihn. Er ist schon seit ein paar Tagen nicht zur Arbeit gekommen.«

Nervös zog er an seinen Manschetten. Jetzt hatte er es geschafft. Weißer Stoff mit feinen blauen Streifen ragte unter den roten Pulloverärmeln hervor.

»Ist etwas passiert?«

»Er ist tot.«

»Tot?« Er rückte auf dem Lederstuhl nach vorn und preßte die Handflächen gegeneinander. »Das ist ja furchtbar. Ein Verkehrsunfall?«

Für einen Autohändler ein ziemlich naheliegender Gedanke.

»Nein«, sagte ich. »Mord, Selbstmord oder Unfall. Das müssen wir klären.« Ich machte eine Pause. »Was war er für ein Typ?«

Strottmann senior lehnte sich zurück und sah auf das große Werbefoto, das neben dem Sportwagen an einem Nylonfaden von der Decke baumelte. Eine Blondine mit wehenden Haaren und Schal saß am Steuer des Traumautos. Cabrioversion.

»Ein netter Kerl.« Er strich sich mit dem Zeigefinger über einen Nasenflügel und überlegte. »Zuverlässig in der Arbeit, beliebt bei den Kollegen. Ich kann nichts anderes sagen.«

»Hatte er Freundinnen, Freunde? Wissen Sie etwas darüber?«

»Nein.« Er schüttelte den Kopf. »Da müssen Sie seine Kollegen fragen. Die wissen bestimmt mehr.«

Er legte beide Hände über die Knie. Erst jetzt sah ich, daß er unruhig mit den Beinen zuckte.

»Hätten Sie etwas dagegen, wenn wir kurz mit seinen Kollegen reden?« Es war irritierend, auf seine Knie zu gucken, die unter den Händen zuckten.

»Überhaupt nicht.« Er sprang auf. »Kommen Sie. Ich führe Sie in die Werkstatt.«

23

Das waren keine Werkstätten. Das waren Operationssäle für defekte Autos. Aseptisch und kühl. Weiße Fliesen am Boden. Neon unter der Decke. Was fehlte, war ein großes Schild. ›Vergessen Sie alles, was Sie bisher über Werkstätten gedacht haben.‹

»Kommen Sie.« Strottmann senior führte uns an einem Operationstisch vorbei. Ein roter Mercedes schwebte auf einer Hebebühne. Zwei Männer beäugten die Eingeweide. Das einzige, was mich verblüffte, war ihre Kleidung. Anstelle von weißen Kitteln dunkelblaue Anzüge.

»Dies ist der Pausenraum für unsere Angestellten.«

Er zeigte auf eine Küchenzeile und einen Tisch mit sechs Stühlen. Eine propere rote Plastiktischdecke, weiße Klappstühle aus Plastik. Die Wände waren vollgepflastert mit bunten Bildern von Pin-ups. Weber trat interessiert näher, vertiefte sich in die geschönten Posen von Titten und Ärschen.

»Wie viele Angestellte haben Sie in der Werkstatt?« fragte ich. Am anderen Ende des Raums standen zwei Reihen Spinde.

»Neunzehn«, sagte Strottmann senior, ohne zu überlegen. »Vier sind im Urlaub. Zwei sind krank.«

»Wer hatte den meisten Kontakt zu Frank Bartels?« fragte ich ihn.

»Setzen Sie sich einen Moment.« Er zeigte auf die weißen Stühle. »Ich hole Ihnen unseren Meister. Aber machen Sie's kurz. Sie wissen ja. Zeit ist Geld.«

Bei dem Wort Geld kam ein Lächeln auf seine Lippen. Er entschwand. Weber hatte sich zur zweiten Pin-up-Wand vorgearbeitet.

»Ist das dein Geschmack?« fragte ich ihn.

»Hier gibt's für jeden Geschmack etwas.«

Ein Mann in dunkelblauem Kittel kam zu uns. Ziemlich klein, ziemlich blaß. Die Haare über der Stirn waren ihm ausgegangen; dafür hingen sie ihm an den Seiten über die Ohren. Er blickte uns aus wäßrigen Augen an.

»Sie wissen, worum es geht?« fragte ich ihn.

Der Mann im Kittel nickte und setzte sich zu uns.

»Wann haben Sie Frank Bartels das letzte Mal gesehen?« fragte ich ihn.

»Am zweiundzwanzigsten. Das war ein Donnerstag«, sagte er. »Am Montag drauf habe ich gemeldet, daß er nicht da war. Mußte ich ja.«

»Haben Sie ihn danach noch einmal gesehen?« fragte Weber.

»Nein, das war das letzte Mal.«

Er steckte die Hände in die Kitteltaschen.

»Was war Frank Bartels für ein Mensch?« wollte ich wissen.

»Wie meinen Sie das?« fragte er mißtrauisch. »Als Mensch? Hier arbeiten wir nur zusammen.«

»Da lernt man sich doch auch ganz gut kennen«, sagte ich.

»Als Kollege war er in Ordnung.« Er dachte nach. »Kann man nicht anders sagen.«

Wir warteten geduldig.

»Wenn einer mal die Schicht tauschen wollte, hat er das gemacht. Auch vor Überstunden hat er sich nicht gedrückt.«

»Und wie war er sonst so, privat?« So schnell gab ich nicht auf.

»Das Private lassen die meisten hier außen vor.« Er vergrub die Hände tiefer in den Taschen. Der Stoff des Kittels spannte. »Das ist nun mal so.«

»Arbeiten hier auch Frauen?« Eine Pin-up-Schönheit lächelte mir zu. Breitbeinig und die Hände unter die Brüste gelegt stand sie vor der Stoßstange eines LKWs.

»Wir sind nur Männer. So ist das hier.«

»Und im Büro?« hakte ich nach. »Gibt es da keine Frauen?«

»Da ist nur die Frau Strottmann und ihre Kusine.«

Die beiden schienen für ihn als Frauen nicht zu zählen.

»War Frank Bartels mit einem Kollegen näher befreundet?« fragte Weber.

Er schüttelte den Kopf. »Ich glaube nicht. Der hatte seine Freundin und sein Auto. Das hat dem gereicht.«

»Kennen Sie seine Freundin?«

»Nein.« Er schüttelte den Kopf. »Die habe ich nie gesehen.« Seine Wangen röteten sich. »Das interessiert keinen, wen einer privat so hat.«

Eine interessante Formulierung, wen einer privat so hat.

»Können Sie uns seinen Spind aufschließen?«

»Das geht nicht.« Er nahm eine Hand aus der Tasche und kratzte sich an der Wange. »Das kann ich nicht.«

»Das können Sie nicht nur. Das müssen Sie sogar.«

Ich legte eine Phonstärke zu.

»Wenn Sie das nicht tun, kommen wir mit einer richterlichen Verfügung.«

Er sah Weber hilfesuchend an. Sein Geschlechtsgenosse hielt sich bedeckt. Er tat nichts, um ihm zu helfen.

»Also gut«, sagte er schließlich und stand auf.

»Ich muß erst den Schlüssel holen. Gehen Sie schon mal nach hinten.«

Wir gingen zu den Spinden und warteten.

Mit hochrotem Kopf und einem Schlüssel kam er zurück.

»Das da ist er. Nummer zehn.«

Er schloß die Eisentür auf. Mit einem Knarren sprang sie auf.

Weber durchsuchte den Spind. Ich hörte Papier rascheln.

»Guck mal«, sagte er. »Ist das nicht interessant?«

24

Vera saß an ihrem Sekretär und legte eine Checkliste an. Wie jedesmal, wenn sie sichergehen wollte, daß nichts schieflief. Stammkunden waren der Rückhalt des Studios.

Geschäftsleute als Stammkunden waren am besten. Die sahen nicht auf die Mark, weil ein Studiobesuch sich für sie rechnete.

Das rote Telefon schellte.

Für morgen abend hatte sich Robert mit zwei Schweizer Geschäftsfreunden angesagt. Robert war einer ihrer besten Kunden. Großzügig, gut gelaunt und gut erzogen. Ein angenehmer Gast.

Sie nahm den Hörer mit der linken Hand ab.

»Studio dreizehn«, meldete sie sich.

Eine Männerstimme, abgehackt und wirr.

Vera schrieb ›Trüffel‹ an die erste Stelle ihrer Liste. Robert schwärmte für Süßes. Es zahlte sich aus, die ganz persönlichen kleinen Vorlieben im Blick zu behalten.

»Was würdest du gern mal machen?« fragte sie ins Telefon.

›Gebeizten Lachs‹, schrieb Vera als nächstes auf und darunter ›Schokoladenmousse‹.

»Von hinten? Ja, das machen wir auch.«

Vera unterstrich zweimal das Wort ›Lachs‹ und ›Schokoladenmousse‹.

»Hundert Mark«, sagte sie. »Dafür wirst du richtig gut bedient.«

Auf keinen Fall durfte sie vergessen, nachzufragen, ob das mit dem Lachs und der Mousse bei den Leuten vom Partyservice auch angekommen war.

»Billiger machen wir es nicht.«

Blumen, malte sie auf ihren Zettel.

»Das ist ein Fixpreis. Ich lasse nicht mit mir handeln.«

Sie besah sich ihre Liste.

»Ja, tu das. Dann mußt du da hingehen.«

Sie legte den Hörer auf.

›Pflaumenschnaps.‹ Den durfte sie auf keinen Fall vergessen. Sie hatte noch keinen Schweizer getroffen, der nicht einen Pflümli zum Verdauen wollte.

Die Tür ging auf.

Angelika setzte sich und rollte auf ihrem Schoß weißen Stoff auseinander.

»Kennst du dich mit Kreuzstich aus?«

Vera ging mit dem Stift Punkt für Punkt die Liste durch. Das war mit Sicherheit noch nicht alles.

»Was hast du gefragt?« Vera sah Angelika an.

Angelika schob einen gelben Faden in die Nadel.

»Kreuzstich«, Angelika stöhnte. »Kennst du dich da aus? Ich komm damit einfach nicht klar.«

Vera ließ den Stift fallen.

»Ist doch ganz einfach.« Sie setzte sich neben Angelika auf die Couch und nahm ihr den Stoff aus der Hand.

»Gib mal die Nadel.« Sie leckte den Zeigefinger und zog eine Schlinge durch den Faden. Zwei Finger mit roten Nägeln zogen die Schlinge zu.

»So mußt du das machen.« Vera stach durch den Stoff. »Der Oberfaden muß immer in die gleiche Richtung. Das ist das Wichtigste. Soll ich noch mal?«

Angelika nickte.

Veras Finger hüpften mit der Nadel durch den Stoff.

»So und so und so.«

Drei gelbe Kreuze zierten den Rand des weißen Stoffs.

»Laß mich mal.« Angelika nahm ihr die Nadel ab. Sie steckte die Nadel in den Stoff.

»Erst so.« Sie biß mit ihren Zähnen auf die rote Unterlippe. »Dann nach hier. Und dann?«

»Wieder zurück.« Vera tippte mit ihrem roten Nagel auf die Stelle im Stoff.

»Jetzt hab' ich's.« Angelika zog den Faden hoch und fuhr mit der Fingerkuppe über das gelbe Kreuz. »Toll«, rief sie begeistert.

»Was soll das werden, wenn's fertig ist?« erkundigte sich Vera.

»Ein Kissenbezug. Guck mal. Das ist er.«

Sie faltete ein Blatt Papier auseinander.

Ein weißes Kissen auf einer blauen Bank. In der Mitte des Kissens eine blaue Windmühle, drumherum ein Kranz aus gelben und roten Tulpen.

»Hübsch.«

»Das kriegt meine Schwägerin zum Geburtstag, wenn ich's bis dahin fertigkriege.«

»Wann hat sie denn?« fragte Vera.

»Ende Juli.« Angelika steckte die Nadel mit dem gelben Faden in den Stoff.

»So, wie das Geschäft im Moment läuft, schaffst du es bestimmt«, sagte Vera.

»Woran liegt das, was meinst du?« Angelika zog das gelbe Garn durch und sah sie an. »Daß es im Moment nicht so läuft wie sonst...«

Vera zuckte die Achseln. »Das Wetter, die neuen Studios, die Konkurrenz aus dem Osten, was weiß ich... Wo ist eigentlich Tina?« fragte sie.

»Du meinst die Neue?« Angelika weigerte sich beharrlich, Tina bei ihrem Namen zu nennen. »Dreimal darfst du raten.«

»Im Bad?«

»Ich bin ja auch für Sauberkeit«, sagte sie. »Aber die übertreibt. Mit dem vielen Duschen und den Duftwässerchen und dem Mist.« Angelika zeigte mit der Sticknadel auf ein Tongefäß, das auf der Fensterbank stand.

»Ich hab' das ganz gern«, gab Vera zu. »Das riecht schön frisch.«

»Das Parfüm geht ja.« Angelika legte das Stickzeug in den Schoß. »Maiglöckchen mag ich. Aber Zitrone und Mandarine. Iiiii.« Sie schüttelte sich.

Vera stand auf und setzte sich wieder an den Schreibtisch.

»Ich schreibe gerade auf, was wir für morgen noch brauchen. Fällt dir noch was ein?«

»Wäsche haben wir noch massig frisch«, überlegte Angelika laut. »Aber wir brauchen neue Präser. Harry besorgt immer nur die billigen, nicht die aus dem Test.«

»Das kann doch nicht wahr sein«, entfuhr es Vera. »Wie oft muß ich ihm das noch sagen.«

Angelika grinste. »Das macht er doch extra, um dich zu ärgern.«

»Extra?« fragte Vera verblüfft.

»Wer ist hier die Expertin für Perverse?« grinste Angelika. »Du oder ich?«

Die Tür ging auf. Tina kam mit einem Tablett herein.

»Seit wann kochst du Kaffee?« fauchte Angelika sie an.

»Ich bin doch jetzt 'ne Woche hier.« Tina steckte die Daumen in den Bund des Minirocks. »Und da dachte ich...« Sie lief zur Tür hinaus und kam mit einem vollgeladenen Teller zurück. »Einstand, dachte ich.«

Sie nahm einen Schokokuß vom Teller und stopfte ihn sich in den Mund.

»Greift zu, ist genug da. In der Küche gibt's noch'n Paket.«

25

Vera machte einen letzten Rundgang durch das Studio. Im Bad war alles perfekt. Harry hatte saubere Arbeit geleistet. Die Armaturen an Wanne und Waschbecken blinkten wie frisch installiert. Weiße und blaue Handtücher passend zu den Fliesen. Sogar Bademäntel hingen an den Haken.

In den Zimmern waren die Betten frisch bezogen. Vera kontrollierte die Ersatzwäsche in den Schränken. Saubere Bettwäsche konnte es nie genug geben. Sie verteilte die Schalen mit dem Naschzeug auf den Nachttischen. Es war immer das kleine bißchen Extra-Service, das Punkte bei den Kunden brachte.

Das Empfangszimmer war nicht wiederzuerkennen. Sie leuchtete es hell aus und überflog alles mit kritischem Blick. Die Kissen auf der Couch waren neu. Auf dem Tisch ein Riesenstrauß gelber Rosen. So üppig, wie Robert es liebte.

Die Krönung von allem war das Büffet. Auf einem strahlend weißen Tuch standen die Salate, der Bratenaufschnitt, das Geflügel, der Fisch. Dekoriert mit Orangenhälften, Melonen, gefüllten Tomaten und Spargel. Und auf einer großen Platte Roberts geliebter Lachs.

Veras Blick glitt ein letztes Mal über den Tisch. Das sah alles hervorragend aus.

Sie nahm die Haube von der Schokoladenmousse und probierte. Die war aus der Tüte angerührt. Ärgerlich.

»Brauchst du noch Hilfe?« Angelika verteilte die Zigarettenschachteln im Raum.

Vera schüttelte den Kopf. »Ich glaube, wir haben alles, soweit.« Sie stand auf. »Wo ist Tina?«

»Die zieht sich noch mal um.« Angelika zupfte vor dem Spiegel an der roten Perücke. »Ich weiß doch, worauf Robert steht.«

Vera nickte dankbar. Tina war für Robert. Jede neue Frau wurde exklusiv für Robert reserviert.

Mit Stiefeln bis zum Po und sonst fast nichts kam Tina zur Tür herein.

»So was Beknacktes«, murrte sie. »Wer findet denn so was gut.« Der Ausschnitt ihres Bodys gab den Bauchnabel frei.

»Männer«, sagte Vera. »Wer sonst? Meinst du, ich würde freiwillig so rumlaufen?« Sie fühlte über die Lederriemen, die ihre Brust hochquetschten.

»Ich hab' immer das Gefühl, daß was reißt.« Tina versuchte den Satin, der hoch über ihren Beinen ansetzte, herunterzuziehen.

»Mach dir keine Sorgen«, beruhigte Vera sie. »Das Reißen ist im Preis mit drin.«

»Wann kommen sie denn?« fragte Angelika.

»Robert schellt vorher kurz dreimal durch.«

Vera lief in die Teeküche und kam mit einer Flasche Sekt und Gläsern zurück.

»Setzt euch. Die ist für uns.«

Tina warf sich in einen Sessel und hängte die Beine mit den Lackstiefeln über die Lehne.

»Wenn ich die bloß erst wieder ausziehen kann«, murmelte sie.

»Komm, laß mich machen.« Angelika nahm Vera die Flasche ab. »Du hast heute schon genug getan.«

Der Korken knallte an die Decke.

»Treffer.« Tina klatschte in die Hände.

»Eigentlich geht es uns doch gut.« Angelika goß ein. »Wir leben wie die Maden im Speck.«

Der Sekt schäumte die Wände der Gläser hoch.

Vera nahm sich ein Glas.

»Noch nicht.« Angelika stand auf. »Jetzt machen wir es uns erst einmal richtig schön. Nur für uns.«

Sie schaltete das große Licht aus und knipste die Stehlampe an.

»Was wollt ihr hören? Mit Roberts Frankieboy werden wir noch die ganze Nacht traktiert.«

»Habt ihr Sting?« fragte Tina. »Das ist'n echt netter Typ.«

»Na klar.« Angelika sah die CDs durch. »Schnallt euch an. Es geht los.« Sie schaltete die Anlage ein.

Eine sanfte Männerstimme sang von einem Mond in der Bourbon Street.

Angelika kam an den Tisch zurück und hob das Glas.

»Worauf trinken wir? Vera, sag du.«

»Daß die Kunden zufrieden sind.«

»Das ist doch blöd«, motzte Tina. »Auf so was trink ich nicht.«

»Und auf was willst du trinken?« fragte Angelika.

»Daß sie schnell wieder gehen«, schlug Tina vor.

Vera hob das Glas.

»Wir trinken darauf, daß wir uns alle ein bißchen amüsieren«, sagte sie. »Das ist gut für uns und gut fürs Geschäft.«

26

Um zwei Uhr früh bestellte Vera das Taxi für Robert und die Schweizer. Angelika sah müde aus unter der Schminke, und Tina hing seltsam apathisch in den Polstern.

Vera begleitete die Gäste zur Tür.

»Gnädige Frau, wir sehen uns bestimmt.«

Der Senior hatte das Hemd über der Hose und hustete ihr seinen Pflaumenschnapsatem entgegen.

Der Junior sah sie mit seinen Fischaugen an: »Sie verstehen Ihr Handwerk, Respekt.«

Er hatte einen Kreislaufkollaps gehabt am Kreuz. Sie mußte ihn losbinden und massieren. Hinterher hatte er ihr gesagt, daß das nicht zum erstenmal passiert war. Am liebsten hätte sie ihn aus dem Studio geprügelt.

Der Sohn nahm den Vater unter den Arm. Gemeinsam wankten sie durch die Tür.

Robert umarmte sie.

»Danke, das hast du wieder ganz toll gemacht.«

»Das mach ich doch gerne«, Vera lächelte ihn an. »Für dich immer.«

Er drückte ihre Hand.

»Und? Wie hat sie dir gefallen?«

»Schmeiß sie raus«, sagte er. »Sie bringt's nicht.«

»Was ist passiert?« fragte sie alarmiert.

»Es ist nicht ihr Ding. Zu steif, kein Charme. Sie hat den Körper, aber es klappt nicht.«

Nachdenklich machte sie die Tür hinter ihm zu.

»Wir haben kein Mineralwasser mehr.« Angelika zog die rote Perücke vom Kopf und warf sie auf die Couch. »Ich brauche Wasser.«

In der Teeküche lief der Wasserhahn. Angelika kam mit einer Karaffe voll Wasser zurück und hielt sie an die Lippen. Sie nahm einen Schluck und gurgelte. Über dem Sektkübel spuckte sie aus.

Sie setzte die Karaffe an und trank sie halb leer.

»Der Schwanz von Herrn Direktor Züri hatte schon Krümel angesetzt.« Sie nahm einen Schluck. »Und wie er endlich sauber war, mußte ich ihn Ewigkeiten lutschen, ehe Leben reinkam.«

Sie stellte die Karaffe zurück auf den Tisch.

»Er ist gegen mein Zäpfchen gestoßen. Ich hätte kotzen können.«

Vera holte die Flasche mit dem Cognac und setzte sich zu den beiden an den Tisch. Nachbereitung. Wenn sie hier nicht gemeinsam Dampf abließen, wo sollten sie es dann?

Angelika war noch lange nicht am Ende.

Vera goß sich das Cognacglas voll.

»Also, ich habe seinen Schwanz im Rachen, und er erzählt mir von seiner Frau, wie sie es mit dem Chauffeur treibt.« Angelika holte Luft. »Er ist sechsundsechzig, sie dreißig. Also seine zweite, mindestens, nicht die Mutter vom Junior. Und er wundert sich, daß sie's mit dem Chauffeur treibt. Und ich kann nicht lachen, weil ich seinen Schwanz im Hals stecken habe.«

Angelika leerte die Karaffe mit dem restlichen Wasser in einem Zug.

»Aufzüge stellt die Familie her. Ich steige nur noch Treppen.«

»Und wie war's bei dir?« wandte sich Vera an Tina.

»Alles easy«, Tina hing quer auf der Couch und grinste blöde. Robert mußte sie mit Sekt abgefüllt haben. »Easy. Ein Freier, eine Hure.« Tina rülpste.

Vera überlegte, ob sie ihr den Sektkübel holen sollte. Tina stieß jetzt den Zeigefinger durch die Öffnung ihrer Hand. Immer wieder. Sie hielt den Zeigefinger fest. »Spritz, spritz, spritz.«

Kein Kotzkübel, entschied Vera. Sie kriegt sich schon wieder ein. Und wenn nicht, ist es auch nicht schlimm. Harry hat schon ganz andere Sachen weggewischt.

»Er spritzt, er ist zufrieden.« Ihre Stimme klang wieder ganz normal. »Alles easy. Alle happy.«

»Mit einem Unterschied«, sagte Vera. »Der Freier spritzt, aber er ist nicht zufrieden.«

Tina zog eine Schachtel Streichhölzer vom Tisch. Sie nahm ein Streichholz heraus und besah sich das Holz mit dem roten Kopf.

»Wer war nicht zufrieden?« Angelika hob die leere Karaffe hoch, stellte sie wieder zurück.

»Robert.«

»Robert?« Angelika machte große Augen. »Der ist doch pflegeleicht. Was hast du denn mit dem gemacht?«

Tina strich mit dem Streichholz die Finger auf und ab.

»Alles. Wie es sich gehört.«

Jetzt hörte sich ihre Stimme ganz nüchtern an.

»Na ja. Lutschen.« Sie steckte das Streichholz in den Mund, kaute auf dem Ende herum.

»Stundenlang.« Sie nahm das Streichholz aus dem Mund und riß einen Streifen davon ab. »Und ficken. Bis zum Wundwerden.«

Sie fuhr mit dem Streichholz unter einen lackierten Nagel.

»Natur und mit allen Schwanzmodellen, die wir haben.«

Sie trieb das Streichholz wie einen Keil unter den Nagel.

Zufrieden blickte sie auf das Holz, das unter dem Nagel stak.

»Wir ficken hier nicht nur«, sagte Vera. »Bei mir wird nicht nur gefickt. Merk dir das. Wir stellen den Freier rundum zufrieden.«

»Okay, okay«, sagte Tina. »Ich hab' schon verstanden. Sie

wollen nicht nur ficken. Sie wollen mehr. Sie wollen alles. Sie wollen dich mit Haut und Haaren.«

Sie stellte den Fingernagel auf die Tischkante, drückte, trieb das Holz tiefer ins Fleisch.

»Du bist auf dem richtigen Weg«, sagte Vera. »Du mußt dir anhören, daß ihre Frau mit dem Chauffeur bumst, und du mußt sie bedauern. Du mußt ihnen sagen, daß sie die Tollsten überhaupt sind, auf der Arbeit und zu Hause und bei dir im Bett.«

»Und kotzen darfst du nur in der Pause.« Angelika schraubte den Deckel von der Cognacflasche und roch daran. Sie verzog das Gesicht. »Also, wenn du kotzen mußt, vergiß nicht ›Entschuldige mich bitte für einen Moment‹ zu sagen, und wenn du wieder reinkommst, sagst du: ›Ich bin umgekommen vor Sehnsucht, die Zeit ohne dich.‹«

Mit einem Ruck zog Tina das Streichholz aus dem Fleisch.

Das Ende, das unter dem Nagel gesessen hatte, war rot von Blut.

»Sie kommen nicht nur zum Bumsen«, stellte Vera klar. »Das können sie woanders billiger haben. Sie kommen, um sich gut zu fühlen. Besser, als sie sich sonst fühlen. Dafür zahlen sie.«

27

»Und jetzt?« fragte Weber, als wir vom Parkplatz der Firma Strottmann fuhren.

»Ins Präsidium. Dann sehen wir weiter.«

Was wir im Spind neben den üblichen Sachen wie Arbeitskleidung, Schuhe, alte Zeitungen und Fahrzeugprospekte gefunden hatten, gab mir zu denken. Farbfotos einer zarten, dunkelhaarigen Frau, die sich in ziemlich eindeutiger Weise zur Schau stellte. Das Gesicht ging mir nicht aus dem Kopf. Ein entspanntes, strahlendes Lachen. Ein glückliches Gesicht. Oder täuschte ich mich?

Ich hielt nach Werbetafeln Ausschau. An der Straßenbahnhaltestelle tanzten fröhliche Paare durch den Sommer. Ein Mann schwenkte eine junge Frau durch die Luft. Sie lachte glücklich. Genau so ein Lachen war es.

Mir fiel Petra mit den Griechenlandfotos ein. Ihr Bild auf dem Stuhl am Hafen. So ein Lachen hatte auch Petra im Gesicht. Ein Lachen von innen.

»Wir sind da.« Weber fuhr auf den Parkplatz am Präsidium.

Kollege Kerner lief die Stufen zum Eingang hoch. Dort blieb er stehen und wartete auf zwei uniformierte Kollegen, die einen Mann in Handschellen abführten. Der Mann war unrasiert und nicht ganz sicher auf den Beinen.

Es sah ganz so aus, als hätte Kerner den Mordfall an dem Portier im Hotel Kranich zu einem erfolgreichen Ende geführt.

»Ich und 'n Mörder«, hörte ich den Mann vor sich hin brabbeln. »Nee so was.« Speichel sabberte ihm aus dem Mund.

Kerner hielt der ganzen Truppe die Tür auf.

»Frau Kollegin.« Er lächelte süßlich.

Er ist ein ehrgeiziges, unkollegiales Arschloch. Und er weiß, was ich von ihm halte.

»Wen hat er da wohl?« fragte Weber, als wir zusammen im Paternoster nach oben fuhren.

»Die Lösung im Fall Kranich, vermute ich mal.«

»Auch so ein Scheißfall.«

Weber hatte nicht ganz unrecht. Fünf Tage vor der Pensionierung war ein Nachtportier mit einer Eisenstange erschlagen worden, und der Täter war mit der Kasse auf und davon. Wir können uns unsere Fälle nicht aussuchen.

Ich steckte den Kopf bei Petra zur Tür herein.

Sie stand vor dem Aktenschrank und drehte sich zu mir um.

»Du sollst zum Chef rein, sobald du kommst.«

»Danke.« Ich schlug die Tür zu.

Wenn Heinze seine Mitarbeiter nicht alle paar Stunden sah, wurde er nervös. Was sie wohl hinter seinem Rücken ausbrüten mochten?

»Das wurde auch Zeit«, schnaubte er, als er mich zur Tür hereinkommen sah. »Oder wollen Sie mich nicht über den neuen Fall informieren?«

»Sie waren heute morgen nicht im Hause.«

Das mußte ihn erst einmal stoppen. Tat es auch.

»Setzen Sie sich«, forderte er mich auf. »Und?«

»Es sieht nach einem Unfall aus. Autoerotik.«

»Was heißt hier, sieht aus«, knurrte er. »Sieht aus, interessiert nicht. Es zählen nur die Fakten, die reinen Fakten.«

»Wir sind dabei, die Fakten zusammenzutragen«, erklärte ich ihm freundlich. »Dafür sind wir ja da. Fleischer macht eine Obduktion. Gebhard krempelt den Tatort um«, zählte ich auf. »Und wir nehmen uns das Umfeld des Toten vor.«

»Machen Sie mal. Und ein bißchen dalli. Nehmen Sie sich ein Beispiel an Kerner, der hat gerade den Mörder im Fall Kranich verhaftet.«

»Hat er schon gestanden?« wollte ich wissen.

»Das ist nur noch eine Frage von Sekunden.« Er grinste mich an. »Der Kollege Kerner versteht nämlich sein Handwerk.«

»Wie schön für Sie«, lächelte ich zurück. »Es wäre doch peinlich, wenn der Kollege weiter nur Mist baut. Im Fall Wessel zum Beispiel...«

»Raus«, donnerte er. Ich war längst an der Tür.

»Und beim nächsten Mal will ich Fakten von Ihnen hören. Haben Sie verstanden? Fakten.«

Auf dem Gang sah ich den Kollegen Kerner um die Ecke biegen. Mit einer Plastiktüte in der Hand. Ich hörte Flaschen klappern. War er schon dabei, die Beförderung zu feiern? Gewundert hätte es mich nicht. Es sind immer die Falschen, die auf dem Treppchen nach oben fallen.

»Was wollte Heinze?« fragte Weber neugierig.

»Nur das Übliche«, informierte ich ihn.

»Zeig noch mal die Bilder«, bat ich.

Er reichte mir den Stapel herüber.

Ich blätterte ihn durch. Ein Foto nach dem anderen. Sah in das Gesicht unter den schwarzen toupierten Haarfransen. Ich konnte es drehen und wenden, wie ich wollte. Es war ein glückliches Gesicht.

»Was hältst du von den Bildern?« fragte ich Weber.

»Ein heißes Kätzchen.« Er fuhr sich über die Lippen. »Glattrasiert und alles.«

»Guckst du immer nur zwischen die Beine?« fuhr ich ihn an. »Ist das alles, was dich interessiert?«

»Du hast mich gefragt.« Er schwieg beleidigt. »Nächstens sag' ich gar nichts. Dann kann ich nichts falsch machen.«

Ich schob meinen Aktenberg zu Weber auf die Seite. Dann legte ich die Bilder aus. Bis mein Schreibtisch damit voll war. Mein Blick glitt über die Bilderreihen. Was Weber gesagt hatte, stimmte. Sie war glattrasiert zwischen den Beinen. Und die Posen waren so, daß es nicht zu übersehen war.

»Ist schon gut«, sagte ich. »Was ist dir sonst noch aufgefallen?«

»Das sind Privatfotos. Ich meine, nicht von einem Profi.«

Ich drehte ein Foto um. Er hatte recht. Foto Bosse. Die Bilder waren in einem normalen Studio entwickelt worden.

»Und nicht im Studio aufgenommen, sondern in einem Wohnzimmer.«

Kein Profi hätte das Mädchen auf einer grün-beige karierten Couch abgelichtet. Oder vor der Heizung mit dem Ende einer weißen Gardine.

»Und was schließt du daraus?« fragte ich ihn.

»Vielleicht kennt er das Mädchen persönlich. Vielleicht hat er die Fotos von ihr gemacht.«

»Und warum hat er sie in seinem Spind? Wollte er sich damit in der Mittagspause vergnügen?«

»Dafür hätte ihm ein Foto gereicht. Das, was ihn am meisten anmacht.« Er strich über seinen Schnauzbart.

»Es sind fünfundzwanzig«, sagte ich.

»Vielleicht verhökert er sie«, schlug Weber vor. »Das wär möglich.«

»Privatfotos?« fragte ich erstaunt.

»Das ist im Kommen«, klärte Weber mich auf. »Privatvideos, Privatfotos. Die Leute haben die Nase voll von den gelackten Profis. In jedem Pornoshop findest du jetzt neben der Kasse solche Fotos.«

»Und woher weißt du das so genau?« fragte ich ihn.

Er blieb mir die Antwort schuldig.

28

Im hellen Tageslicht sah alles ganz anders aus. Nur die Reifenspuren im Schotter erinnerten noch daran, was sich gestern hier im Hinterhof abgespielt hatte.

Ich zählte die Garagen. Fünf insgesamt. Es war die zweite Garage von links. Jetzt war sie zu. Grau und trübe, so wie die anderen vier. Und doch hatte ich das Bild wieder vor mir. Jetzt in diesem Moment. Den nackten Männerkörper, wie er da über dem Reifenstapel gehangen hatte. Unbarmherzig ausgeleuchtet von den Scheinwerfern der Kollegen. Die grellroten Lippen, das Schwarz zwischen den Beinen. Die weißen Maden in der Wunde am Hals.

Ein paar Fliegen schwirrten um die Mülltonnen. Die Wand hinter den Tonnen war mit Wein bewachsen. Die Blätter färbten sich rot. In dem Anbau über den Garagen ging ein Fenster auf.

»Zu wem wollen Sie?«

Frau Schimmloh. Dieser Hof wurde von Herrn und Frau Schimmloh besser bewacht als von einer Horde Schäferhunde.

Ich sah auf die Satellitenschüssel. Tagsüber zumindest.

»Zu Ihnen«, rief ich zu ihr hoch.

»Ich komme.« Frau Schimmloh machte das Fenster zu.

Ich ging zu der Tür neben den Garagen. Auf dem Abtreter lag ein nasser Aufnehmer. Die Tür ging auf.

Ich streckte die Hand aus. »Beate Stein, Kriminalkommissarin. Wir haben gestern kurz miteinander gesprochen.«

»Ach, Sie waren das.« Die Frau mit den kurzen weißgrauen Haaren packte meine Hand. Kräftige Finger drückten zu. »Kommen Sie. Wir gehen nach oben. Da ist auch mein Mann.«

Auf einer Treppe aus Lochblechplatten folgte ich runden Waden nach oben. Sie führte mich in die Küche. Herr Schimmloh saß über eine Zeitung gebeugt am Tisch.

»Das ist die Frau von der Polizei, Lothar. Von gestern.«

Er legte das Kreuzworträtsel zusammen mit einem Stift an die Seite.

»Setzen Sie sich doch.« Er zeigte auf die Eckbank mit den dunkelroten Rosen auf dem Bezug.

Ich klemmte mich hinter den Tisch. Frau Schimmloh setzte sich zu ihrem Mann. Die beiden sahen aus wie Zwillinge. Ein stämmiger Körperbau, die gleichen weißgrauen Haare über einem runden Gesicht. Der gleiche milchige Teint. Ich fragte mich, ob sie immer schon so ausgesehen hatten oder sich im Verlauf von vielen Ehejahren immer ähnlicher geworden waren.

Herr Schimmloh stand auf, kam mit einer Schale Salzerdnüsse zurück und stellte sie in die Mitte des Tisches.

»Fragen Sie nur«, forderte er mich auf. »Wir helfen gern, wenn wir können. Mia und ich.«

»Sie tun ja auch nur Ihre Arbeit«, sagte sie. »Muß alles sein.« Mit der flachen Hand wischte sie Krümel von der Decke.

Erwartungsvoll sahen sie mich aus ihren runden Gesichtern an. Die gleichen dunklen Augen. Ein Unterschied. Ihre Augenbrauen waren weiß und flach. Seine buschig schwarz. Mit silbernen Fäden, die sich querstellten.

»Wann haben Sie Frank Bartels das letzte Mal lebend gesehen?« fragte ich. »Können Sie sich daran erinnern?«

»Ich glaube, das war der Tag, an dem das Öl geliefert wurde. Weißt du noch, Mia?« wandte er sich an seine Frau.

»Meinst du, wie er noch so spät an seinem Flitzer rumgebastelt hat in der Garage?« fragte sie zurück.

»Da war dauernd was dran«, erklärte Herr Schimmloh, »und er mußte drunterkriechen. Wann war das denn, Mia?«

Er sah auf einen Kalender, der an der Wand hing. Oktober, eine kleine Kapelle mit Bergmassiv. Darunter schwarze Zahlen.

»Das hab' ich gleich, Lothar.«

Sie stand auf und verschwand aus dem Zimmer.

»Wissen Sie, ich konnte den Frank gut leiden. Und seine Freundin auch. Aber das dürfen Sie meiner Frau nicht verraten.« Er schob sich eine Handvoll Erdnüsse in den Mund. »Die hat was gegen die Kleine.«

Frau Schimmloh trug einen Stapel Papier auf dem Handteller. Sie setzte sich wieder auf die Bank, zog die Brille aus dem Etui und begann Blatt für Blatt anzusehen und umgedreht auf dem Tisch wieder abzulegen.

»Ich steig' da nicht durch mit dem ganzen Papier.« Er griff nach den Erdnüssen. »Das muß alles Mia machen.«

»Guck mal, Lothar. Hier ist der erste Rentenbescheid, den haben wir doch gesucht.« Sie legte ihn auf die Schale mit den Erdnüssen. »Die Ölrechnung muß auch dabei sein.«

Sie blätterte weiter. »Hier ist sie.«

»Ah.« Sie drückte die Brille gegen die Nase.

»Lieferung am 25. September. An dem Tag haben wir ihn zuletzt gesehen.« Sie strich zufrieden über das Paper. »In einem ordentlichen Haushalt geht nichts verloren.«

»Sie haben ja gesehen, wie er aussah...« begann ich.

»Ich versteh' das nicht«, ergriff Frau Schimmloh das Wort. »Wie der Frank aussah, so nackt und dann mit dem Lippenstift.« Sie setzte die Brille ab. »Ich kann gar nicht glauben, daß das der Frank war.«

»So ist das heute.« Herr Schimmloh zeigte auf den Fernseher. »Seit ich nicht mehr arbeite, gucken wir ja...«

»Früher ging das nicht«, fiel seine Frau ihm ins Wort. »Da mußte der Lothar jeden Morgen um fünf aufstehen. Da konnten wir abends nicht fernsehen.«

»Jetzt haben wir eine Schüssel.« Herr Schimmloh sah zur Decke. »Was wir da alles sehen...« Er schüttelte den Kopf. »Kein Wunder, daß die Jungen wirr im Kopf werden.«

»Halten Sie es für möglich, daß Frank Bartels Selbstmord begangen hat?« fragte ich.

»Mit einem Lippenstift und dem Bändchen da unten«, Frau Schimmloh schüttelte den weißgrauen Kopf, »das glaube ich nicht.«

Fleischer hatte mir den Fachausdruck für das, was Frau Schimmloh als ›das Bändchen da unten‹ bezeichnete, verraten: Penisdressage. Mit ihren Worten klang es sehr viel netter.

»Warum sollte Frank sich umbringen?« wunderte Herr Schimmloh sich. »Er hatte doch alles. Arbeit, eine Freundin, ein Dach über dem Kopf.«

»Oder sie hat das mit ihm gemacht. Das könnte ich mir vorstellen.« Frau Schimmloh legte die Brille in ihr Etui. »Der traue ich das zu.« Der Deckel des Brillenetuis klappte zu. »Zu allen komischen Zeiten ist sie nach Hause gekommen. Sogar mitten in der Nacht. Mit dem Taxi.«

»Sie war immer freundlich, Mia. Das kannst du nicht anders sagen«, griff Herr Schimmloh ein.

»So läuft kein anständiges Mädchen herum, Lothar.« Frau Schimmloh ließ sich nicht beirren. »Nie im Leben. Wenn Sie mich fragen, die hat den Frank auf dem Gewissen.«

»Sag nicht so was, Mia«, ermahnte Herr Schimmloh seine Frau. »Du weißt ja nicht, was du da sagst.«

»Wo ist sie denn geblieben? Auf und davon ist sie. Was meinst du, weshalb?«

»Seit wann haben Sie sie hier nicht mehr gesehen?« fragte ich.

Herr Schimmloh sah auf den Kalender.

»Ein paar Wochen schon nicht mehr.«

»Können Sie mir ihren Namen sagen?«

»Ja, das kann ich«, sagte Frau Schimmloh. »Sie hat ja hier gewohnt. Tina Hetzel mit tz. Bestimmt hieß sie richtig Christina. Aber das hätte zu der gar nicht gepaßt.«

Ich machte mir Notizen.

»Am 25. September haben Sie Frank zuletzt gesehen«, sagte ich. »Ist Ihnen an dem Abend oder den Abenden danach irgend etwas Verdächtiges aufgefallen?«

Wie auf Verabredung schüttelten beide den Kopf.

»Sie haben nichts gesehen oder gehört?« hakte ich nach.

»Nein, da war nichts. Das wär uns aufgefallen«, sagte Herr Schimmloh.

Ich sah auf den Fernseher. Von wegen Wachhunde. Wenn die Kiste lief, konnte man vermutlich direkt unter ihrem Fenster ein Schwein schlachten, ohne daß die beiden es merkten.

»Und die anderen Garagenbesitzer?« fragte ich. »Ist denen vielleicht etwas aufgefallen?«

»Da hat keiner was gesagt. Keiner.« Herr Schimmloh wendete mir sein rundes Gesicht zu. »Und die kommen mit allem zu mir, wenn was ist.«

»Was Sie mir gesagt haben, hilft mir bestimmt weiter.« Ich steckte Stift und Papier in die Handtasche. »Und jetzt würde ich mir gern die Wohnung angucken.«

»Kommen Sie.« Herr Schimmloh stand auf. Der Schüsselbund in seiner Hand klapperte. »Ich führe Sie rüber.«

29

»Mich brauchen Sie ja dann wohl nicht mehr.«

Herr Schimmloh trat aus der Tür. Eine dünne Holztür mit billigen Beschlägen. Der Traum jedes Einbrechers.

Er stand auf dem Treppenabsatz, zögerte.

»Kommen Sie ruhig mit rein«, sagte ich. »Vielleicht können Sie mir helfen.«

»Aber das mach' ich doch gerne.« Er steckte den Schlüsselbund in die Tasche seiner ausgebeulten Kordhose.

Die Holzdielen knarrten unter seinen Füßen. Zu zweit standen wir in der Diele. Es war eng, und es roch penetrant nach einem süßlichen Parfüm. Maiglöckchen.

»Das hier war alles schon, wie der Frank hier eingezogen ist.« Herr Schimmloh zeigte auf eine Garderobe mit Hutablage und einen Spiegel mit Goldrand. An der Garderobe hing eine nicht mehr ganz weiße Lederjacke mit Fransen über einem schwarzen Mantel. Drei Türen gingen von der Diele ab.

Ich drückte die erste Türklinke herunter und mußte niesen. Noch mehr Maiglöckchen.

»Riechen Sie das?« fragte mich Herr Schimmloh. »So hat die Tina immer gerochen, wenn sie auf der Treppe an einem vorbei ist. Wie eine Blume.«

Ich nieste noch einmal. Etwas weniger Maiglöckchen wäre mir recht gewesen.

Das Badezimmer war ein langer, enger Schlauch mit seegrünen Fliesen. Neben der Badewanne lag eine rote Matte. Auch vor der Toilette und auf dem Klodeckel blinkte es rot. Die weiße Wanne und das Becken waren blitzsauber. Kein einziges Härchen im Abfluß.

Herr Schimmloh sah mir über die Schulter.

Auf dem Regal an der Wand stand eine Sammlung von Parfümflaschen, eine Großpackung Tampons und ein Bataillon von Lippenstiften. Goldene Hüllen, schwarze, bunte. Ich sah sie mir genauer an. Unterschiedliche Farben. Unterschiedliche Firmen. Alles preiswerte Marken. Nichts Besonderes.

Die Zahnbürsten in dem roten Becher sahen neu aus. Unter dem

Waschbecken waren die Putzmittel gelagert. WC-Reiniger, Scheuerpulver, Sagrotan.

»Da sieht man mal, wie man einem Menschen Unrecht tun kann«, sagte Herr Schimmloh.

»Wie meinen Sie das?« fragte ich ihn. »Unrecht?«

»Das ist doch alles sauber hier. Tipptopp.«

»Was hat das mit Unrecht zu tun?«

»Da kann man doch sehen, daß die Tina keine Schlampe ist.«

Ich machte die nächste Tür auf. Eine kleine Küche. Genormte Plastikmöbel. Ein Tisch mit Metallbeinen, Stühle mit roten Plastiksitzen. Kein schmutziges Geschirr im Ausguß. Wenn ich da an meine eigene Küche dachte... Von meinem verunstalteten Bad ganz zu schweigen.

»Sehen Sie selbst. Tipptopp hat sie alles in Schuß, die Tina. Tipptopp. Sie hätten die Wohnung früher mal sehen müssen.«

Ich öffnete die Tür vom Kühlschrank. Er war gut bestückt mit Haltbarem. Schinken, Hühnchen, Kaffee, Bier. Alles in Dosen. Und zwei Flaschen. Einmal Whiskey, einmal Champagner. So sieht es oft auch in meinem Kühlschrank aus. Bis auf den Champagner, den kann ich mir bei meinem Gehalt nicht leisten.

Auf dem Tisch stand eine Art Stövchen mit einer leeren Schale. Ich schnupperte. Hier roch es nicht nach Maiglöckchen. Hier roch es nach frischen Zitronen. Keine Ahnung, wo das herkam. Obst sah ich jedenfalls nicht. Ich machte die Küchentür hinter uns zu.

»Das da ist das Wohnzimmer. Wohn- und Schlafzimmer.«

Herr Schimmloh hielt mir die Tür auf.

»Schön haben die beiden es sich gemacht.«

Er sah sich neugierig um.

In der Mitte des Zimmers stand die grün-beige karierte Couch, die ich schon von den Fotos aus dem Spind kannte. Davor ein Rauchglastisch und ein grün-beige karierter Sessel. Über der Heizung ein Fenster mit einer weißen Tüllgardine, die ich ebenfalls schon einmal gesehen hatte. Zumindest ihr unteres Ende. An der Wand ein großer schwarzer Schrank.

Ich nahm ein helles Kissen von der Couch. Rote Herzen, ein kleiner Junge und ein Mädchen. ›Liebe ist, wenn man sich anfaßt und einem warm wird.‹

Herr Schimmloh stand vor dem gerahmten Poster von einem Lavendelfeld. Lila wogender Lavendel auf silbrigen Stielen vor einem blauen Himmel. Bildete ich mir das ein? Oder roch es hier tatsächlich nach Lavendel? Ich trat neben ihn. Im Rahmen des Bildes war ein Fotostreifen festgeklebt. Ich nahm ihn heraus und sah ihn mir an. Eine Serie von vier Bildern, wie man sie in jedem Fotoautomaten machen kann.

Zwei Gesichter Wange an Wange. Ein hübsches Paar. Er mittelblond, mit warmen braunen Augen und einem Grübchen in der Wange, sie mit einem blassen Gesicht, toupierten schwarzen Haaren und diesem Glanz in den Augen. Das Mädchen vom Foto. Seine Freundin.

»Genauso waren sie. Tina und Frank.« Seine Stimme klang rauh.

»Sie mochten die beiden.«

Herr Schimmloh nickte. »Der Frank war in Ordnung. Und die Tina auch. Die haben sich gern gehabt. Das konnte man sehen.« Er räusperte sich. »Na ja, manchmal flogen die Fetzen. Gehört alles dazu.«

Ich steckte das Foto in die Tasche.

Der Schrank ging bis unter die Decke und nahm eine ganze Wand ein. Ich machte eine Tür auf. Ihre Seite. Modische, verrückte Klamotten. Enge Leggings aus Glitzersamt in allen Farben. Knappe Oberteile. Kurze Röcke und Hotpants, schrille Strumpfhosen. Schwarze Strumpfhosen, Netzstrümpfe, glänzende BHs und Korsagen.

»Wenn der Tina man nichts passiert ist.« Herr Schimmloh wiegte bedächtig den Kopf. »Wenn der man nichts passiert ist.«

»Wieso glauben Sie, daß ihr etwas passiert sein könnte?« fragte ich ihn.

»Die ist nicht freiwillig weg von hier. Das glaube ich nicht.«

Ich öffnete eine andere Schranktür. Seine Seite. Kleidungsmäßig etwas sparsamer bestückt. Dafür hatte er eine Sammlung von Schuhkartons angelegt. Ein netter Stapel. Ich nahm den Deckel vom obersten Karton. Prospekte von einem Sportwagen. In Englisch. Inklusive Preislisten für die Ersatzteile. Der nächste enthielt einen Fotoapparat. Nichts Kompliziertes. Ein ziemlich neues Modell. Mit eingebautem Blitz. Ich hätte wetten können, daß damit die Fotos von ihr gemacht waren. Ich setzte den Deckel wieder auf die Schachtel. In den restlichen Kartons fand ich nichts Interessantes. Einzelteile von alten Elektrogeräten, Kassetten und ähnlichen Krimskrams.

Ich machte die Schranktür zu und ging zu der Hi-Fi-Anlage. Drei CD-Hüllen lagen neben dem Player.

›Kuschelrock 1,2,3. Starke Songs für zärtliche Stunden. Songs, die Frauen schwach machen.‹

Herr Schimmloh stand wieder vor dem Poster mit dem Lavendel. Hatte ich etwas vergessen? Ich sah noch einmal durch das Zimmer. Es war alles so verdammt normal. Was hatte ich erwartet? Daß ein Mann, der auf Selbstfesselung steht, einschlägige Lektüre am Bett hortet?

›Liebe ist, wenn man sich anfaßt und einem warm wird.‹ Warum sollte er keine heißen Fotos von seiner Freundin machen? Bisher hatten wir keine Beweise, daß er die Fotos verkauft hatte. Und wenn, was bewies das schon?

Wir mußten die Freundin finden. Die konnte schließlich nicht einfach vom Erdboden verschwunden sein.

»Wollen wir wieder?«

Herr Schimmloh stand immer noch vor dem Lavendel.

Er drehte sich zu mir um.

»Das ist von der Tina, das Bild da.«

Sein Blick wanderte zurück zu dem Bild an der Wand.

»Ich hab' sie im Flur getroffen, wie sie vom Einkaufen kam. Da hat sie es mir gezeigt.«

Ich sah auf das Bild. Den unglaublich blauen Himmel, unter dem das Lavendelfeld lila wogte.

»Wir haben immer ein paar Worte geredet, die Tina und ich. ›Herr Schimmloh‹, hat sie einmal zu mir gesagt. ›Ich möchte Ihnen eine Freude machen. Was wünschen Sie sich?‹ Stellen Sie sich vor, das hat sie mich alten Kerl einfach so gefragt.«

»Und?« fragte ich. »Was haben Sie sich gewünscht?«

»Erst ist mir nichts eingefallen.«

Er fuhr mit der Hand an den Stift, der in der Brusttasche seines Hemdes steckte.

»Und dann hab' ich gesagt, eine dicke Havanna. Die habe ich früher manchmal von Kunden gekriegt. Und wissen Sie, was?«

Ich sah ihn neugierig an.

»Am anderen Tag hat sie sie mir gebracht. Eine ganze Kiste voll. Feinste Havanna. So eine war das.«

Wir gingen in die Diele. Die Wohnungstür fiel hinter uns zu. Herr Schimmloh zog den Schlüsselbund aus der Hosentasche.

»Meine Frau weiß da nichts von. Die mag nicht, wenn ich schwere Zigarren rauche.«

Er drehte den Schlüssel um, zog ihn aus dem Schloß. Wir stiegen nebeneinander die Treppen nach unten. Er begleitete mich vor die Tür.

»Sie mochten die beiden«, faßte ich meine Eindrücke noch einmal zusammen.

»Nicht, daß Sie mich auslachen.« Er räusperte sich.

»Bestimmt nicht.« Ich hielt die rechte Hand hoch. »Großes Ehrenwort.«

Er sah über die Straße. Ich folgte seinem Blick über Wagendächer auf die andere Straßenseite. Auf dem Bürgersteig gegenüber zogen zwei dunkelhaarige Männer auf einem Handkarren drei Fernseher vorbei.

»Wissen Sie, es ist nicht leicht heute. Für die Jungen, meine ich. Die ganzen Verlockungen.«

Ein Junge trat aus einer Haustür und stellte ein glänzendes Mountainbike auf das Pflaster.

»Die beiden haben mich an Mia und mich erinnert, wie wir jung waren. Als die Liebe noch frisch war.«

Der Junge auf der anderen Straßenseite pumpte Luft in die Reifen. Zwei kleine Jungen sahen ihm dabei zu. Einer von ihnen strich über den Sattel.

»Ich hätte ihnen halt gewünscht, daß sie es schaffen. Trotz allem. Das ist alles.«

Ich stieg auf die Maschine und winkte ihm zu. Zwei Worte hingen in meinem Kopf fest. ›Trotz allem.‹ Was mochte er damit gemeint haben?

30

Vera saß an ihrem Sekretär und sah die Unterlagen für die Steuer durch. Vom Badezimmer kam lautes Lachen. Angelika weihte einen neuen Kunden in die Freuden des Entspannungsduschens ein.

Tina hatte die Füße auf den Tisch gelegt und blätterte in einem Magazin.

»Eh, das sind wir ja.« Sie nahm einen Schokokuß vom Tisch und leckte an der Schokolade. »Hört sich gut an.«

Sie las vor: »Studio dreizehn, die Adresse für den Gast mit den ganz besonderen Wünschen. Von außen ein völlig unscheinbar wirkendes Wohnhaus...«

»Das kann ich auswendig«, unterbrach Vera sie. »Was meinst du, wer das geschrieben hat?«

Vera legte die Rechnung der Wäscherei auf einen von vier Haufen.

»Das ist von dir? ›Es erwarten Sie drei hocherotische Damen. Madame Claude, die Leiterin des Studios, eine dirty lady der Sonderklasse.‹«

Tina grinste. »Das bist du.«

Sie biß in ihren Schokokuß und mampfte zufrieden.

»Es muß keine Dichtung sein«, sagte Vera. »Es muß sie nur antörnen.«

»Ist doch total gut«, fand Tina, »›die Chefin, eine bildschöne Sadistin‹. Und die ›vollbusige Lustsklavin Angélique‹. Das ist Angelika. Aber wer ist die ›tabulose Strapslady Stefanie‹?«

»Das ist Irma, die hat früher mit uns gearbeitet.«

»Was macht sie jetzt?« fragte Tina neugierig und biß in die Waffel mit dem weißen Schaum.

»Wissen wir nicht. Die hat ihre große Liebe gefunden und ist auf und davon.«

Vera zerriß einen Zettel in schmale Schnitzel.

»Ich mach' noch ein, zwei Jahre, bis wir mit allem klar sind und was auf der Kante haben. Dann mach' ich die Biege.« Tina leckte sich die Schokoladenfinger ab.

»Das haben schon viele gesagt.«

Vera holte die Rechenmaschine aus der Schublade und griff sich den ersten Haufen.

»Bin ich viele?« Tina schlug den Bizarrführer zu.

»Wie hast du mich da angepriesen? Was paßt zu Christine?«

»Die ›dunkelhaarige, charmante Christine‹.«

»Wow«, sagte Tina. »Nicht schlecht.«

Die Tür ging auf. Angelika kam mit einem Handtuch um die Hüften herein.

»Das ging ja schnell«, staunte Tina.

Vera drückte den Knopf, die Maschine addierte rasselnd die Beträge, die sie eingegeben hatte. Der erste Haufen war weg.

»Er hat schon gespritzt, als ich ihm den Präser über den Schwanz gezogen habe.«

Angelika steckte sich eine Zigarette zwischen die Lippen.

»Der muß ja 'ne heiße Frau zu Hause haben.«

Sie sah sich suchend nach einem Feuerzeug um.

Vera griff nach einem silbernen Gegenstand auf dem Sekretär, hielt ihn hoch und warf ihn Angelika zu. Sie fing das Feuerzeug mit beiden Händen auf und klappte den runden Kopf zurück.

»Ich wollte noch mit ihm reden. Aber so einer war das nicht.«

Angelika zog an der Zigarette und stellte das Feuerzeug auf den Tisch. Ein silberner Phallus mit faltiger Vorhaut und einem glänzenden Kopf. »Der kommt bestimmt nicht wieder.«

»Vielleicht doch.« Vera nahm sich den zweiten Haufen vor.

»Der hat für sein Geld nicht viel gekriegt.« Angelika legte die Hand mit der Zigarette auf der Sessellehne ab.

Eine Weile war es still. Bis auf das Summen der Rechenmaschine und das Klicken der Tasten, über die Veras Finger flogen.

»Wie findest du eigentlich das Arbeiten hier?« wandte sich Angelika an Tina und legte den Kopf zurück.

Vera schob die Rechenmaschine zur Seite. Sie war neugierig auf Tinas Antwort.

»Das ist schon okay«, sagte Tina. »Das Geld stimmt.«

»Und sonst?« wollte Vera wissen.

»Wenn viel los ist, geht's. Das Warten ist beknackt.«

»Du mußt dir was einfallen lassen«, riet Vera ihr. »Dann vergeht die Zeit schneller. Ich mache den Bürokram, Angelika stickt.«

»Tina frißt Schokoküsse«, Angelika drückte ihre Zigarette im Aschenbecher aus. »Oder panscht mit Duftwässerchen rum.«

»Na und«, sagte Tina. »Du bist doch nur neidisch, weil du so schnell fett wirst.«

»Jede macht, was ihr Spaß macht«, griff Vera schlichtend ein. »Und das ist auch in Ordnung.«

»Du hast ja recht mit dem Warten«, gab Angelika zu. »Das ist bei mir dasselbe. Wenn ich mich nicht ablenke, geht es los in meinem Kopf.«

»Was geht los?« fragte Tina.

»Ein ganzes Kino. Lauter Horrorfilme.« Angelika griff wieder nach der Zigarettenschachtel. »Daß mein Vater draußen vor der Tür steht. Und ich bin nicht am Spion. Eine von euch ist da. Und ihr laßt ihn rein. Und er sieht mich hier.«

Sie zündete die Zigarette an und zog den Rauch tief ein.

»Berufskrankheit. Das gehört dazu.«

»Ich hab' so was auch«, sagte Tina. »Ich denk' immer, 'ne alte Lehrerin kommt hier rein und findet mich. Ist das nicht verrückt?«

»Das ewige Lügen ist das schlimmste.« Angelika sah auf die weiße Rauchstange, klopfte sie über dem Aschenbecher ab. »Und immer die Angst, daß sie es eines Tages doch erfahren.«

Das Telefon schellte.

»Deine Mutter hat Geburtstag«, fuhr Angelika fort. »Alle sitzen zusammen am Kaffeetisch, die ganze Verwandtschaft. Und du hast nur Angst, daß es jeden Moment passiert.«

Das Telefon läutete weiter.

»Einer steht auf und erzählt ihnen, was du machst.«

Vera nahm den Hörer ab. »Studio dreizehn.«

Eine Männerstimme, aufgekratzt und jung.

»Für dich, Tina.« Vera räumte den Platz am Telefon.

Tina übernahm den Hörer und lauschte der Stimme im Hörer.

»Spitze«, sagte sie. »Am besten sofort.«

»Doch«, sagte sie. »Es ist nicht viel los.«

Sie hielt die Muschel zu.

Ihre Augen strahlten.

»Kann ich schon 'ne Stunde früher?« Sie sah auf die Uhr. »Ist doch sowieso nichts mehr los.«

Vera nickte.

»Es geht«, strahlte sie ins Telefon. »Au ja. Sofort.«

Sie legte den Hörer auf.

»Wir fahren an die Möhne zum Spazieren. Und dann gehen wir essen. Ist das nicht toll?«

»Einfach so?« fragte Vera.

»Er hat von einem Kumpel ein Cabrio geliehen gekriegt. Das müssen wir feiern.«

Tina lief zur Tür hinaus.

»Wann bist du an einem normalen Wochentag einfach mal so rausgefahren an die nächste Talsperre zum Spazieren?« fragte Angelika.

»Ja«, sagte Vera. »Wann?«

»Wir schaffen das noch nicht mal am Wochenende.«

»Doch.« Vera zog die Rechenmaschine zu sich. »Zum Wochenende fahre ich raus mit Hilde und den Kindern.«

Sie legte einen Stapel Zettel neben die Maschine.

»Das ist ja das Gute an unserem Job, daß wir das Wochenende freihaben.«

Sie tippte eine Zahl von einem Zettel und legte ihn zur Seite.

Angelika schwieg und zündete sich eine neue Zigarette an.

Vera tippte zwei-, drei- und fünfstellige Zahlen in die Maschine.

Tina kam zur Tür herein. Mit ihrem Jeansrock, der Jacke mit den Glitzersteinen und der Strohtasche unter dem Arm.

»Wie lange macht ihr heute noch?«

Angelika nahm die Zigarette aus dem Mund. »Bis sechs.«

»Ich habe heute eine lange Nacht«, sagte Vera.

»Ja, dann tschüs, bis dann.«

Sie sah unglaublich jung und unglaublich glücklich aus.

»Vera, komm mal.« Angelikas Stimme kam aus der Teeküche. »Das mußt du sehen.«

Sie stand hinter der Gardine und sah nach draußen.

Vera stellte sich zu ihr. Im Hof unter der Wäschestange stand ein junger Mann in Jeans mit einem roten Satinblouson. Seine Haare schimmerten hellbraun.

»Das ist er.«

Tina trat aus der Tür, lief zu ihm, umfaßte ihn mit beiden Armen. Er beugte den Kopf zu ihrem Gesicht.

»Da kann man ja richtig neidisch werden.«

Hand in Hand verschwanden die beiden im Dunkel der Einfahrt.

»Das ist so verdammt leicht«, sagte Vera.

»Wie meinst du das?« fragte Angelika.

»Händchenhalten kann jeder«, sagte sie. »Er läßt sie anschaffen. Und ihm ist egal, wie sie sich fühlt dabei.«

»Das sagst du.«

»Hat er Schulden? Oder hat er keine?«

»Du tust so, als würde er sie zur Arbeit prügeln. Er hat Schulden. Wer hat die nicht? Aber er hat einen festen Job, und sie macht es freiwillig.«

»Früher hat sie es immer nur ein paar Tage gemacht. Jetzt macht sie es schon seit ein paar Monaten. Das macht sie für ihn.«

»Wir tun das doch alle für irgend jemanden. Du tust es für deine Kinder, für Hilde. Ich tu's für Tom. Wo ist der Unterschied?« fragte Angelika.

»Sie verpackt das nicht so wie wir. Hast du mal ihr Gesicht gesehen, wenn sie mit einem Freier aus dem Zimmer kommt?«

»Sie ist noch nicht lange dabei. Das wird schon. Bis auf Robert waren alle zufrieden mit ihr.«

»Sag lieber, außer ihm hat sich noch niemand beschwert.«

»Und warum behältst du sie dann?«

»Das frage ich mich auch.« Vera überlegte. »Ich denke darüber nach. Mehr, als mir lieb ist.«

»Und?« Angelika sah sie an.

»Sie ist so, wie ich früher war. Als ich verliebt war und geheiratet habe. Genauso blind.«

»Du hast es doch geschafft«, sagte Angelika mit Überzeugung.

»Hab ich das?« Vera sah sie an.

Angelika schaute weg.

31

Vera stand breitbeinig vor dem Holzkreuz, die Arme unter dem Busen verschränkt. Ein kräftiger, nackter Mann kroch über die schwarzen Kacheln auf sie zu. Den Blick auf den Boden gerichtet. Auf den Schulterblättern wuchs ein dichter, dunkler Pelz.

Vera kannte jeden Zentimeter seiner Haut. Den Leberfleck, der links von der Wirbelsäule saß. Die Warze am Halsansatz. Martin war Stammkunde. Seit drei Jahren kam er regelmäßig einmal die Woche. Einmal im Vierteljahr fuhr seine Frau zum Tennisurlaub in die Schweiz. Dann kam er für die Nacht. Martin war Anfang Vierzig und leitete die Auslandsabteilung einer Bank.

Vera zog die sechsschwänzige Peitsche unter dem Arm hervor und ließ die Lederriemen vor seinen Augen rascheln.

»Na, was hat mein kleines Ferkel wieder gemacht?«

»Ich war brav, Madame«, rief Martin. »Diesmal war ich ganz brav.«

Nach jeder Sitzung fragte er sie, ob sie irgend etwas brauchte. Es gab nichts, was man über ihn nicht billiger kriegte. Autos, Teppiche, Möbel. Alles mit einem Abschlag von mindestens zehn Prozent. Die Fliesen, über die er kroch, hatte sie mit seiner Vermittlung zwanzig Prozent unter Listenpreis bezogen.

Sie strich mit den Peitschenenden locker über seinen Rücken, die Oberschenkel, den Po.

»Soll ich das meinem kleinen Ferkel glauben?«

Sie ging um ihn herum, stieß mit dem Griff der Peitsche in sein Fleisch.

»Meinem kleinen, versauten Schweinchen?«

Sie fuhr mit dem Peitschengriff die Wirbelsäule entlang, zog weiter durch.

»Du wirst mir schon noch sagen, was für Schweinereien du wieder getrieben hast.«

Sie zog mit den Fingern kräftig an seinem Ohr.

»Ich warte.«

Sie drehte das Ohrläppchen um.

»Wird's bald.«

»Ich habe mit meiner Auszubildenden gebumst.«

Sie gab ihrer Stimme einen tiefen, rauchigen Klang.
»Was hast du gemacht?«
»Ich habe mit ihr gevögelt.«
Vera kannte alle Frauen, die bei Martin in der Abteilung arbeiteten. Die Auszubildende war neu.
»Du bist das geilste und versauteste Ferkel, das mir je unter die Augen gekommen ist.« Sie streichelte mit dem Peitschengriff seine Geschlechtsteile. »Sieh sich das einer an.«
»Sie hat mich verführt, Madame.«
»Das glaubst du doch selbst nicht.« Sie setzte ihm ihre Fußspitze unter das Kinn.
»Doch, Madame«, beteuerte er. »Wenn es doch so war.«
»Welche Frau läßt sich schon freiwillig mit so einem dreckigen, kleinen Ferkel ein?«
»Aber es war so. Genauso war's.«
Sein Geschlechtsteil wurde stramm. Jetzt kam er langsam in Fahrt.
»Sie hat mir ihre schmutzigen Schlüpfer geschickt. In der Umlaufmappe. Jeden Tag«, legte er los. »Und dann hat sie mich verfolgt. Immer ist sie hinter mir her. Noch nicht einmal auf der Toilette bin ich sie losgeworden«, ereiferte er sich. »So geil war sie auf mich.«
»Erzähl keine Lügen«, herrschte Vera ihn an. »Keine Frau ist geil auf so ein verkommenes Schwein.«
»Wenn es doch so ist«, jammerte er. »Sie hat mir die Kleider vom Leib gerissen. Ich konnte gerade noch die Tür mit dem Fuß zumachen, damit uns keiner sah.«
Vera war auf das Ende gespannt. Teppichboden, Schreibtisch oder Wand. Das waren die Orte, an denen er gewöhnlich von den Damen seiner Abteilung verführt wurde.
»Und dann wirft sie mich auf den Schreibtisch und fällt über mich her«, stöhnte er. »In meinem Büro. Und da ist es dann passiert.«
»Was ist passiert?« herrschte sie ihn an.
»Ich habe mit ihr gevögelt«, winselte er.
»Wie bitte?« fragte Vera. »Was hast du gemacht?«
»Ich habe sie gebumst.«

»Ich habe nicht verstanden. Was hast du gemacht?«

»Ich habe sie gebumst«, schrie er. »Gebumst.«

»So eine Schweinerei hast du also gemacht«, schimpfte sie. »Du hast gebumst. Für so viel Geilheit hast du Strafe verdient.«

»Nicht auf den Bock, Madame«, bettelte er. »Binden Sie mich ans Kreuz. Bloß nicht auf den Bock.«

Psychologisch war die Arbeit mit Martin ein Kinderspiel.

»Auf den Bock, du Ferkel.«

Sie stellte den Stiefel auf sein Hinterteil und trat zu.

Er kroch los. Sie schritt neben ihm zu dem schwarzen Holzgestell, klopfte mit dem Peitschengriff über seine Schenkel.

»Nicht schlagen. Bitte schlagen Sie mich nicht, Madame.«

Ohne daß sie ihn dazu angewiesen hätte, legte er sich auf den Bock. Sein Becken lag über dem Leder. Arme und Beine hingen nach unten. Sie zog erst die Lederschlaufen für die Arme, dann die für die Beine zu.

Sie betrachtete das Fleisch, das vor ihr auf dem Hocker lag. Kräftiges Muskel- und Fettgewebe. Geradezu ideal für das Zuschlagen geeignet.

Sie nahm die Peitsche in die rechte Hand.

»Eins«, locker aus dem Schultergelenk ließ Vera sie runtersausen. Sie mußte die Hiebe genau dosieren. Die Reizwirkung des Leders auf das Unterhautbindegewebe exakt einschätzen. Die Haut genauso anschneiden und anfeilen, daß es nur zum Zerreißen kleinster Gewebeteile kam, zu Blutergüssen unter der Haut, die sich später in blaue und grüne Flecken verwandelten, wieder ausheilten, nicht zu dauerhaften knötchenartigen Narben wurden.

»Nein«, stöhnte Martin. »Nicht.«

»Zwei, drei.«

Die Hiebe knallten durch die Luft.

»Vier, fünf.«

Die Striemen auf seinem Hinterteil waren feuerrot.

Vera spürte die Anstrengung in der Hand. Noch zwanzig Hiebe. Dann kam Martin in die Ketten, und sie hatte eine Pause. Unter ihren Peitschenhieben rang er nach Luft. Er wand sich und stöhnte. Sie behielt sein Gesicht im Auge. Alles in Ordnung. Herz und Lunge arbeiteten gut.

32

Vera sah auf die Uhr. Halb vier. Martin hatte alles bestens überstanden. Körperlich war er topfit. Sie war mit ihm das ganze Programm durch. Die sechsschwänzige Peitsche, die neunschwänzige, nasse Rohrstöckchen und die nackte Hand. Sie spürte die Anstrengung in jedem Finger. Um halb drei war er friedlich im Käfig eingenickt. Jetzt konnte sie es riskieren, ihn für eine Weile allein zu lassen. Die Tür zum Studio stand offen. Für alle Fälle.

Zur Entspannung schüttelte sie die Hände aus. Das tat gut.

Abgesehen von der rein körperlichen Anstrengung war die Arbeit mit einem Kunden, den man gut kannte, ein Kinderspiel. Selbst wenn es die ganze Nacht ging und sie sich immer wieder etwas Neues einfallen lassen mußte, damit es für ihn interessant blieb. Am anstrengendsten waren die Sitzungen mit einem Neuen. Das Abtesten, die geballte Konzentration auf das, was er tat oder unterließ, was er sagte, wie er es sagte, die Klangfarbe seiner Stimme, seine Körperhaltung, die Farbe der Haut. Jede Regung des Geschlechts zwischen seinen Beinen. Es ging nicht nur um das mechanische ›Wie‹. Immer ging es auch um ein ›Wieso‹. Den Knackpunkt zu finden, um den sich alles drehte. Bei Martin hatte sie diesen Knackpunkt sehr schnell gefunden.

Sie nahm das feine Luftpostpapier aus der Schublade. Der Kugelschreiber saß steif zwischen den Fingern mit den langen Nägeln. »Dubai, den fünfundzwanzigsten Juli«, schrieb sie mit schwerer Hand. Sie malte Druckbuchstaben, die sie am Boden mit runden Haken verband. »Liebe Vera, lieber Andreas, liebe Kati, ich sitze hier gerade in einem Café, um mich herum sitzen Männer in langen weißen Gewändern und trinken Tee. Viel lieber wäre ich jetzt zu Hause bei Euch …«

Vera überlegte. Irgendwann mußte sie sich einen triftigen Grund einfallen lassen, warum der Papa nicht wenigstens in den Ferien zu seiner geliebten Familie kam. Spätestens, wenn Andreas und Kati danach fragten. Noch fragten sie nicht. Vera schrieb weiter.

»Am Wochenende gab es ein Kamelrennen. Ihr könnt Euch nicht vorstellen, was in der Stadt los war. Überall Kamele …«

Sie machte eine Pause. Am Freitag kam Rolf. Er flog zwar nicht mehr die Route über die Emirate, aber jetzt gab er ihre Briefe an einen Kollegen weiter. Bisher hatte es immer geklappt. Vera rechnete. In zwei bis drei Wochen konnten die Kinder den Brief haben.

Das Telefon schellte. Sie sah auf die Uhr. Halb vier. Wer konnte so spät noch anrufen? Irgendein Verrückter. Oder... Für einen Moment stand ihr das Herz still. Hilde. Hoffentlich war zu Hause nichts passiert. Hoffentlich war nichts mit den Kindern. Sie nahm den Hörer ab.

»Ja.« Ein Rauschen drang an ihr Ohr. Gefolgt von einem Geräusch, das sich wie ein Klappern anhörte.

»Vera, hilf mir.« Tinas Stimme. Abgehackt und mit diesem Klappern. Warum rief sie um diese Uhrzeit an?

»Er ist weg.« Sie hörte ein Schluchzen durchs Telefon. »Er ist einfach weg.« Stoßweise kam ihr Weinen durch den Hörer.

»Wo bist du?« fragte Vera.

»In einer Telefonzelle.« Vera hörte, wie sie die Nase hochzog. »Hilf mir.« Sie klapperte mit den Zähnen. »Er hat mich...« Sie schluchzte. Vera wartete. »...alleingelassen mit denen.«

»Wo ist die Telefonzelle?« fragte sie.

»Ich weiß nicht.« Ihre Zähne klapperten weiter durchs Telefon. In Veras Kopf überschlugen sich die Gedanken. Ruhig bleiben, bleib ruhig, befahl sie sich.

»Guck auf den Apparat, Tina. Auf deinem Telefon muß irgendwo der Standort stehen.«

»Es geht nicht.« Wieder ihr Schluchzen. »Ich schaff's nicht.«

»Klar schaffst du's.« Vera versuchte ihre Stimme ganz ruhig wirken zu lassen. »Fang an mit dem Lesen. Ich muß wissen, wo du bist.«

»Wenn... Sie... Probleme... haben... wenden... Sie... sich... an... die... Zentrale.« Die Worte kamen unendlich langsam heraus.

»Sehr gut«, lobte Vera sie. »Lies weiter.«

Sie las nicht. Sie schluchzte.

»Wenn du nicht liest, leg ich auf.«

Hoffentlich geht das nicht ins Auge, dachte Vera.

»Nicht auflegen«, schluchzte Tina. Das Weinen hörte auf. »Ich mach' ja schon...«

33

Ein Pulk von Menschen stand auf den Stufen vor dem Eingang des Präsidiums. Kameras blitzten. Zwei uniformierte Kollegen kämpften sich durch eine schmale Gasse zu dem Fahrzeug mit den vergitterten Fenstern durch. In ihrer Mitte führten sie einen Mann in Handschellen, der die Hände hochgerissen hatte, um sein Gesicht zu schützen. Geführt von den Kollegen stolperte er vorwärts. Es sah ganz so aus, als hätte der Kollege Kerner sein Geständnis. Der Mann kletterte in die grüne Minna.

Die Fotografen scharten sich jetzt um das Auto, knipsten wild durch die Gitter der Fenster. Ich konnte mir die Schlagzeilen morgen gut vorstellen. ›Bestie vom Steinplatz gesteht Mord an wehrlosem Alten.‹ Oder so ähnlich.

Ich sah nach oben. Auf dem obersten Treppchen stand unser Traumtrio. Kollege Kerner, seit Monaten das erste Mal mit einem Lächeln auf den Lippen. Heinze, der ihm die Hand auf die Schulter legte, und der Herr Staatsanwalt, der hinter den Brillengläsern zufrieden mit den Augendeckeln klapperte.

Ich darf mir gar nicht überlegen, mit wem ich alles in diesem Verein zusammenarbeite. Sonst müßte ich kotzen.

Sie stiegen zusammen die Treppe hinunter.

Ich stieg die Treppe hoch. Direkt an ihnen vorbei. Sie sahen mich nicht.

»Kerner hat's mal wieder geschafft«, empfing mich Weber.

»Hoffentlich hat er diesmal den Richtigen«, sagte ich. »Der würde doch über den Hellweg gehen und Lasso werfen, wenn er einen Täter bräuchte. Wenn er das mit dem Lasso hinkriegte. Aber selbst dazu ist er zu blöd.«

»Du bist ja geladen«, stellte mein Kollege fest. »Trink erst mal 'nen Kaffee.«

Er stand auf und holte mir einen Becher.

»Es gibt gute Nachrichten.«

»Spann mich nicht auf die Folter«, sagte ich.

»Die Kollegen von der Sitte haben uns besucht. Das heißt, ein Kollege, der Baumann.«

Baumann, Baumann. Der Name kam mir bekannt vor.

»Mit dem spiel ich Fußball.«

Daher. »Und?« fragte ich.

»Die haben was für dich abgegeben.«

Er zog eine Plastiktüte aus der Schublade und legte sie mir auf den Tisch. »Das sollst du zum Städtischen Fundbüro tragen. Sie hätten selbst genug Spielsachen.« Er grinste. »Wo hast du das denn gefunden?«

»Im Wald. Als ich mit dem Motorrad unterwegs war.«

»Ist ja auch egal«, sagte er. »Lustig ist's trotzdem.«

»Wieso lustig?« wollte ich wissen.

»Du warst doch bestimmt noch nie in 'nem Sexshop, oder?«

»Nein. Sollte ich?« Ich verbrannte meine Lippen an dem Kaffee.

»Ich find' halt komisch, daß ausgerechnet du so was findest.« Er hielt die Handflächen vor die Brust. »Ist ja schon gut. Ich wollte dich nicht ärgern. Ehrlich. Also.« Er richtete den Oberkörper auf und beugte sich über den Schreibtisch. »Der Baumann war hier. Und da zeige ich ihm unsere Bilder. Weil er ja von der Sitte ist.«

Ich glaubte ihm kein Wort. Was ich glaubte, war, daß er Baumann die Bilder einfach so gezeigt hatte. Von Mann zu Mann. Ich sah ihm ins Gesicht. Er senkte die Augen. Hatte ich mal wieder recht.

»Auf jeden Fall«, fuhr er hastig fort, »und das ist der Knüller: Das Mädchen ist bekannt. Registriert und alles.«

»Registriert?« fragte ich verblüfft.

»Registriert.« Er lehnte sich in seinem Stuhl zurück und streichelte den Schnauzbart. »Wie es sich gehört. Beim Gesundheitsamt und bei uns. Was sagst du dazu?«

»Tina Hetzel. Hetzel mit tz?« vergewisserte ich mich.

»Woher weißt du denn das nun schon wieder?« fragte er mißmutig.

»Herr und Frau Schimmloh, Braunschweiger Straße.«

»Der Verwalter?«

Ich nickte.

»Daß sie registriert ist, wußte ich nicht«, gab ich zu. »Aber es paßt. Frau Schimmloh hat erzählt, daß sie oft nachts mit dem Taxi nach Hause gekommen ist.

»Gute Arbeit, Herr Kollege«, lobte ich ihn. Er strahlte.

»Weißt du auch, wo sie arbeitet?«

»Studio dreizehn, Schürener Straße.«

Weber nahm einen Zettel vom Schreibtisch.

»›Das Haus für den verwöhnten Kunden‹«, las er. »›Es erwarten Sie Madame Claude und ihre Damen.‹«

»Und was hält uns noch hier?« fragte ich.

»Dein Kaffee.« Weber zeigte auf meine Tasse. »Den hab ich nicht umsonst für dich gekocht.«

34

Es war wieder einmal alles zu spät. Für unsere Fahrt über die B 1 hatten wir mit sicherem Instinkt den richtigen Zeitpunkt gewählt. Feierabend. Im Schrittempo zockelten wir vorwärts. Ich bedauerte, daß ich in Webers Volvo saß und mich nicht auf meiner BMW zwischen den Reihen durchschlängeln konnte.

»Hoffentlich ist da überhaupt noch jemand.«

Weber trommelte ungeduldig mit den Fingern auf das Lenkrad.

»Wieso soll da jetzt niemand sein?« fragte ich blöde. »Die Leute haben doch Feierabend. Was heißt Leute, Kerls«, besserte ich nach.

»Was glaubst du denn, wer in so ein Studio geht?« fragte mich mein Kollege etwas ungehalten.

»Männer«, sagte ich. »Wer sonst.«

»Und wo sind die jetzt?« Er trat auf die Bremse. »Dreimal darfst du raten.«

Ich sah mich um. Schaute, wer an den Steuern der Autos saß, vor uns, neben uns, hinter uns. Jedes sechste Auto höchstens wurde von einer Frau gesteuert. Der Rest waren Männer.

»Auf dem Weg von der Arbeit nach Hause«, sagte ich.

»Das hat ja gedauert«, stöhnte er. »Sonst hast du doch nicht so 'ne lange Leitung.«

»Ich geh' nicht in Studios. Mir fehlt's da an Erfahrung.«

»Ich auch nicht«, sagte Weber. »Aber man hört so manches.«

Auf dem Mittelstreifen blinkten gelbe Lichter. ›Stau im Bereich der Baustelle. Bitte benutzen Sie die Ausweichstrecken.‹

»Weißt du, was ich komisch finde?«

»Was denn?« fragte Weber und wechselte auf die rechte Spur.

»Ich kenne keinen Mann, der zugibt, daß er in den Puff geht.« Ich schwieg. »Dabei boomen die Dinger. Das würden die doch nicht, wenn da keiner hinkommt.«

Weber sah mich von der Seite an. Ich sah es hinter seiner Stirn arbeiten. Schließlich sagte er: »Männer tun's. Aber sie reden nicht darüber.«

Er bog ab und schwieg. Ich hatte schon verstanden. Jeder Mann ein Freier. Mein Kollege war da auch keine Ausnahme.

Die Schürener Straße war eine belebte Straße. Geschäfte, Büros, Wohnungen. Vor dem Haus mit dem Club war kein Parkplatz. Wir stellten den Volvo ein paar Meter entfernt neben einem Kiosk ab.

»Das da ist es.« Ein ganz normales Wohnhaus. Altbau. Gut in Schuß. Ein sauberer Eingang.

»Hier stehen nur Namen. Nichts von einem Studio.«

»Laß uns mal an der Seite sehen.«

Wir liefen um das Haus. Hand in Hand kamen uns zwei große Frauen entgegen. Eine Blondine in schwarzem Lackmantel und eine rothaarige Frau in einem weißen Kostüm. In der freien Hand hielt sie einen Strauß Grünes mit Rosen.

»Können Sie uns sagen, wo wir das Studio dreizehn finden?« fragte ich die Blonde.

Die rothaarige Frau steckte ihre Nase in das Grün und kicherte. Die Frau im Lackmantel sah sie böse an. Sofort hörte die Rothaarige auf zu lachen.

»Sie finden das Studio im Seitentrakt. Da ist die Tür.«

Die beiden trippelten auf hohen Hacken davon.

»Hast du gesehen?« fragte ich Weber.

»Was meinst du?«

»Die Schuhe der Rothaarigen«, sagte ich. »Das war Größe vierundvierzig, mindestens. Welche Größe hast du?«

Wir sahen auf seine ausgetretenen Slipper.

»Zweiundvierzig«, gab er bereitwillig Auskunft.

»Das war ein Mann«, vermutete ich.

»Wird wohl«, gab mir Weber recht.

»Das Gemüse in seinen Händen. Weißt du, was das war?«

»Rosen und irgendwas«, sagte Weber. »So genau habe ich nicht hingeguckt.«

»Das waren Brennesseln«, klärte ich ihn auf.

Weber verzog den Mund zu einem Grinsen.

»Findest du das komisch, wenn jemand seine Nase in Brennesseln steckt?« fragte ich meinen Kollegen.

»Was soll er sonst reinstecken?« grinste er. »Auf offener Straße.«

»Guck mal«, Weber zeigte auf ein goldenes Schild an der Hauswand. »Studio dreizehn. Wir sind blind.«

Ich drückte auf die Klingel.

Jetzt wußte ich auch, woher die Brennesseln kamen. An der Mauer zum anderen Grundstück standen sie büschelweise. Mindestens einen Meter hoch.

35

Ein Knacken in der Sprechanlage.

Eine freundliche Frauenstimme fragte: »Wer ist da?«

»Polizei«, sagte ich. »Machen Sie bitte auf.«

»Die Chefin ist nicht da.«

»Dann warten wir, bis sie kommt.«

Der Summer ertönte. Wir stiegen die Treppe hoch.

Eine Frau in einem kurzen schwarzen Rock mit Netzstrümpfen und einem engen weißen Pulli über dem strammen Busen stand in der Tür. Sie hatte blonde Locken, die über die Schultern hingen, und sah uns selbstsicher an.

»Können Sie sich ausweisen?«

Ich hielt ihr meinen Ausweis hin.

»Kommissarin Stein«, sagte ich. »Und das ist mein Kollege, Kommissar Weber.«

Weber ging sie mit seinem gewinnendsten Lächeln an.

»Wollen Sie seinen Ausweis nicht sehen?« fragte ich verblüfft.

»Sie werden schon nicht Ihren Freund mit zu uns bringen.«

Sie lächelte Weber zu. Es war, als würde ich nicht existieren.

»Nach Ihnen«, sagte sie und wartete, bis wir vor ihr den Gang hinunterliefen. »Am Ende rechts.«

Der Raum war gediegen eingerichtet. Ein Orientteppich. Streifentapeten. Antike Sessel, ein Sekretär, eine Couch. An den Wänden Leuchter mit roten Schirmen. Dazwischen alte Stiche in goldenen Rähmchen. Die Telefone aus der Neuzeit paßten nicht ganz ins Bild.

»Wann kommt Ihre Chefin zurück?«

»In einer halben Stunde, einer Stunde, zwei Stunden, was weiß ich.« Sie legte die Haare über die Schultern.

»Oder wollen Sie vielleicht doch später wiederkommen?«

»Nein«, sagte ich. »Wir warten.«

Ich sah auf einen der Stiche an der Wand. Flammen züngelten in einem Kamin. Eine Frau, nur mit Stiefeln und Lederhandschuhen bekleidet, stellte einen Fuß auf den Rücken eines Mannes, der auf allen vieren vor ihr kniete und lächelte.

»Sind Sie neu bei der Sitte?« fragte die Frau mit den blonden Locken Weber. »Ich kenne Sie gar nicht.« Sie strahlte ihn an.

»Wir sind vom 1. K«, sagte Weber. »Sie können ganz beruhigt sein, was den Laden hier angeht. Wir wollen nur ein paar Auskünfte.«

»Ach so.« Sie hielt Weber eine Schachtel Zigaretten hin. »Rauchen Sie eine mit?«

Er nahm eine Zigarette aus der Packung. Sie gab ihm Feuer und zündete sich eine Zigarette an. Dann fiel ich ihr ein.

»Wollen Sie auch eine?« fragte sie mich ohne eine Regung im Gesicht.

»Nein, danke«, sagte ich. »Ich rauche selten.«

Ein Telefon schellte.

»Sie können ruhig drangehen«, sagte Weber. »Das interessiert uns nicht.«

»Studio dreizehn«, meldete sie sich und zog an ihrer Zigarette. »Wir sind zu dritt hier«, sagte sie und sah gelangweilt auf die Gardine. Schwer fallender hellroter Samt. »Alle Neigungen. Für jeden Geschmack etwas.«

Jetzt sah sie auf ihre Schuhspitzen. »Ich bin blond und habe einen vollen Busen. Große, saftige Titten.« Sie schlug die Beine übereinander. »Ich trage gern Netzstrümpfe, und ich bin echt geil.« Sie zog an ihrer Zigarette. »Und ich nehme mir viel Zeit, damit es wirklich Spaß macht.«

Sie fuhr mit ihrem Blick die Gardine rauf und runter. »Mach das«, sagte sie. »Ich freu' mich auf dich.«

Sie legte den Hörer auf und ging zu dem Sekretär. Mit einem Stift machte sie eine Eintragung in ein samtgebundenes Buch. Sie kam an den Tisch zurück.

»Was wollen sie von der Chefin?«

Sie verschränkte die Arme vor dem Busen. Die Zigarette zwischen ihren Fingern schickte einen grauen Rauchfaden nach oben.

»Nur eine Auskunft«, sagte Weber. »Wir suchen eine Kollegin von Ihnen, Tina Hetzel. Die soll hier arbeiten.«

»Ach, wegen Tina.« Sie zog wieder an ihrer Zigarette. Der runde Kopf glühte.

Es schellte an der Tür. Sie drückte die Zigarette aus und strich den Rock über die Hüften.

»Vielleicht ist sie das schon.« Sie sah auf die Uhr mit der goldenen Sonne und lief zur Tür. »Wer weiß.«

Die Tür fiel hinter ihr zu.

36

»Bist du hier Stammkunde?« fuhr ich Weber an.

»Jetzt hör aber auf.« Er drückte seine Zigarette in einem schweren Aschenbecher aus. »Das passiert uns andauernd, daß die Weiber sich zuerst auf mich stürzen.«

Auf einem Bild an der Wand schwang eine Frau im Reitdreß eine Peitsche, an deren Ende silberne Stacheln saßen.

»Was kann ich dafür, daß das so ist?« fragte er mich.

Wir hörten Schritte auf dem Gang. Sie gingen an unserer Tür vorbei, wurden leiser. Dann war es wieder still.

»Bei den Mädels aus dem Milieu kann ich das sogar verstehen, wenn sie was gegen Frauen wie dich haben.«

Langsam aber sicher wurde ich wütend.

»Frauen wie mich? Was meinst du damit?«

»Du kommst dir doch wie was Besseres vor.«

Er besah sich die Kippen im Aschenbecher.

»'ne bessere Sorte Frau, weil du für Geld nicht die Beine breit machst, sondern deinen Hintern auf 'nen Bürostuhl setzt.«

Ich war nah am Explodieren. Die Tür ging auf. Weber hatte einen Schutzengel. Die Blondine, die wir vor der Tür getroffen hatten. Das war also die Chefin. Madame Claude. Auf gefährlich hohen Absätzen stiefelte sie an uns vorbei. In meinem Leben hatte ich noch nicht solche Absätze gesehen. Sie setzte sich in den Sessel mit den rosa Streifen und schlug die Beine übereinander.

Weber konnte seinen Blick nicht von dem roten Schuh lösen. Der silberne Metallabsatz hing wie ein Stilett in der Luft.

Sie hatte ein eindrucksvolles Gesicht, rund, mit hohen Wangenknochen und veilchenblauen Augen. Über der schwarzen Lederhose trug sie eine Bluse, durch die ihre Haut weiß schimmerte. Zwei runde schwarze Kappen saßen über den Brüsten.

»Wer sind Sie und was wollen Sie?«

»Kripo«, sagte ich. »1. K. Mein Name ist Beate Stein, und das ist mein Kollege Weber.«

»Was wollen Sie?«

Eins konnte man jetzt schon sagen. Diese Frau vergeudete ihre Zeit nicht mit überflüssigem Geschwafel.

»Ermittlungen«, erwiderte ich genauso kurz angebunden. »Wir suchen Tina Hetzel, die soll bei Ihnen arbeiten.«

»Sie hat bei mir gearbeitet«, sagte sie. »Bis vor zwei Monaten.«

»Wo ist sie jetzt?« fragte Weber.

»Muß ich Ihnen das sagen?«

Eine völlig sachliche Frage.

»Sie wissen selbst, daß es nicht schwierig ist, in Zusammenarbeit mit den Kollegen von der Sitte und dem Ordnungsamt Ihnen die

Führung Ihres Studios, sagen wir einmal...«, Weber sah auf die Telefone, »etwas weniger angenehm zu gestalten.«

»Ich kenne die Gesetze.« Sie lächelte ironisch. »Aber es ist nett, daß Sie mich daran erinnern.«

Mein Blick fiel auf ein Bild an der Wand. Eine Frau saß mit offenem Bademantel und Netzstrümpfen rittlings auf einem Mann. Die Hand mit dem Stock zum Schlag erhoben.

»Sagen Sie uns, was Sie über Tina und ihren Freund Frank Bartels wissen, und Sie sind uns sofort wieder los.« Weber versuchte es mit seinem gewinnendsten Lächeln.

Ich hatte das dumpfe Gefühl, daß er seinen Charme umsonst strapazierte.

»Tinas Freund interessiert Sie also auch?«

Sie musterte uns kühl. Dann legte sie eine Hand in die andere, zog daran. Es knackte. Zum ersten Mal lächelte sie.

»Entspannungsübungen«, erklärte sie. »Stört Sie das? Ich arbeite viel mit den Händen. Das tut gut.«

»Machen Sie nur«, sagte ich ihr.

»Warum wollen Sie mich über die beiden ausfragen?«

Weber sah mich an. Ich nickte ihm zu.

»Er ist tot«, sagte Weber. »Wir ermitteln in der Sache.«

»Mord?« Sie hörte auf, ihre Hände zu bewegen.

»Wir ermitteln noch«, informierte ich sie. »Was wissen Sie über Frank Bartels?«

Sie massierte ihren rechten Handrücken.

»Ich kenne ihn nur aus Tinas Erzählungen und habe ihn von weitem gesehen, wenn er sie abgeholt hat.«

»Und?« fragte ich weiter.

»Sie war mit ihm verlobt, die beiden wollten heiraten. Es war die große Liebe. Von Tinas Seite jedenfalls.« Sie bearbeitete weiter ihre Hände. »Und das ist die einzige Seite, die ich kenne.«

»Hat ihn nicht gestört, daß Tina hier arbeitet?« fragte Weber.

Sie zog an einem Finger, bis es knackte.

»Er wußte, wie sie ihr Geld verdient. Die beiden wollten sich etwas zusammensparen und heiraten.«

Systematisch ging sie von einem Finger zum nächsten.

»Keine Probleme?«

»Wer kann das schon von sich sagen? Können Sie das?« Ihr Mund verzog sich zu einem ironischen Lächeln. »So gut kannte ich Tina nicht. Sie hat ja nur zwei, drei Monate hier gearbeitet.«

»Warum hat sie aufgehört?« wollte ich wissen.

»Wer weiß.« Sie verschränkte die Finger. »Vielleicht hatte sie genug von der Arbeit. Vielleicht hatte sie ein lukrativeres Angebot von einem anderen Studio. Alles möglich.«

»Sie ist einfach weggeblieben von einem Tag auf den anderen?« fragte ich ungläubig.

»Wundert Sie das?« fragte sie zurück. »Es gibt in unserem Beruf viele Frauen, die liebend gern aufhören würden.« Sie hielt ihre Hände still. »Wenn sie eine Alternative hätten.« Jetzt preßte sie die Handballen gegeneinander.

»Sie wissen also nicht, wo sie ist?«

»Ich habe keine Ahnung. Ich kann nur hoffen, daß ihr nichts zugestoßen ist. Auch so ein Berufsrisiko.«

Sie betrachtete ihre langen roten Nägel und schwieg.

»Sie haben nichts unternommen, um sich nach ihr zu erkundigen, herauszufinden, wo sie geblieben ist?« Ich ließ nicht locker.

»Dazu fehlt mir die Zeit. Ich bin Geschäftsfrau. Das hier manage alles ich.« Sie hob die Hand, zeigte zur Tür, zu den Telefonen, zum Sekretär. »Sie können sich vielleicht vorstellen, was da alles dranhängt.«

Mit ihren roten Fingern kämmte sie die Haare nach hinten. »Ich habe zwei Kinder und eine Mutter zu finanzieren.«

Dann zupfte sie an der Bluse, prüfte den Sitz der schwarzen Lederkörbchen.

»Glauben Sie wirklich, ich könnte mir Gefühle leisten?«

37

Vera fuhr am Spielplatz vorbei. Im Sandkasten saßen zwei Kinder mit weißen Hüten. Auf dem Klettergerüst turnte ein großes Mädchen. Von Andreas und Kati keine Spur. Sie bremste und legte den Rückwärtsgang ein. Das Haus war kaum wiederzuerkennen. Aus den Blumenkästen fiel die Kapuzinerkresse grün mit gelben und roten Blüten über die Fassade. Im Vorgarten blühten die Ringelblumen zwischen den langweiligen immergrünen Gehölzen keck orange.

Sie parkte das Auto in der Garage und stieg mit den vollen Einkaufstaschen die Stufen hoch.

Hilde wartete auf sie in der offenen Tür.

»Die Kinder sind auf einem Geburtstag«, sagte sie. »Ich habe erlaubt, daß sie länger bleiben.«

»Bei wem sind sie?«

Vera stellte die Taschen auf einem Stuhl in der Küche ab.

»Bei den Webers. Zwei Straßen weiter. Die Telefonnummer liegt neben dem Telefon. Du brauchst dir keine Sorgen zu machen.«

»Ich mache mir keine Sorgen. Ich will nur wissen, wo sie sind.«

Es roch gut. Hilde hatte gekocht. Vera hob den Deckel vom Topf. Möhreneintopf.

»Hast du Tina gefragt, ob sie das mag?«

»Setz dich erst einmal«, sagte Hilde anstelle einer Antwort.

»Wieso?« fragte Vera. »Ist irgendwas?«

»Hier hast du deinen Kaffee.«

Hilde hantierte nervös mit der Kaffeekanne herum.

»Was ist es? Ich kenne dich doch.«

Hilde setzte sich auf den Stuhl und sah sie an.

»Sie ist nicht mehr da. Er hat sie abgeholt.«

»Wer hat wen abgeholt?«

»Willst du nicht erst einmal essen?« schlug Hilde vor. »Die Möhren sind noch warm.«

Vera schob die Tasse Kaffee von sich weg.

»Ich will wissen, was los ist.«

»Also.« Hilde stand auf und öffnete eine Tür im Einbauschrank. »Sie wollte telefonieren. Sollte ich sie etwa nicht lassen?«

Sie machte die Keksschachtel auf. Die Plätzchen rutschten auf den Teller. Gespritzte Kringel mit einem Klecks roter Marmelade in der Mitte.

»Sie hat ihn also angerufen«, stellte Vera fest. »Was dann?«

»Iß wenigstens davon, wenn du die Möhren nicht willst.«

Hilde schob die Schale mit den Plätzchen über den Tisch.

»Was dann?«

»Sie ist alt genug«, sagte Hilde. »Sie muß wissen, was sie tut.«

»Und was hat sie getan?«

Vera biß in ein Plätzchen. Die Krümel fielen auf den Tisch.

»Sie hat ihm gesagt, daß er sie abholen soll.«

Das feuchte Plätzchen klebte wie Sand in ihrem Mund.

»Und dann ist er gekommen und hat sie abgeholt.«

»Und du hast das zugelassen.«

»Sie ist alt genug«, wiederholte Hilde. »Sie weiß, was sie tut.«

»Wir päppeln sie wieder auf, und sie geht zu ihm zurück.«

Vera stand auf und begann die Taschen auszuräumen. Sie stellte die Schachtel mit den Schokoküssen auf den Tisch.

»Sie hat gesagt, er kann nichts dafür«, sagte Hilde. »Sie hätten ihn nicht mehr zur Tür reingelassen.«

»Nie im Leben.« Vera stellte die Flaschen mit der Milch in den Kühlschrank. »Glaubst du das?«

Hilde zuckte die Achseln.

»Sie glaubt es ihm. Das ist die Hauptsache.«

»Ich versteh das nicht.« Vera legte die Bananen in die Obstschale. »Sie läßt sich doch sonst nichts vormachen.«

»Sie liebt ihn«, sagte Hilde und räumte die Plätzchen vom Tisch. »Denk mal an dich. Du wolltest auch nicht auf mich hören.«

Vera stellte die leere Tasche in die Speisekammer.

»Sie kommt ins Studio, wenn sie wieder in Ordnung ist, hat sie gesagt.«

»Auch das noch.« Vera räumte die Dosen in den Schrank. »Sie hat es vorher schon schlecht verpackt. Und jetzt?«

38

Vera sah durch den Spion. Schwarze Haare, ein blasses Gesicht. Sie öffnete die Tür.

»Da bin ich wieder.« Tina grinste sie unsicher an.

Vor Vera lief sie den Gang entlang.

»Wo ist Angelika?« Sie setzte sich in den Sessel und kramte in der Strohtasche auf ihren Knien.

»Im blauen Zimmer«, gab Vera Auskunft. »Mit Berthold.«

»Der kommt immer noch?« wunderte sich Tina.

»Der kommt noch, solange er laufen kann. Und wenn er das nicht mehr kann, läßt er sich zu uns tragen.«

Tina nahm eine kleine braune Flasche aus der Tasche und stellte sie auf den Tisch.

»Ich hab Zitrone mitgebracht. Das magst du doch.«

Sie lief zu der Schale auf dem Fensterbrett, träufelte die Flüssigkeit hinein und zündete die Flamme unter der Schale an.

Vera sah auf den schmalen Rücken, der sich über die Schale beugte, die dunklen Haare, die struppig toupiert über den Kragen der Jeansjacke fielen.

»Bist du mir böse?« fragte Tina, weiter den Rücken ihr zugewandt.

»Nein«, sagte Vera. »Ich bin dir nicht böse.«

»Echt wahr?« Tina drehte sich zu ihr um.

»Echt wahr«, bestätigte Vera.

»Weißt du«, sie stand mitten im Zimmer und sah auf die Ringe an ihrer Hand. »Die haben ihn reingelegt. Genauso wie mich. Der Frank ist genauso sauer auf die wie ich.«

»Und ich glaube ihm das nicht.« Veras Stimme war fest.

Tina kam zu ihr an den Schreibtisch.

»So was könnte er gar nicht. Der liebt mich doch.«

»Laß gut sein«, sagte Vera. »Du lebst mit ihm zusammen. Nicht ich.«

»Du kennst ihn ja gar nicht«, schmollte Tina.

Sie setzte sich in den Sessel, zog die Schuhe aus und stellte die Füße vor sich auf das Polster. Sie legte den Kopf auf die Knie. »Du kennst ihn eben nicht.«

Vera blätterte in dem Buch mit dem roten Samteinband.

»Ich finde, du solltest aufhören mit dem hier. Aber er läßt dich nicht.«

Tina reckte den Kopf.

»Du mußt mich nicht nehmen. Ich kann mich auch wieder an die Straße stellen.«

»Mach, was du willst«, sagte Vera. »Du mußt selber wissen, was du tust.«

Tina hielt die Nase in die Luft und schnupperte.

»Riechst du das?« Ihre Nasenflügel blähten sich. »So frisch.«

Vera roch den Duft von frischen Zitronen, der durch das Zimmer kroch.

»Vera?« Tina sah sie beschwörend an.

»Ja?«

»Du bleibst doch meine Freundin. Oder nicht?«

39

Die Fahrt vom Studio dreizehn zum Präsidium hatten wir hinter uns gebracht, ohne ein Wort zu wechseln. Es ist erstaunlich, was man alles zusammen machen kann, ohne zu reden. Wir liefen zusammen die Stufen hoch, nahmen gemeinsam den Paternoster, gingen im Gleichschritt über den leeren Gang. Ich fand es schon fast erholsam, die Sprechwerkzeuge nicht zu gebrauchen.

»Feierabend.«

Wir zuckten zusammen. Was ein einziges Wort nach einer dreiviertel Stunde Schweigen bewirken kann.

»Wie seht ihr denn aus? Also wirklich.« Petra, unsere Sekretärin, kam uns feierabendfein im Regenmantel entgegen.

Wir liefen wortlos an ihr vorüber.

Sie drehte sich um, sah uns nach, wie wir auf das Büro zumarschierten. Weber schloß die Tür auf.

Petra stand immer noch da wie vom Blitz getroffen.

»Ihr seid nicht ganz dicht«, rief sie laut und tippte sich an die Stirn. »Laßt euch einsargen.«

Wir setzten uns an den Schreibtisch. Ich verfluchte den Tag, an dem wir die Tische Rücken an Rücken zusammengestellt hatten, damit wir uns in die Augen sehen konnten. Ich lehnte mich im Stuhl zurück und blätterte lässig in meinen Papieren.

Weber fuhr die Schreibtischschublade heraus und legte die Füße hoch. Er spitzte die Lippen und pfiff ein Liedchen.

»Muß das sein«, knurrte ich und blätterte weiter.

Das Liedchen brach ab.

»Laß gut sein«, sagte er. »Es tut mir leid.«

Ein Friedensangebot. Ich überlegte mir, ob ich darauf eingehen oder ihn noch ein bißchen schmoren lassen sollte.

»Ich bin gereizt. Wegen Inga. Jetzt werd du nicht auch noch zickig. Der Zirkus zu Hause reicht mir.«

»Inga hat meine Sympathie, das kann ich dir verraten.« Mit Schwung fegte ich die Plastiktüte von meinem Schreibtisch und hängte sie an den Griff unseres Fensters. »Daß du ein Chauvi bist, weiß ich. Aber es gibt Grenzen.«

»Ich habe mich im Ton vergriffen. Entschuldige.«

»Sag mal, wie lange arbeiten wir zusammen?« fuhr ich ihn an. »Hier in diesem Chaosbunker?« Ich zeigte auf die Wände, die seit Ewigkeiten nicht mehr gestrichen waren, auf den Streifen zwischen den Fenstern mit den alten Urlaubskarten.

»Zwei, drei Jahre«, sagte er. »Schätzungsweise.«

»Könnte hinkommen.« Ich nickte zur Bestätigung. »Wie viele Huren hatten wir schon hier in diesem Büro? Was schätzt du vier, sechs, zehn? Hab ich mich da aufgeführt, als wenn ich mich für was Besseres halte?«

»Reg dich nicht auf«, versuchte er, mich zu besänftigen.

»O doch«, sagte ich. »Ich rege mich auf, weil mir das wichtig ist. Ich fühle mich nicht als was Besseres.«

»Das nehm' ich dir nicht ab.« Er sah mir in die Augen. »So wie du über die Sexkiste denkst. Da kannst du mir nichts vormachen.«

»Wie denke ich denn über die Sexkiste?« erkundigte ich mich. »Klär mich mal auf.«

»Na ja«, druckste er. »Daß Pornoshops Scheiße sind und Bordelle und daß es das besser nicht geben sollte. Stimmt doch, oder?«

»Kommt hin«, pflichtete ich ihm bei. »Und was beweist das?«

»Daß du prüde bist und Vorurteile hast.« Er sah mich herausfordernd an.

»Das ist ja interessant«, staunte ich. »Da brauch ich nur noch 'n Abo bei der Uhse, und ich bin aus dem Schneider.«

»Sag mir nicht, du findest das in Ordnung, wenn Frauen Sex verkaufen...« Er ließ mich nicht aus den Augen.

»Und du findest, das ist 'n ganz toller Job ... Mit tollen Arbeitsbedingungen und 'ner super Versorgung im Alter. Verstehe ich dich richtig?«

»Darum geht es gar nicht«, stoppte er mich.

»Für dich nicht, aber für mich«, verriet ich ihm. »Glaubst du, die Frauen würden die Beine breit machen, wenn sie das Geld nicht bräuchten?«

»Manche machen's vielleicht ganz gern«, sagte er störrisch.

»O ja«, stimmte ich ihm zu. »Das haben wir ja vorhin gehört. ›Ich bin ganz geil‹«, flötete ich. »›Ich freu mich auf dich.‹«

»Da hast du's«, triumphierte er. »Du machst dich über die Frauen lustig.«

»Quatsch«, sagte ich. »Das stimmt nicht. Ich fühle mich nicht als was Besseres, weil ich meinen Hintern auf diesen Bürostuhl setze.«

»Fühlst du dich doch.« Er sah mir trotzig in die Augen.

»Hältst du mich für blöd?« fuhr ich ihn an. »Wieso sollte ich mich für was Besseres halten? Sag nur, weil ich für diesen dummen Verein arbeite? Für unseren Innenminister, den Polizeidirektor, für Heinze und Co?«

Er sah mich skeptisch an.

»Ich hab' nichts gegen die Frauen in dem Gewerbe. Das kannst du mir glauben.« Ich holte tief Luft. »Ich hab' was gegen die Kerls, die hingehen und in ihren Gesetzen so tun, als dürfte es das nicht geben. Die abkassieren und sich einen Dreck um die Frauen kümmern.«

»Da hast du ja recht«, sagte er kleinlaut. »Das finde ich auch nicht in Ordnung. So 'ne Scheiß-Doppelmoral.«

»Worüber streiten wir uns dann?« fragte ich ihn.

»Das möchte ich auch wissen«, sagte er und grinste. »Komm, ich geb' dir einen aus zur Versöhnung. Wir saufen uns einen.«

»Drachenfutter? Kannst du dir das überhaupt erlauben?«

»Ich spiele Lotto«, sagte er. »Mittwochs und samstags. Hast du 'ne Idee, wie man sonst noch an Geld kommt?«

»Bahnhofsklo«, sagte ich. »Aber bei deinem Alter bringt das nur noch Pfennige. Laß mich einen ausgeben. Ich habe keine Familie mit Hamstern und Kindern und Schwiegermüttern ...«

Wir traten vor die Tür und sahen in den nachtblauen Himmel.

»Weißt du, warum ich so einen Braß auf Ingas Chef habe?«

Ich schüttelte den Kopf.

»Der hat alles«, sagte er. »Ein Haus hier, eins in der Toscana, 'nen dicken Wagen, Geld satt. Manchmal habe ich Angst, daß sie mich verläßt und ihn nimmt. Wegen dem allen.«

»Weber«, sagte ich feierlich. »Es gibt Leute, die lassen sich nicht kaufen.«

»Meinst du wirklich?« Er sah skeptisch auf seine ausgetretenen Slipper.

Ich nahm ihn am Arm und schob ihn der nächsten Kneipe entgegen.

40

»Nein, verdammt noch mal.«

Der Freier schlug die Tür vom Spiegelzimmer zu und kam nackt auf den Flur gerannt.

»Meine Klamotten. Ich will meine Klamotten.«

Er rannte zur nächsten Tür und trommelte mit den Fäusten dagegen. »Gebt mir meine Klamotten.«

Angelika kam mit Strapsen und BH aus der Tür.

»Nun mal ganz ruhig. Was willst du?«

»Meine Klamotten, verdammt noch mal.«

Er sah aus, als ob er jeden Moment in Tränen ausbrechen würde.

»Keine Panik. Du kriegst deine Klamotten. Komm.«

Sie faßte ihn unter dem Arm und führte ihn zu den verschließbaren Fächern.

»Hast du den Schlüssel?«

Er schüttelte stumm den Kopf.

»Wo hast du ihn hingetan?«

»Ich will nach Hause.«

Ihm standen die Tränen in den Augen.

»Du kommst sofort nach Hause. Wir brauchen den Schlüssel. Wo hast du ihn hingelegt? Auf den Nachttisch?«

Neunzig Prozent aller Freier legten den Spindschlüssel auf den Nachttisch.

»In die Schublade«, sagte er weinerlich.

Die restlichen zehn Prozent legten ihn in die Schublade.

»Setz dich hier hin. Ich bin sofort wieder da.«

Angelika ging ins Spiegelzimmer. Das Bett war leer.

Sie zog die Nachttischschublade heraus. Da lag der Spindschlüssel.

Der Freier saß auf dem roten Hocker und hatte das Gesicht in die Hände gelegt. Sein Rücken zuckte.

Sie schloß den Spind auf und hielt ihm die Unterwäsche hin. »Sind das deine?«

Er reagierte nicht.

Sie legte ihm die Hand auf die Schulter. »Deine Sachen.«

Er wischte sich die Tränen aus den Augen und nahm die weiße Unterhose entgegen.

»Die ist verrückt.« Er legte die Uhr um sein Handgelenk.

»Was ist denn passiert?«

Mit jedem Kleidungsstück, das er anlegte, gewann er ein Stück seiner Fassung zurück.

»Sie hat mir eine Rasierklinge in die Hand gedrückt.«

Grauen stand in seinen Augen.

»Die ist doch verrückt. Ich habe drei Kinder und eine Frau.«

Er nahm den Aktenkoffer aus dem Spind.

»Eine Verrückte ist das. Sagen Sie das Ihrer Chefin.«

Sie begleitete ihn zur Tür.

»Angiemaus, wo bleibst du denn?«

Noch ein Freier, der die Flucht ergreifen würde, wenn sie ihn nicht sofort beruhigte. Angelika schwankte einen Moment, ob sie erst noch mit Tina reden sollte. Vera war im Studio beschäftigt. Sie entschied sich für den Freier. Ein geflüchteter Freier reichte für heute.

»Da bin ich wieder, mein Schatz.«

Sie zog die Tür hinter sich zu.

»Jetzt haben wir alle Zeit der Welt.«

Nichts freute einen Freier so sehr wie eine entspannte Hure, die auch nicht einen Hauch von Unruhe verbreitete.

Angelika verdrängte alles, was sie gerade gedacht hatte. Sie dachte an Wellen, die langsam an den Strand rollten. Der Trick funktionierte immer.

»Oh, oh«, stöhnte der Freier. »Ist das gut.«

Das war das Irre. Nie ging es schneller, wie wenn sie an die blauen Wellen dachte und diese Ruhe hatte.

Angelika brachte den Freier zur Tür.

»Du warst Klasse, Mädchen, ehrlich.«

»Schau mal wieder rein.«

Angelika warf ihm eine Kußhand zu.

Endlich. Was war heute eigentlich hier los? Wenn das stimmte, was der geflüchtete Freier gesagt hatte, dann war die Kacke am Dampfen. Sie lief zum Bad. Bestimmt war Tina wieder im Bad. Sie riß die Badezimmertür auf.

»Nein«, sie schrie.

Ihr Schrei hallte an den Kachelwänden wider.

41

Ich kroch vom Bett. Keine Ahnung, wie ich da gestern reingekommen war. Zum Ausziehen hatte es auf jeden Fall nicht mehr gelangt. Mein Hemd stank, als ob ich die Nacht in einem Weinfaß verbracht hätte. Ich setzte die Füße vors Bett und stieß auf etwas Weiches. Vorsichtig beugte ich mich nach vorn. Vor meinem Bett lag eine Leiche.

Irgend etwas an dem Mann kam mir bekannt vor. Wenn mein Kopf nicht so brummen würde, hätte ich vielleicht schon herausgekriegt, wer es war. Ich stieg über ihn und ging ins Bad. Leichen können warten. Auch bei einer Kommissarin mit stark herabgesetzter Denkfähigkeit funktionieren noch die elementaren Reflexe.

Ich stolperte über die Bohrmaschine, rettete mich auf den Wannenrand und überlegte. Das Brummen in meinem Kopf wurde stärker. Bloß nicht denken, entschied ich und stellte das Denken ein. Ich zog ein Handtuch vom Halter und drehte den Hahn mit dem kalten Wasser auf. Mit letzter Kraft quetschte ich das Frottee und legte mir eine nasse Wurst auf die Stirn. Eine weise Tat. Mein Schädel brummte leiser.

Ich saß und saß und saß, und nach einer Ewigkeit wechselte ich das Handtuch. Das alte warf ich auf den Boden, zog das andere vom Haken und drehte das kalte Wasser auf. Das Handtuch wirkte erfrischend. Wie von selbst setzte das Denken wieder ein. Warum hast du noch ein Handtuch naß gemacht, du Trottel, dachte es in mir, und ich wußte, bald war ich wieder voll einsatzfähig. Es konnte sich nur noch um Stunden handeln.

Irgendwie schaffte ich es, mich zu duschen und die Haare zu waschen. In meinem Kimono mit dem Drachen kam ich mir schon wieder erschreckend dynamisch vor. Nur das Gesicht im Spiegel hatte nicht ganz die alte Form.

Mein Telefon schellte. Nach dem dritten Klingeln hatte ich es geschafft.

»Ja«, krächzte ich und setzte mich auf den Boden.

»Ich hätte gern einen Termin.« Heute morgen war ich geschmeichelt, daß überhaupt einer etwas von mir wollte.

»Einen Termin, wofür?« Meine Stimme kratzte im Hals. Ich mußte gestern nicht nur gesoffen, sondern auch noch geraucht haben.

»Sie wissen schon.« Er senkte die Stimme. »Für jede Lust gibt es eine Lösung. Die gefährlichste bin ich.«

»Die gefährlichste bin ich«, bestätigte ich. »Da sind Sie bei mir richtig.«

»Machen Sie auch TV-Erziehung?« fragte er mich.

»Fernsehen?« entrüstete ich mich. »Bei mir ist alles live.«

Das Freizeichen tutete in der Leitung.

Ich warf einen Blick durch die Tür in mein Schlafzimmer. Die Leiche auf meinem Bettvorleger hob ein Bein. Ich kannte nur einen Mann mit solch ausgetretenen Gurken. Und der hatte nichts auf meinem Bettvorleger verloren. Es reichte schon, wenn ich seinem Anblick an keinem Werktag entkommen konnte.

Ich legte Autorität in meine Stimme.

»Weber, steh auf.«

Zur Verstärkung der Botschaft trat ich ihm mit dem nackten Fuß in die Rippen. Er wälzte sich auf die Seite und stöhnte.

Ich versuchte es anders.

»Andreas«, trompete ich, »die Kiiinnnder.«

Wie von der Tarantel gestochen, fuhr er hoch.

»Ich geh ja schon, Inga.«

Er schlug die Augen auf, sah mich und rieb sich die Augen.

»Du?« fragte er entsetzt. »Was machst du denn hier?«

»Die Frage könnte ich stellen.«

»Auweia.« Er griff sich an den Kopf. »Ich muß sofort nach Hause.« Er zog sich am Bett hoch. »Ruf mir ein Taxi.«

»Willst du dich nicht erst...«, ich sah auf sein zerknautschtes Hemd und die Schatten auf seinen Wangen, »...frisch machen?«

»Nach Hause.« Auf unsicheren Beinen wankte er zum Türrahmen. »Ich muß sofort nach Hause.«

Ich stand auf. »Bleib schön da stehen.«

Er legte seine Hände um die Türfüllung.

»Ich besorg' dir dein Taxi.«

Ich schnappte mir das Telefon und suchte mir die Nummer vom Taxistand direkt gegenüber. Mit dem Telefon in der Hand trat ich ans Fenster. Auf der anderen Straßenseite standen zwei Taxen. Ein Fahrer sprang heraus und ging an die Säule.

»Ein Taxi, Lagerhausstraße eins«, krächzte ich in den Hörer. Das Denken klappte wieder, aber die Stimme war noch nicht voll auf der Höhe.

»Das ist ja direkt gegenüber.«

»Zweite Etage«, flüsterte ich. »Stein. Ich brauche Ihre Hilfe.«

»Ist das ein Notfall?« kam es aus dem Telefon. »Soll ich vielleicht die Polizei rufen?«

»Keine Polizei.« Auf einmal war meine Stimme wieder voll da. »Die fehlte mir hier gerade noch.«

Vera legte den Strauß mit den Sonnenblumen auf das weiße Bett. Tina verzog den Mund zu einem Grinsen.

»Für die Beerdigung kommst du zu früh.«

»Und…« Sie griff nach Veras blauweißgepunkteter Hand. »Bei der Beerdigung besteh ich auf Schwarz.«

Vera hielt vorsichtig Tinas Hand. Über dem Handgelenk saß ein weißer Verband.

»Schwarz gibt's nicht«, antwortete sie. »Das ist die Farbe der Freier. Dunkelblau.«

»Dunkelblau ist doof.« Tina sah auf Veras Handschuhhand. »Gelb oder Rot. Eins von beiden.«

»Werd ich mir merken«, versicherte Vera ihr. »Ist ja noch Zeit.«

»Setz dich doch.« Tina zeigte auf einen Stuhl.

Das Rot blätterte von ihren Nägeln ab. Ihr Gesicht war schmal und blaß.

»Wie gefällt es dir hier?« fragte Vera sie.

Eine dumme Frage. Besser als keine Frage.

»Um sechs Uhr wirst du geweckt. Nichts für mich.«

Tina nahm die Sonnenblumen von der Bettdecke.

»Hier, nimm mal. Die Vasen sind da in dem Schrank. Wasser ist hinten.«

Vera ging zum Schrank. In dem anderen Bett lag eine weißhaarige Frau. Als Vera an ihrem Bett vorbeikam, drehte sie sich zur Seite und stöhnte auf.

Die Sonnenblumen machten sich gut in dem braunen Krug. Vera stellte ihn auf den weißen Metallschrank neben Tinas Bett.

»Hast du hier alles, was du brauchst?«

Tina nickte.

»Erst haben die mich in so einen Kittel gepackt. Wie du sie hast für deine Kunden. Hinten offen. Aber Frank hat mir ein paar Sachen gebracht.«

Sie machte den Nachttischschrank auf. Vera sah einen Packen heller Wäsche. Obenauf ein paar kleine Flaschen. Tinas Sammlung von Duftwässerchen. An der Seite standen zwei Saftflaschen.

»Das Nachthemd hat er mir neu gekauft.« Sie legte die Hand

mit dem weißen Verband auf den runden Ausschnitt, der mit rotem Stoff eingefaßt war. »So was ziehe ich ja sonst nie an.«

»Wie lange mußt du noch hierbleiben?«

Sie zuckte die Schultern.

»Sie wollen mich noch nicht gehen lassen. Der Bauch braucht noch.« Tina strich über die Bettdecke. »Ich muß jeden Tag einmal mit so einem reden. Den müßtest du mal sehen. Der sieht aus wie Berthold.« Sie legte die Hände auf die Bettdecke über den Bauch. »Nur dreißig Jahre jünger.«

»Und was redest du mit dem?«

»Allen möglichen Quatsch. Gibst du mir mal das Glas Saft da?« Sie trank einen Schluck.

»Die wissen hier, was ich mache.«

Sie zog die Decke ans Kinn.

»Das ist ganz schön blöd, die gucken dich so an. Aber sagen tut keiner was.«

Die alte Frau im Nachbarbett stöhnte laut.

»Ich hab' gedacht, das sieht man mir an. Die gucken in mein Gesicht, und schon wissen sie Bescheid. Aber einer hat mir gesagt, daß die Fahrer von der Rettung gequatscht haben, als sie mich hier abgeliefert haben.«

Tina drehte den Kopf zu den Blumen.

»Die sind echt toll.« Sie sah auf die Hände über ihrem Bauch. »Nur riechen tun sie nicht. Leider.«

Vera schnupperte an den gelben Blättern. Sie rochen wirklich nicht.

»Wieso haben sie mich hier auf die Beklopptenstation gelegt? Weißt du das?«

»Die machen mit dir eine Gesprächstherapie. Das ist Routine.«

»Wozu soll das gut sein? Daß die Narben schneller heilen? Durch Quatschen?«

»Die wollen verhindern, daß du so was noch einmal machst.«

Tina sah sie an und biß sich auf die Unterlippe.

»Ich weiß nur, daß ich in der Wanne saß und auf einmal eine Rasierklinge in der Hand hatte. Mehr weiß ich nicht.«

»Woher hattest du die Rasierklinge?«

»Keine Ahnung. Echt.« Sie legte ihren Kopf in das Kissen zurück.

»Hast du sie dir aus meinem Studio geholt?«

»Ich weiß doch nicht.« Sie preßte die Hände mit dem weißen Verband auf die Bettdecke. »Ich find' das selber total doof, daß ich nichts davon weiß.«

»Vielleicht fällt dir das ja wieder ein.«

»Meinst du?« Tina sah sie zweifelnd an.

43

Angelikas Kissen war fast fertig.

»Eine Reihe Tulpen. Dann hab' ich's.«

Sie legte es auf den Tisch und fädelte den grünen Faden ein.

»Komisch, seit sie im Krankenhaus ist, vermiß' ich sie richtig.« Mit drei Fingern zog sie den Faden durch die Schlaufe und zog daran.

Vera ging den Kasten mit den Kundenkarten durch. Harald, las sie, Zweigstellenleiter, Sparkasse, 37, verheiratet, ein Kind, Kliniksex, Spaziergänge in Gummi.

»Geh sie doch mal besuchen. Sie freut sich bestimmt.«

Harald hatte sich schon seit Wochen nicht mehr blicken lassen. Vera legte die Karte an die Seite.

»Glaubst du, daß sie sich wirklich an nichts mehr erinnern kann?« Angelika legte das Kissen auf ihren Schoß und stach von oben mit der Nadel durch den Stoff.

»Ja«, sagte Vera. »So was gibt's. Deshalb machen sie mit ihr ja die Therapie.«

Vera sah sich die nächste Karte an. Erwin, Polier, geschieden, 43 ...

»Die war von Anfang an komisch.« Angelika zog den grünen Faden lang. »Mit dem vielen Duschen und den Duftwässerchen und allem.«

»Sie ist nicht fürs Anschaffen gemacht.«

Vera schob den Karteikasten an die Seite.

»Weißt du noch mit dem Knie, wie sie später angefangen hat, und dann, als sie sich das Putzmittel über die Hände gekippt hat?«

Angelika stieß die Nadel durch den Stoff. »Da hab' ich mich oft gefragt, ob sie nicht froh ist, daß sie nicht kommen muß...«

»Möglich.«

Vera stand auf, nahm den Aschenbecher vom Tisch und leerte ihn in der Teeküche aus. Sie stellte ihn an seinen alten Platz zurück.

»Auch mit den Tampons. Das war komisch.«

»Was war mit den Tampons?« fragte Vera.

Angelika legte das Strickzeug aus der Hand.

»Das große Paket war immer im Nu leer, und sie hat Harry Geld gegeben, damit er neue holt. Sie wollte nicht, daß du das merkst.«

»Wofür brauchte sie die?« wollte Vera wissen.

»Das hab' ich sie auch gefragt.« Angelika warf ihre blonden Lokken zurück. »Erst wollte sie nichts sagen. Aber dann hat sie doch.«

Vera sah sie erwartungsvoll an.

»Sie hat Angst, daß sie von innen her stinkt. Wegen der Freier. Und damit der Gestank nicht nach außen geht, hat sie Tampons genommen. Ist das wohl verrückt?«

Vera sah zu der Tonschale auf dem Fensterbrett.

»Sie ist nicht fürs Anschaffen gemacht. Das hab' ich immer gesagt.«

Angelika faltete das Kissen auf dem Schoß zusammen.

»Wer kommt heute noch?« fragte sie. »Guck mal in dein schlaues Buch.«

Vera griff das Buch mit dem roten Samteinband.

»Ab vier wird's lebhaft. Michael, Klaus und Harald. Aber sonst ist es verdammt ruhig.«

Angelika zeigte auf die bunten Magazine auf dem Tisch.

»Hast du gelesen? In dem neuen Bizarrführer? Es sind wieder zwei neue Studios dazugekommen.«

Sie legte die Wolle auf das Kissen, rollte den Stoff zusammen und legte ihn neben sich auf die Couch.

»Wenn man bedenkt, daß heute jedes dritte Haus auf der Linienstraße ein Studio hat. Vor zehn Jahren gab es eins. Das war alles.«

Vera ging zum Fenster. Sie nahm das kleine Fläschchen, das neben der Tonschale stand, in die Hand.

»Die jungen sind die schlimmsten.« Sie tropfte das Duftöl in die

Schale. »Die denken, für Geld kann man alles kaufen. Und die wollen's so hart, daß du schon mit einem Bein im Gefängnis stehst, wenn da mal was passiert.«

Sie zündete mit dem Feuerzeug die Kerze unter der Flamme an.

»Machst du jetzt das Elektrozeug?«

Vera sah auf die Flüssigkeit in der flachen Schale.

»Ich kann mir nicht erlauben, das nicht zu machen. Sonst gehen sie zur Konkurrenz.«

»Ist das nicht gefährlich?«

»Ich arbeite nur mit Batteriegeräten. Das sind neun Volt. Da kann gar nichts passieren.«

»Mir wär das mit dem Strom unheimlich.« Angelika schüttelte sich.

»Ist es auch, wenn er aus der Steckdose kommt. Aber nicht bei Batterie. Selbst wenn du voll aufdrehst und gleichzeitig außen und innen stimulierst, kann da nichts passieren.«

»Ich hab' auch lieber mit Kondom über der Zunge geblasen«, sagte Angelika. »Dafür zahlt heute keiner mehr.«

»Das Geschäft wird härter.« Vera betrachtete das Bild an der Wand. Den Mann, der mit heruntergezogener Hose und entblößtem Hinterteil über einem Reitsattel lag.

»Was ich mache, ist noch harmlos. Im großen und ganzen.« Die Frau vor ihm hatte den Stock zum Schlag erhoben.

»Ich hab' mal zwei Schwulen mein Studio geliehen. Und die haben mich zusehen lassen bei dem, was sie machten. Da sind mir die Augen übergegangen. Die haben sich solche Nadeln«, Vera spannte Daumen und Zeigefinger auseinander, »in die Brust gesetzt. Nicht quer. Gerade rein. So tief, daß du sie kaum noch gesehen hast.«

In der Schale am Fenster stiegen die ersten Duftwolken auf. Der Geruch von frischen Zitronen zog durch den Raum.

44

Fleischers Obduktionsbericht lag auf meinem Schreibtisch. Ich trank den Kaffee aus. Für den Fall, daß sich die Lektüre des Werks nicht förderlich auf meine Magensäfte auswirkte. Eine Leiche natur ist schlimm genug. Das Ganze hinterher noch einmal im Detail fotografiert und analysiert auf dem Schreibtisch liegen zu haben, ist nicht viel besser.

Mein Telefon krähte. Ich streckte den Arm zum Hörer.

»Warum hast du ihn nicht behalten?«

Inga, Webers Frau. Ich hätte ihn mit Parfüm begießen sollen, ehe ich ihn ins Taxi setzte.

»Wir sind einfach versackt«, sagte ich kleinlaut.

»Warum hast du ihn nicht erst mal desinfiziert, bevor du ihn nach Hause geschickt hast?« Inga war in Fahrt. »Er hat schlimmer gestunken als die Schnapsleichen, die ihr mir zum Wochenende in die Aufnahme schickt.«

Wir hatten auch nicht schlecht gebechert. Ich hatte heute morgen noch zwei leere Flaschen Riesling aus dem Wohnzimmer geräumt. Und das war nur der Absacker.

»Wir haben uns gestritten«, sagte ich. »Das war die Versöhnung. Hart, aber herzlich.«

Inga zog die Luft ein. Es raschelte an meinem Ohr.

»Gib mir eine ehrliche Antwort. Habt ihr was miteinander?«

Ich verschluckte mich fast vor Überraschung.

»Sag mal, spinnst du?« fragte ich sie. »Du kennst mich. Du kennst ihn. Wie kannst du da so was fragen?«

»Hätte mich auch gewundert.« Sie klang erleichtert.

Es sah nicht so aus, als ob sie ihn an der nächsten Straßenecke stehenlassen wollte.

»Er ist ziemlich fertig im Moment«, sagte ich. »Ich glaube, er macht sich Sorgen.«

»Worüber?« Ihre Stimme war bitter. »Hat er Konkurrenz gekriegt als Stürmer in der Altherrenmannschaft? Oder wollen sie ihn nicht mehr aufstellen?«

»Er glaubt, du betrügst ihn. Mit deinem Chef.«

Die Leitung war eine Ewigkeit still.

»Bist du noch da, Inga?«

»Ja«, sagte sie. »Weißt du, ich dachte, er würde gar nichts mehr mitkriegen. Ich interessiere ihn nicht mehr.«

»Sieht nicht so aus. Im Moment vergißt er sogar, den Damen ins Dekolleté zu schielen. Die einzige Sorge, die er hat, ist, nicht genug Geld zu haben, um dir und den Kindern was zu bieten.«

»Da kannst du mal sehen«, sagte sie. »Und mit so einem Holzkopf bin ich seit acht Jahren verheiratet.«

Ihre Stimme klang fast schon wieder zärtlich.

»Was soll ich nur mit so einem Trottel machen? – Bea.«

»Ja?«

»Danke, daß du mir das gesagt hast.«

»Nichts zu danken«, sagte ich. »Das ist reiner Egoismus. Ich muß mit ihm arbeiten.« Ich legte den Hörer auf. Hoffentlich war Inga so schlau, mich nicht zu verraten.

Fleischers Bericht lag immer noch ungelesen vor mir auf dem Schreibtisch. Ich schlug die erste Seite auf und überflog die Vorrede. Soweit nichts Neues. Daß die medizinischen Befunde beim Erhängen in der Regel ›spärlich‹ und ›wenig befriedigend‹ sind, weiß ich nicht erst seit gestern. Dazu brauchte ich nicht Fleischers Bericht zu lesen.

Ich blätterte weiter. Gut, daß ich meinen Kaffee getrunken hatte. Die Beschreibung der Präparation der Halsorgane brachte Musik in meinen Magen. Beim Herausnehmen von Gehirn und Brustorganen hatte Fleischer ganz schön geackert. Ich kann noch nicht einmal ein Hühnchen ausnehmen. Das kaufe ich immer fertig und bin schon geschafft, wenn mir die Innereien in einem netten Plastiktütchen entgegenrollen.

Phosphatidspiegel, Histamingehalt der Strangmarke, Karotiden, Kammblutungen, Konjunktivalen- und Hautblutungen, vitale Reaktionen. Ich kämpfte mich durch das Fachvokabular vorwärts.

Die Geschlechtsorgane waren ganz schön gebeutelt. Es hätte sie nicht schlimmer treffen können, wenn er sie in einem Türrahmen eingeklemmt hätte. Schwer vorstellbar, daß bei dem ganzen Quetschen und Binden Lust mit von der Partie gewesen sein sollte.

Die Frage, die mich aus kriminalistischer Sicht brennend interessierte, war die, ob der Tote lebend und bei Bewußtsein in die Schlinge geraten war. Wenn ich den Bericht richtig gelesen hatte, sprach alles dafür. Fleischer hatte kein Gift im Blut gefunden und auch sonst nichts, was auf ein Fremdeinwirken hindeutete.

Todesursache war nach Fleischer eindeutig ›protrahiertes‹ Erhängen. Das hieß auf gut deutsch, daß die Sauerstoffzufuhr nicht plötzlich, sondern nach und nach abgeschnitten wurde. Was, wie er mir schon persönlich verraten hatte, zu den angenehmsten Begleiterscheinungen führte. Rauschhafte Zustände bis zum Verlust des Bewußtseins, bis zum Tod.

Nach allem, was ich las, eine Todesart, die man jedem potentiellen Selbstmörder nur wärmstens ans Herz legen konnte.

Fleischer schätzte, daß der Tote ungefähr acht Tage lang in der Garage gehangen hatte. Das deckte sich mit den Angaben, wann Frank Bartels zuletzt lebend gesichtet worden war.

Ich klappte den Obduktionsbericht zu. Wenn es nach Fleischer ginge, konnten wir den Fall zu den Akten legen. Für ihn war der Fall klar. Selbstfesselung zwecks Luststeigerung. Ein falscher Fußtritt, eine falsche Bewegung, die Schlinge zieht sich ein wenig fester zu als beabsichtigt, und der Kandidat ist tot.

Mir war das zu glatt, zu einfach.

Warum sperrte ich mich dagegen, daß es so gewesen sein könnte? Wollte ich nicht wahrhaben, daß ein Mann, der scheinbar glücklich mit einer Frau zusammenlebte, nebenher noch ganz andere Sexualtechniken pflegte?

Erschreckte mich der Gedanke, daß unter der Oberfläche ganz normaler Männer sexuelle Bedürfnisse schlummerten und ausgelebt wurden, von denen ich nichts ahnte?

Weber hatte es mir im Auto gesagt. Alle Männer tun's, aber sie reden nicht darüber. Er hatte von Prostitution gesprochen. Dies hier war Selbstbefriedigung. Bizarres Experimentieren am eigenen Körper. Alle Männer tun's – und nicht nur die, ergänzte ich in meinen Gedanken –, aber keiner redet darüber.

Was machte mein Freund jetzt in diesem Moment? Lag er in der Badewanne und ließ es sich gutgehen? Oder im Sessel mit einem Pornoheft auf den Knien? Oder holte er gerade einen heißen Streifen im Videoladen an der Ecke? Kannte ich seine sexuellen Phantasien? Kannte er meine?

Wie war das mit Weber zum Beispiel, wenn Inga in der Klinik Nachtdienst schob und er allein im Bett lag?

Mein Schädel brummte. Und es lag nicht nur an dem ganzen Zeug, das ich heute nacht mit meinem Kollegen gekippt hatte.

Es wurde Zeit, daß ich an die frische Luft kam und mir der Wind wieder das Hirn freipustete. Wozu hatte ich ein Fortbewegungsmittel auf zwei Reifen?

45

Vera setzte die Schachtel auf die weiße Bettdecke.

»Ich hab' dir was mitgebracht.«

Tina schlitzte mit dem Fingernagel die Seite ein und klappte den Deckel auf. »Boh. Toll.«

Sie schob sich den mit Schokolade bezogenen Schaumkuß in den Mund und kaute mit vollen Backen.

»Hm«, mit der Zunge schleckte sie die weißen Schaumecken aus den Mundwinkeln. »Ich bin hier richtig auf Entzug. – Wie lange bin ich schon hier?«

Mit dem Zeigefinger bohrte sie ein Loch in den Schaumberg und zog den Finger durch. Beladen mit einem Berg weißem Schaum fuhr er in ihren Mund.

»Drei Wochen.« Vera wußte es genau.

Tina schluckte zufrieden und griff nach dem nächsten.

»Ganz schön lange«, kam es aus ihrem vollen Mund.

Eine Reihe im Karton war leer.

»Noch zwei, dann mach ich Schluß. Eh mir schlecht wird.«

Sie stülpte den Deckel wieder über den Karton. »Hier, nimm.«

Vera stellte den Karton auf den Nachttisch.

»Gib mir mal den Bademantel.«

Vera reichte ihr einen lachsfarbenen Frotteemantel mit Rüschen.

»Komm, wir gehen nach draußen. Da kannst du eine paffen.«

Das Raucherzimmer war leer. In der Glaskabine standen ein

paar Stühle mit braunen Plastiksitzen. Zerfledderte Illustrierte lagen auf den niedrigen Tischen. In den Aschenbechern lagen Zigarettenstummel.

»Was macht die Therapie?« Vera zündete sich eine Zigarette an.

»Du meinst das Gequatsche?« fragte Tina nach.

Vera nickte und zog an ihrer Zigarette.

»Er stellt ganz schön blöde Fragen.«

»Was denn zum Beispiel?«

Tina lehnte sich im Stuhl zurück und legte ihre Hände auf den Bauch. Über den Gang lief ein Mann in einem weißen Kittel. Er schaute kurz in den Glaskasten herein.

»Tut es noch weh?« fragte Vera mit Blick auf Tinas Bauch.

»Nur manchmal, wenn ich mich nachts im Bett umdrehe.«

»Was für Fragen stellt er dir?«

»Na ja«, Tina kratzte an ihrem Hals. »Was ich so als Kind gemacht habe, woran ich Spaß hatte und so. Als Kind.« Tina streckte die Beine aus. »Stell dir mal vor.«

Sie redete, als ob das Ewigkeiten her wäre.

Vera setzte die brennende Zigarette an den Mund.

»Und das Irre ist, mir fällt so viel ein.«

Tina besah sich die Narben an ihrer Hand.

»Ich war gern in der Schule. Das hatte ich ganz vergessen. Wir hatten eine Lehrerin, die hat uns Gedichte aufgesagt. Wir haben uns lustig gemacht über sie.« Sie strich mit dem Zeigefinger über die Narbe am Handgelenk. »Aber irgendwie hat mir das gefallen, und heute tut mir leid, daß wir nur gelacht haben. Und so einen Quatsch erzähl' ich ihm.«

Tina zog die Enden des Mantels über der Brust zusammen, als wollte sie die nackte Haut zudecken.

»Stell dir vor, die Lehrerin wollte, daß ich aufs Gymnasium gehe. So gut war ich. Hast du mal 'ne Kippe für mich? Ausnahmsweise.« Sie streckte die Hand nach einer Zigarette aus. »So Leute, die die Schule gemacht haben, die können alles werden. Auch die Frauen. Mit Schule kannst du alles werden.« Sie blies den Rauch aus.

»Am liebsten würde ich mein ganzes Scheißleben noch mal von vorne machen. Weißt du, wie ich mich manchmal fühle? Wie der

Mülleimer da, in den jeder hergelaufene Typ seine Abfälle schmeißen kann.« Sie zerquetschte die Zigarette halbgeraucht im Aschenbecher.

»So beschissen fühle ich mich, seitdem ich auf diese verdammten Fragen antworte.«

»Warum gehst du anschaffen?« fragte Vera. »Wenn du dich so schlecht dabei fühlst?«

»Fühlst du dich denn nicht so?«

»Nein«, Vera zog an ihrer Zigarette. »Für mich ist der Job in Ordnung. Er hat gute und weniger gute Seiten.« Sie streifte die Asche von der Zigarette ab. »Welcher Beruf hat das nicht?«

Eine Schwester mit einem Tablett in der Hand lief in zügigem Stechschritt an dem Glaskasten vorbei.

»Aber ich könnte nie als normale Hure arbeiten«, gab sie zu. »Das wär' nichts für mich.«

»Weißt du, was der Typ mich gefragt hat?«

Tina spielte mit dem lachsfarbenen Gürtel in ihrer Hand.

»Der hat mich gefragt, ob ich mich vielleicht selbst bestrafe für das, was ich tue.«

Sie ließ den Gürtel los.

»So ein Quatsch. Als ob ich mir extra den Bauch aufschlitzen würde ...«

46

Ich drückte die Tür zu unserem Büro auf. Was für ein Anblick. Die Wände waren genauso grau wie immer, die Farben der Urlaubskarten verblichen, aber mein Kollege strahlte, als befände er sich im siebten Himmel. Er rieb sich gutgelaunt die Hände.

»Ist das nicht ein schöner Tag heute?«

Ich sah nach draußen. Es nieselte aus grauen Wolken.

»Liebe ist, wenn es regnet und du wandelst auf rosa Wolken«, dichtete ich aus dem Stegreif.

»Ich war schon fleißig«, er lächelte zufrieden. »Du wirst staunen.«

Soviel gute Laune mußte ich erst einmal verdauen. Ich setzte mich an den Schreibtisch und pustete den Staub aus meiner Schale mit den Schreibgeräten.

»Du hast die Berichte getippt«, vermutete ich, nahm einen Kuli und kritzelte auf einen Block.

»Ich hab' die Freundin, Tina Hetzel.«

Der Kuli schrieb nicht. Ich warf ihn in den Papierkorb, nahm den nächsten.

»Und, wo ist sie?« Ich sah mich in unserem Büro um. »Hast du sie im Kleiderschrank eingeschlossen?«

Er hielt einen Zettel hoch.

»Hetzel, Tina. Landeskliniken, Marsbruchstraße, Psychiatrische Abteilung, Zimmer fünfzehn.«

»Alle Achtung.« Ich betrachtete die roten Kringel auf meinem Block. »Saubere Arbeit.«

Er strich sich über eine frische hellblaue Hemdbrust.

»Was meinst du, was ich heute früh schon gemacht habe?«

Weber hatte sich also ans Telefon gehängt und die Krankenhäuser vorgenommen. Keine schlechte Idee.

»Wie bist du drauf gekommen?«

»Irgendwo mußte sie ja sein. Und eine Möglichkeit war, daß sie nicht freiwillig das Feld geräumt hat.«

»Seit wann ist sie da?« fragte ich.

»Eingeliefert wurde sie am dritten August.«

»Und ist immer noch drin«, stellte ich fest. »Er hing etwa seit dem zweiundzwanzigsten September in der Garage. Da war sie schon eineinhalb Monate im Krankenhaus.«

Ich malte weiter meine Kringel.

»Was soll sie uns überhaupt erzählen?« Anstelle der roten Kringel schrieb ich ihren Namen. Tina.

»Von seinen Spielchen in der Garage wird er ihr nichts gesagt haben. Das ist schon mal klar.« Weber zupfte an seinem Bart.

Da waren wir einer Meinung. Er hatte mir nicht umsonst Nachhilfe in männlicher Sexualität gegeben. ›Männer tun's, aber sie reden nicht darüber.‹

»Oder glaubst du, daß sie ihn in die Schlinge gelegt hat?« fragte Weber.

»Das Krankenhaus ist kein Alibi«, sagte ich. »Da kommst du immer raus, wenn du willst. Zeig noch mal, die Bilder.«

Ich riß das Blatt vom Block und warf es in den Papierkorb.

Er reichte mir den Stapel. Ich sah auf die zierliche dunkelhaarige Frau, die sich auf dem grün-beige karierten Polster räkelte. »Einsfünfundsechzig, höchstens«, sagte ich, »und nicht mehr als fünfundfünfzig Kilo.«

Sie sah so verdammt wehrlos aus auf den Fotos. Die nackte Haut zwischen ihren Beinen und dieses offene Lachen.

»Ich glaub nicht, daß sie ihn hochgekriegt hätte. Allein jedenfalls nicht.«

»Findest du auch, daß sie glücklich aussieht?« fragte ich Weber und reichte ihm die Fotos über den Tisch.

Er sah sich die Bilder an, zuckte die Schultern.

»Keine Ahnung. Vielleicht tut sie nur so. Manchmal denkst du, eine Frau ist glücklich und alles, und im nächsten Augenblick erzählt sie dir, wie unglücklich sie ist.« Er grinste unsicher. »Man kann den Weibern nicht über den Weg trauen.«

Er verstaute die Bilder in einer Schublade.

»Ich glaube, das war er selber. Anders kann ich mir das nicht denken.« Weber lehnte sich in dem Stuhl zurück. »Unfall. Wie Fleischer schreibt.«

»Wollen wir trotzdem mit ihr reden?« fragte ich ihn.

»Aber immer.« Weber zeigte nach draußen. »An einem so schönen Tag sollte man nicht in geschlossenen Räumen vergammeln.«

Ich sah durch das Fenster. Es regnete in Strömen. Entweder hatte Weber mehr Humor, als ich ihm zutraute, oder der Liebeswahn hatte ihn in den Klauen. Nach acht Jahren Ehe. Ich konnte es einfach nicht glauben.

47

Wir standen auf dem Parkplatz der Anstalt und starrten auf die Scheibenwischer, die über das Glas schrappten. Schwupp, schwupp. Links, rechts. Rechts, links.

»An so einem schönen Tag sollte man nicht in geschlossenen Räumen vergammeln.« Ich machte die Wagentür einen Spalt auf und gleich wieder zu. Das Wasser fiel in Sturzbächen vom Himmel.

»Ist doch auch mal schön.« Webers Augen wanderten mit den Wischern. Schwupp, schwupp. Links, rechts. Rechts, links.

»Augengymnastik. Das tut gut nach dem ganzen Papier.«

Heute konnte meinen Kollegen nichts erschüttern.

»Hast du keinen Schirm?« fragte ich vorwurfsvoll. »Ist das nun ein Familienauto oder nicht?«

»Im Kofferraum.« Er zog den Schlüssel aus dem Schloß. »Hier ist der Schlüssel.«

Ich zog die Lederjacke über den Kopf und lief nach hinten. Das Wasser klatschte gegen meine Beine. Ich schloß auf. Nicht einer, drei Schirme. Ich nahm den größten.

»So laß ich mir das gefallen«, grunzte Weber, als ich ihn auf seiner Seite des Volvos abholte. »Das ist Service.«

»Bild dir bloß nichts ein«, warnte ich ihn. »Ich hab' es nicht länger mit dir da drin ausgehalten.«

Die Dame mit dem weißen Häubchen erteilte uns bereitwillig Auskunft. Immer geradeaus und dann links und wieder rechts. Dann sehen Sie schon den Aufzug.

Ganz so einfach, wie sie sagte, war es nicht, aber mit zweimal fragen schafften wir es. Der Aufzug roch nach Desinfektionsmitteln. Ein leeres Bett und ein Mann mit kräftigen tätowierten Armen fuhren gemeinsam mit uns nach oben. Wir stiegen aus. Der Mann mit dem leeren Bett fuhr ohne uns weiter.

»Wo wollen Sie hin?« Eine energische Dame mit weißem Kittel und Knoten heftete sich an unsere Fersen.

»Ist das die psychiatrische Abteilung?« fragte ich sie.

»Ist das ein Neuzugang?« stellte sie die Gegenfrage und zeigte auf meinen Kollegen.

Weber lächelte gewinnend.

»Männer ist nämlich da drüben«, sagte sie.

»Wir sind nur Besuch«, lächelte Weber weiter.

»Wir sind von der Polizei und wollen zur Frauenabteilung«, erklärte ich ihr.

»Dann sind Sie richtig.« Sie klang irgendwie enttäuscht. »Frauen ist da drüben.« In Richtung Männerabteilung stolzierte sie von dannen.

Kaum hatten wir die Glastür durchquert, wurden wir das nächste Mal gestoppt. Ein Hochsicherheitstrakt war nichts dagegen.

»Wo wollen Sie hin?« Der Mann im weißen Kittel sah aus wie ein Doktor. Mindestens. Er trug Halbglatze, eine dunkle Brille und ein offenes weißes Buch.

»Wir wollen zu Tina Hetzel. Zimmer fünfzehn«, gab Weber bereitwillig Auskunft.

»Sind Sie angemeldet?« fragte er uns.

Ich schüttelte den Kopf.

»Wir sind von der Polizei. Wir hätten nur ein paar Fragen an Frau Hetzel.«

»Können Sie sich ausweisen?«

Wir machten ihm die Freude.

»In welcher Angelegenheit?« fragte er. »Ich bin der behandelnde Arzt«, setzte er nach.

»Es geht um Tina Hetzels Freund. Er ist tot. Wir ermitteln in der Angelegenheit«, sagte Weber.

»Tot«, er wiegte den Kopf hin und her. »Das wird ein Schock für sie. Ich weiß nicht...«

»Irgendwann erfährt sie es sowieso«, sagte Weber. »Das können Sie gar nicht verhindern.«

»Sie können ja mit reinkommen«, schlug ich vor.

»Es ist da drüben«, sagte er. »Ich komme mit.«

Das Zimmer war nicht übel. Frisch gestrichen mit hellen gelben Gardinen. Zwei Schränke, zwei Betten. Vor dem Fenster stand ein Tisch mit drei Stühlen. In einem Bett lag eine Frau mit Kopfhörern und sah fern.

Das mußte sie sein. In einem lachsrosa Bademantel saß sie auf der Fensterbank und baumelte mit den Beinen. Das Gesicht unter den struppigen schwarzen Haaren war durchsichtig weiß.

»Wie riecht es, Herr Doktor? Was würden Sie sagen?«

Er stellte sich zu ihr, zog Luft durch die Nase ein und dachte nach. »Es riecht gut. Ein angenehmes natürliches Aroma.«

»Find' ich auch«, sagte Tina. »Oder soll ich das Fenster aufmachen?« Sie lauerte auf seine Antwort. »Das brauchen Sie nur zu sagen. Mach ich sofort.«

»Nein«, sagte der Doktor. »Es riecht wirklich gut.«

»Was wollen denn die da?« Sie zeigte auf mich. Ihre Nägel waren nicht lackiert.

»Wir würden uns gerne mit Ihnen unterhalten«, sagte ich.

»Kann ja nicht schaden. Oder?« Sie rutschte vom Fensterbrett. »Ist sowieso verdammt langweilig hier. Sie haben mir versprochen, ich krieg die Bücher. Und wo sind die?« maulte sie den Doktor an.

»Morgen oder übermorgen kommen sie. Bestimmt.«

»Ehrlich?« Ihre Augen glänzten.

Der Doktor holte einen Hocker aus dem Bad.

Wir setzten uns an den Tisch.

»Und?« fragte sie. »Was wollen Sie?«

Sie verschränkte die Arme. Über den Handgelenken trug sie breite Strickbänder. Lachsrosa, passend zum Bademantel.

»Wir kommen wegen Frank Bartels. Ihrem Freund.«

Sie legte die Hände um die Schultern und sah uns ängstlich an.

Todesnachrichten zu überbringen gehört nicht zu den Sternstunden in unserem Job. Ich weiß immer noch nicht, wie man das macht.

»Ich weiß nicht, wie ich es Ihnen sagen soll.« Ich räusperte mich. »Ihm ist etwas passiert.«

Ich hustete noch einmal die Stimmbänder frei.

»Er ist tot.« Endlich war es raus.

Sie krümmte sich, als würde sie frieren.

Der Doktor stand auf. Wie auf dem Sprung stand er neben dem Tisch.

»Scheiße«, sie biß sich auf die Unterlippe. Die Zähne schlugen tief ins Fleisch. »Scheiße.«

Tränen standen ihr in den Augen.

»So eine Kacke.« Sie schlug mit einem Pantoffel gegen das Tischbein. Der Tisch wackelte leicht. »Au.« Sie stellte den Fuß mit dem Schuh auf den Stuhl und nahm die Spitze des Schuhs in beide Hände.

Der Doktor war an ihrer Seite.

»Wollen Sie lieber allein sein?« fragte Weber. »Sollen wir ein andermal wiederkommen?«

Sie zog die Nase hoch. »Nein.«

Sie wischte sich mit einer Hand über die Augen.

»Deshalb war er so lange nicht da.« Sie seufzte.

Das war für sie bestimmt der einzige tröstliche Teil der Nachricht. Sie wußte nun, warum er nicht ins Krankenhaus gekommen war.

»Wie ist es passiert?«

Ihre Augen waren rauchgrau.

»Wir haben ihn in der Garage gefunden, erhängt.«

»Diese Schweine.«

Sie schob mit drei Fingern die Nase hoch und schneuzte. In ihren Augen standen Tränen.

»Haben Sie einen Verdacht?«

Das Wasser staute sich in ihren Augen. Keine einzige Träne trat nach draußen.

»Die waren das. Das weiß ich genau.«

»Wer war das?« fragte ich. »Und warum?«

»Wer?« Sie schüttelte den Kopf. »Ich weiß nicht. Freunde von der Arbeit. Ich kannte die vorher nicht.«

»Vorher?« fragte Weber.

»Sie müssen das nicht erzählen, Tina, wenn Sie nicht wollen«, mischte sich der Doktor ein.

»Ich will aber nicht, daß die Schweine damit durchkommen.«

Sie sah uns an aus grauen Augen.

»Wir waren spazieren. An der Möhne und schön essen. Ach, ist ja auch egal«, sagte sie und schlang die Arme um ihren Leib.

»Frank wollte kurz bei einem Kollegen vorbei. Der hatte Geburtstag. Er wollte nur kurz hoch. Ich sollte auf ihn warten.«

Sie sah zum Fenster. Der Regen stand als zuckender grauer Vorhang hinter der Scheibe.

»Scheiße.« Sie wischte sich mit dem Handrücken über die Augen. »Dann bin ich doch mit hoch.«

Sie besah sich die Strickbündchen an ihren Händen.

»Frank ist noch mal weg. Zigaretten holen. Da sind die Schweine über mich hergefallen.«

Ich sah auf ihre lachsroten Strickbündchen. Zwei links. Zwei rechts. Irgendwer mußte die irgendwann für sie gestrickt haben.

»Feige Schweine. Drei gegen einen.«

Sie hatte Schweißperlen auf der Stirn.

»Und wie ich mich gewehrt habe.«

»Und Ihr Freund?« erkundigte ich mich.

»Den haben sie nicht reingelassen. Die ganze Nacht nicht.«

Wir schwiegen.

»Dann bin ich nach Hause. Aber Frank war nicht da. Der hat mich überall gesucht. Da bin ich zu einer Freundin.«

»Sie sind nicht zur Polizei?« fragte Weber.

»Ich hab als Hure gearbeitet«, sagte sie. »Falls Sie das noch nicht wissen. Es ist so.« Das klang trotzig. »Für die Bullen wär das doch 'ne Lachnummer gewesen. 'Ne Nutte, die Anzeige wegen Vergewaltigung macht.«

»Und Ihr Freund?« fragte ich.

»Das war mein Verlobter«, korrigierte sie mich. »Meinen Sie, der hätte sich das bieten lassen? Ne.« Sie schüttelte den Kopf. »Der nicht. Das hätte der denen nicht durchgehen lassen.«

»Und Sie meinen, die wären ihm jetzt zuvorgekommen?«

»Da können Sie Gift drauf nehmen.«

»Wissen Sie noch, wann das war mit der Vergewaltigung?«

»Klar«, sagte sie. »Dreizehnter Juli. Das werde ich nicht so schnell vergessen.«

»Und wie sind Sie hierher gekommen?« wollte ich wissen.

Sie zupfte an den lachsfarbenen Bändern.

»Das war später. Kurzschluß. Einfach so, auf der Arbeit. Nach der Sache war ich einfach mit den Nerven runter.«

Sie zog wieder die Nase hoch.

»So eine verdammte Kackscheiße.«

Sie richtete ihre grauen Rauchaugen auf uns.

»Was soll ich denn jetzt machen? Ohne ihn.«

Wir standen hilflos vor ihr.

»Scheiße.« Sie stützte ihr Gesicht in beide Hände.

»Ich glaube...« Der Doktor blickte uns an.

Das Gesicht in den Händen vergraben, saß sie am Tisch. Tränen rannen durch ihre Finger. Der schmale Rücken zuckte.

Wir bewegten uns zur Tür.

Die Frau mit den Kopfhörern sah weiter in den Fernseher.

Auf dem Bildschirm klappte eine Frau in Leopardendreß einem Löwen das Maul auseinander und legte ihren schönen Kopf zwischen seine Zähne.

48

»Und jetzt?« fragte Weber, als wir uns quer durch die Pfützen ins Auto gerettet hatten. Er steckte den Schlüssel ins Schloß, und die Scheibenwischer schrammten über die Scheibe.

»Auto Strottmann«, sagte ich bestimmt. »Zu den Kollegen.«

Ich stieg aus meinen nassen Schuhen. »Mach mal die Heizung an.«

Er schob den Hebel von Blau nach Rot. Ich bückte mich und stellte die nassen Schuhe vor das Gitter. Lauwarme Luft pustete über meine Hände.

Draußen war alles eine graue Suppe. Ein Punkt vor uns schillerte grün. Wir fuhren über eine Kreuzung.

»Warum bist du hier nicht abgebogen?« fragte ich. »Am Friedhof vorbei. Das geht am schnellsten.«

Er riß das Steuer herum und fuhr um die Ecke. Ich stemmte die Füße auf den Boden und umklammerte mit meiner rechten Hand den Griff an der Tür.

»Kein Problem«, grinste er. »Kannst du alles haben.«

Wir fuhren auf Schleichwegen in Richtung Hellweg.

»Die werden nie im Leben zugeben, daß sie die Kleine vergewaltigt haben«, sagte er.

»Wieder so ein Fall von Männer tun's, aber sie reden nicht darüber«, antwortete ich bissig.

»Das ist ja nun etwas völlig anderes.« Seine Stimme klang böse. »Das eine hat mit dem anderen nichts zu tun.«

»O doch. Da bin ich nicht ganz deiner Meinung...«

Das Autohaus war auch bei diesem Wetter nicht zu verfehlen. Ketten von leuchtenden Glühbirnen spannten sich über den Parkplatz. Tausende von Watt ließen die Ausstellungsräume erstrahlen. Licht brach sich auf glänzenden Lackoberflächen.

Unter einem Regenschirm hüpften wir an den Glasscheiben vorbei zum Eingang.

»Bist du immer noch so heiß auf das Teil da?«

Webers Traumwagen war noch zu haben.

»Du kannst sagen, was du willst. Das ist ein toller Wagen.« Seine Augen wanderten sehnsuchtsvoll zu dem silbernen Transporter.

Diesmal fing uns Strottmann senior direkt an der Glastür ab.

»Sie schon wieder?«

Es sah nicht so aus, als würde ihn unser Besuch begeistern. Das ist so die übliche Reaktion. Eine, an die ich mich nach dreizehn Dienstjahren bei der Polizei allmählich gewöhnt habe.

Weber klappte den Schirm zusammen und stellte ihn in den Ständer. Herr Strottmann lief mit uns an der lauschigen Lederecke vorbei zur Theke. Anscheinend hatte er sich vorgenommen, uns so schnell wie möglich wieder loszuwerden.

»Womit kann ich Ihnen dienen?« Die Worte waren okay, aber der Tonfall war nicht freundlich. Strottmann senior hatte Furchen auf der gebräunten Stirn.

»Haben Sie sich inzwischen erinnert, mit wem Frank Bartels näher befreundet war unter den Kollegen?« begann ich unsere Unterhaltung.

»Nein«, sagte er. »Das Privatleben meiner Mitarbeiter interessiert mich nicht.«

Eine Seitentür ging auf. Ein junger Mann mit Aknenarben und einer dunkelbraunen Lederjacke kam herein.

»Kann ich den Safariwagen haben, Papa? Nur heute?«

»Darf ich vorstellen, mein Sohn Ralf.«

Er schraubte einen Schlüssel von einem Bund.

»Hier.« Junior nahm den Schlüssel aus seiner Hand.

»Fahr vorsichtig.« Er verschwand durch die gläserne Tür auf den Hof.

»Wo bewahren Sie die Personalakten Ihrer Mitarbeiter auf?« fragte ich ihn.

»In einem Stahlschrank, in meinem Büro. Wieso fragen Sie danach?«

»Wir haben ein Geburtsdatum und möchten wissen, welcher Ihrer Mitarbeiter an diesem Tag Geburtstag hat.«

Draußen sprang ein Motor an. Strottmann junior hatte seinen Safariwagen gefunden.

»Die Angaben meiner Mitarbeiter stehen unter Datenschutz. Oder irre ich mich?«

Seine Furchen gruben sich tiefer.

»Nicht, wenn wir ermitteln. Wegen Mord.«

Er sah nach draußen. Die gelben Rücklichter mit Strottmann junior entschwanden in der grauen Suppe.

»Einen Moment.« Er lief hinter die Theke, schrieb einen Zettel. »Jetzt können wir.« Er legte den Zettel unter einen Glasaschenbecher auf den Tresen.

»Was für ein Geburtsdatum suchen Sie?«

Weber zog sein Buch aus der Tasche und blätterte.

»Dreizehnter Juli.«

»Dreizehnter Juli?« Unter der Bräune sah er plötzlich blaß aus.

»Wissen Sie aus dem Kopf, wer von Ihren Mitarbeitern am dreizehnten Juli geboren ist?« fragte mein Kollege.

»Welches Jahr?« fragte er zurück. »Sagen Sie mir das Jahr.«

»Das Jahr interessiert nicht«, antwortete Weber. »Oder haben Sie zwei Mitarbeiter, die am gleichen Tag geboren sind?«

»Nein.« Er schüttelte den Kopf.

»Wer hat am dreizehnten Juli Geburtstag?« hakte ich nach.

»Habe ich Ihnen das schon gegeben?«

Er holte zwei Pakete Streichhölzer aus der Tasche. ›Auto Strottmann – Ihr Partner für Neuwagen, Gebrauchtwagen und Reparaturen. Zuverlässig, seriös, preiswert.‹

»Wer hat am dreizehnten Juli Geburtstag?« wiederholte ich meine Frage. »Wir kriegen es auch ohne Sie raus. Glauben Sie mir.«

Die schmalen Streichholzschachteln sahen in seiner Hand ziemlich verloren aus.

»Also, wer ist am dreizehnten Juli geboren?« Diesmal versuchte Weber sein Glück.

»Ralf ist am dreizehnten Juli geboren.«

Er legte die Streichhölzer in den Aschenbecher auf die Theke.

»Ralf wer?« fragte ich.

»Ralf Strottmann. Mein Sohn.« Die Worte klangen gepreßt. Gerne hatte er uns das nicht verraten.

Ich gab ihm meine Karte. »Sagen Sie Ihrem Sohn, er soll sich morgen um neun im Präsidium melden.«

»Wenn er nicht kommt, lassen wir ihn vorführen«, ergänzte Weber. »Dazu muß es ja nicht kommen.«

»Darf ich?« Ich nahm ein Päckchen Streichhölzer aus dem Aschenbecher.

Weber fischte seinen Regenschirm aus dem Ständer.

Strottmann senior nickte abwesend. In dem Zustand, in dem er war, hätten wir glatt Webers Traumauto aus dem Laden schieben können.

49

Der junge Mann, der an unserem Schreibtisch saß, trug teure Schuhe, teure Hosen, eine teure Lederjacke. Der Pullover unter der Jacke war aus weicher, edler Wolle. Sein Rasierwasser stank erbärmlich. Aber ich vermutete, auch das hatte seinen Preis. Selbst die Aknenarben in seinem Gesicht sahen aus, als ob er sie gekauft hätte.

»Mein Vater hat gesagt, ich soll mich bei Ihnen melden.«

Er legte eine Hand auf den Schreibtisch. Die Fingernägel waren an den Rändern schwarz. Autoöl vermutlich. Nach dem, was wir wußten, klebte noch entschieden mehr Dreck an seinen Händen.

»Sie wissen, warum wir Sie hergebeten haben«, leitete ich die Vernehmung ein. »Wir ermitteln im Fall Bartels. Was haben Sie an Ihrem Geburtstag gemacht, am dreizehnten Juli?«

»Damit habe ich nichts zu tun.« Er ballte die Finger auf dem Schreibtisch zur Faust. »Was wollen Sie mir da anhängen?«

»Wir wollen Ihnen nichts anhängen. Wir wollen nur wissen, was Sie am dreizehnten Juli gemacht haben.«

»Ich habe gearbeitet. So wie immer.« Er sah uns herausfordernd an.

»Und dann?« fragte Weber. Nicht besonders originell, die beiden Wörtchen. Wie eine Gebetsmühle wiederholt, verfehlen sie selten ihre Wirkung. Weber hatte schon mehr als einen hartgesottenen Kunden damit mürbe gekocht.

»Dann habe ich einen ausgegeben in der Firma. Freibier für alle.«

»Und dann?« fragte mein Kollege weiter.

»Dann bin ich noch zu einem Kumpel.«

»Name, Anschrift?« Ich angelte mir ein Blatt Papier.

»Bernd Weiß, Brunnenstraße achtzehn. Der wohnt da bei seinen Eltern, die waren verreist.«

»Wer war noch dabei?« erkundigte ich mich.

»Jan Knappe.«

»Adresse?« fragte ich.

»Fliederstraße 44.«

»Sie waren also zu dritt in der Brunnenstraße und haben gefeiert.« Weber machte weiter.

Strottmann junior nickte.

»Und dann?« fragte sich Weber weiter dem Punkt entgegen, an dem es anfing, spannend zu werden.

»Dann haben wir halt erzählt und gesoffen und den Larry gemacht.« Er sah uns nicht in die Augen.

»Und dann?« Weber hob die Stimme.

»Haben wir weiter gesoffen.«

»Wollen Sie uns verarschen?« donnerte Weber jetzt los. »Da haben wir ganz andere Sachen gehört, ganz andere.«

Strottmann junior zuckte zusammen. Vielleicht dachte er, bei der Polizei würde noch geprügelt. Er zog den Kopf ein.

»Erzählen Sie uns alles«, kam ich auf die Sanfte. »Wir wissen, was war. Wir wollen es nur noch einmal von Ihnen hören.«

Er steckte beide Hände in die Jackentasche.

»Wer hat Ihnen das erzählt?«

»Tina Hetzel.« Ich lächelte ihn an. »Frank Bartels' Freundin hat uns alles erzählt.«

»Also hören Sie auf, uns zu verarschen«, fuhr Weber ihn an. »Oder wir ziehen hier andere Seiten auf.« Er krempelte seinen linken Ärmel hoch.

Ich fand, er übertrieb. Aber es wirkte. Strottmann junior sah voll Horror auf den nackten Unterarm meines Kollegen.

Er ließ die Schultern hängen.

»Es war alles total blöd. Das war ganz anders verabredet.«

»Was war ganz anders verabredet?« stieß ich nach.

Jetzt wurde es spannend.

»Das mit Tina.« Er zog den Reißverschluß der Jacke auf.

»Was war verabredet?« fragte ich ihn.

»Also, der Frank brauchte einen neuen Motor für seinen Spitfire.« Er sah uns an, als ob das alles erklären würde. »Und dafür hatte er nicht das Geld«, schob er nach.

»Er hat doch verdient«, sagte ich. »Und Tina hat angeschafft. Wieso war das Geld knapp?«

»Für den Spitfire hatte er einen Kredit laufen.«

»Das mußte doch trotzdem reichen«, beharrte ich.

»Ab und zu ist er zocken«, sagte Strottmann junior. »Da durfte die Tina nichts von wissen.«

»Er brauchte also Geld«, faßte ich zusammen.

Junior nickte. »Genau.«

»Und auf der Arbeit hat er Bilder verkauft. Von Tina«, vermutete ich.

»Genau.« Er machte seine Jacke auf. »So sind wir drauf gekommen.«

»Worauf?« fragte Weber.

»Mit der Tina 'ne Nummer zu schieben an meinem Geburtstag.«

»Das müssen Sie mir mal genauer erklären«, forderte ich ihn auf.

»Wir waren alle scharf auf Tina. Selbst unser Meister hat ihm Bilder von der Tina abgekauft.«

»Und weiter?« wollte ich wissen.

»Wir wußten, daß sie anschaffen geht. Er hat damit angegeben, was sie für 'ne heiße Perle ist und daß sie für ihn alles macht.« Strottmann junior öffnete den Reißverschluß ganz. »Ist das warm hier.« Er zog die Lederjacke aus und hängte sie über die Stuhllehne hinter sich.

»Und dann?« Ich stellte unsere Standardfrage.

»Ich wußte, daß mein Vater ihm den Motor nur gegen Barzahlung rausrückt. Und seine Mühle stand schon seit Tagen in der Garage...«

»Und?«

»Da habe ich ihn gefragt, ob ich die Tina nicht haben kann an meinem Geburtstag. Für mich und die Kumpel. Und er kriegt das Geld für den Motor.«

»Wieviel?« fragte ich.

»Eintausend«, sagte er. »Das war ein guter Preis. Er wollte noch mehr rausschlagen. Aber das lief mit mir nicht.«

Das war erst die halbe Geschichte.

»Wir haben uns darauf geeinigt, daß er zusätzlich noch dreimal meinen Wagen geliehen kriegt. Dann lief das Geschäft.«

»Und dann?« fragte Weber.

»Dann ist alles schiefgelaufen. Er ist um zehn gekommen und hat die Tina vorbeigebracht. Wie verabredet.«

Er sah uns nicht an.

»Aber das war ganz komisch.«

Er schwieg.

»Sie hat so getan, als wollte sie gar nicht.«

Wir warteten.

»Wir dachten, das gehört dazu. Das wär ihre Nummer.«

Er zog die Ärmel seines Pullovers über die Handballen.

»Ich glaube, die wollte wirklich nicht«, sagte er schließlich. »Wir waren zu besoffen, um das zu merken.«

»Sie haben Tina vergewaltigt«, sagte ich.

»Nein«, er schüttelte den Kopf. »Das stimmt nicht, so war das nicht. Woher sollten wir denn wissen, daß sie nicht wollte? Wir haben doch gezahlt dafür. Und sie war 'ne Nutte. Oder nicht?«

»Wir könnten Sie vor Gericht stellen wegen Vergewaltigung. Sie und Ihre Freunde«, drohte ich.

»Mein Vater hat gesagt, juristisch können sie mir nichts. Das war ein ganz normaler Vertrag, den wir mit dem Frank geschlossen haben.« Er verschränkte die Arme vor der Brust.

»Da ist Ihr Vater falsch informiert«, donnerte ich. »Der Prostitutionsvertrag ist kein ganz normaler Vertrag. Er ist sittenwidrig. Und er kann auf gar keinen Fall rechtswirksam von einem Vermittler abgeschlossen werden.«

Strottmann junior zog den Kopf ein.

»Das verstößt nämlich gegen die sexuelle Selbstbestimmung. Wenn Ihnen das überhaupt etwas sagt.«

»Sind Sie sicher, daß sich alles so abgespielt hat, wie Sie es uns erzählt haben?« nahm Weber ihn jetzt in die Zange. »Oder ist Frank Bartels mit seiner Freundin zufällig bei Ihnen vorbeigekommen? Und Sie haben ihn unter einem Vorwand weggeschickt und sich anschließend mit ihren Kumpels über Tina hergemacht?«

»Sind Sie verrückt, Mann?« Strottmann junior sprang auf. »Meinen Sie, ich wollte Ärger haben?«

»Können Sie beweisen, daß Sie Frank das Geld gezahlt haben?«

»Ich hab das Geld einen Tag vor meinem Geburtstag von meinem Konto geholt. Eintausend auf den Pfennig. Das können Sie nachprüfen.«

Bei Geld hörte für die Familie Strottmann der Spaß auf.

»Und einen Tag später hat der Frank den Motor bei meinem Vater gekauft. Cash.« Er setzte sich wieder. »Was meinen Sie, woher Frank das Geld hatte?« Strottmann junior rutschte unruhig auf seinem Stuhl. »Und er hatte meinen Wagen an dem Abend. Das kann ich beweisen. An irgendeine Talsperre ist er damit.«

Die Geschichte hörte sich ziemlich glaubhaft an. Trotzdem haute ich noch einmal in Webers Kerbe. »Vielleicht hat Frank Bartels Sie unter Druck gesetzt oder wollte sich an Ihnen rächen, und Sie haben ihn deshalb aus dem Weg geräumt.« Ich machte eine Pause. »Zusammen mit Ihren Freunden.«

»Das glauben Sie doch selbst nicht. Meinen Sie, ich wollte in den Knast?« Er sah uns entgeistert an. »Wissen Sie, was mein Vater mit mir macht, wenn ich in den Kahn komme?«

Wir hingen an seinen Lippen.

»Er würde mich glatt…« Strottmann junior zögerte, das Furchtbare auszusprechen. Er senkte die Stimme: »…enterben.«

Das Wort hing unheilschwanger über unseren Köpfen.

50

Wir sahen auf die Tür, die sich hinter dem Erben des Autohauses Strottmann geschlossen hatte. Er hatte uns verlassen. Sein Rasierwasser blieb uns erhalten.

»Was dagegen, wenn ich lüfte?«

Mein Kollege schüttelte den Kopf.

Ich kippte das Fenster. Verkehrslärm schwappte durch den offenen Spalt zu uns herein.

»Denkt ihr denn, denkt ihr denn, Mädchen wären teuer?« zitierte ich und beäugte die Plastiktüte, die am Fenstergriff baumelte.

»Was soll das«, maulte Weber. »Ich verstehe kein Wort.«

»Das war nur ein Kindervers«, sagte ich und setzte mich wieder hinter meinen Schreibtisch. »Der Anfang. Willst du ihn ganz hören?«

»Wenn schon, denn schon«, befahl er.

»Denkt ihr denn, denkt ihr denn, Mädchen wären teuer? Fünfe für ein Pfennigstück, sechzehn für 'nen Dreier.«

»Das ist ein Kinderspruch?« fragte er ungläubig. »Mist.«

»Willst du noch einen hören?« Ich nahm eine Büroklammer aus der Schale. »Müller, Müller, Mahler«, begann ich. »Die Buben kosten einen Taler, die Mädle kosten einen Taubendreck, die kehrt man mit dem Besen weg.« Mit beiden Händen zog ich die Klammer auseinander.

»Woher kennst du die?« wollte Weber wissen.

»Ich war mal in einem Kinderheim an der See. Da haben sie uns so was beigebracht.«

Der Draht hing quer und verbogen zwischen meinen Fingern.

»Scheiße«, fluchte Weber. »Scheißsprüche.«

»Sie treffen doch, oder? Wofür hat Frank Bartels seine Tina verhökert? Für einen Taubendreck«, knurrte ich und bog die beiden Enden des Drahtes zusammen. Eine hübsche kleine Drahtschlinge lag vor mir auf dem Schreibtisch.

»Für einen Spitfire-Austauschmotor«, korrigierte mich Weber. »Wenn es stimmt, was er sagt, hat Strottmann junior eintausend Mark auf den Tisch des Hauses gelegt. Kein schlechter Preis.«

»Für 'ne Vergewaltigung.« Ich zog die Drahtschlinge zu. »Und du redest von 'nem guten Preis.«

»Für eine Nacht zu dritt mit einer Nutte ist das bestimmt kein schlechter Preis«, beharrte Weber. »Und sie war 'ne Nutte.«

»Sie war keine Nutte. Sie hat als Hure gearbeitet«, stellte ich klar. »Alles andere war privat.« Ich drückte den Draht zusammen und warf meine Mini-Garrotte in den Papierkorb. »Der Geburtstag war privat. Für Tina war das 'ne Vergewaltigung. Egal, ob Geld dafür rübergeschoben worden ist oder nicht.«

»Nicht für Strottmann junior«, konterte Weber. »Für den war das ein Geschäft. Er hat für sich und die Kumpel eine Geburtstagsüberraschung gekauft.«

»Glaubst du ihm denn?« wollte ich wissen.

»Du etwa nicht?« fragte er.

»Hört sich ziemlich glaubhaft an«, pflichtete ich ihm bei. »Irgendwie paßt's.«

»Der würde sich wegen einer Frau nicht bei seinem Alten in die Nesseln setzen«, sagte er. »Nie und nimmer.«

Ich riß meine Augen auf und imitierte Strottmann junior.

»Meinen Sie etwa? Meinen Sie etwa, ich würde...«

Webers Grinsen spornte mich an, weiterzumachen.

»Was meinen Sie, würde mein Alter tun, wenn ich in die Kiste käme, der würde mich glatt...«

Ich zog die Luft ein und hielt sie an, solange ich konnte: »...enterben.« Ich ließ die Luft wieder raus.

Weber gluckerte vor Lachen.

»Gut, daß ich nichts erbe«, begeisterte er sich.

»Meinst du, ich?« entrüstete ich mich. »Meine Mutter gibt ihr Tafelsilber nur in gute Hände. Bei mir würde es ja doch nur Grünspan ansetzen.«

»Ich darf in den Knast«, kicherte Weber. »Alles nur, weil ich nicht erbe.«

»Du vergißt, daß du verheiratet bist, Vater von zwei Kindern, zwei Streifenhörnchen und einem Hamster.«

»Weiber«, knurrte er mich an. »Die dürfen sich nicht wundern, wenn Männer sie verkaufen.«

»Traust du Strottmann junior zu, daß er einen Mord begangen

hat?« kam ich auf unseren Fall zurück. »Um sein Erbe zu schützen? Vielleicht hat Frank Bartels ihn erpreßt?«

»Womit?« fragte Weber zurück. »Mit der Weibersache? Das ist doch kein Grund zur Schande. Im Gegenteil. Wenn er schwul wär und sich mit Frank in der Garage vergnügt hätte, das wär was anderes.«

»Alles möglich«, gab ich zu bedenken. »Wer weiß.«

»Weißt du, an wen mich Strottmann junior erinnert?« Ich hatte keine Ahnung. Er würde es mir verraten.

»An einen Freund, den kenne ich seit dem Kindergarten.«

»Und?«

»Der hat schon im Sandkasten nur mit den Kindern gespielt, die ihm nützlich waren. So was gibt's...«, sagte Weber. »Das ist ein ganz kühl kalkulierendes Kerlchen.«

Ich mußte meinem Kollegen recht geben. Die Geburtstagssache war geschickt eingefädelt. Mit einem Sinn für das richtige Timing. Als Frank Bartels den Motor brauchte.

»Das ist kein Typ, der mordet«, befand Weber. »Der glaubt doch, daß er alles, was er haben will, kaufen kann.«

»Und was ist, wenn er es nicht kriegt?«

»Ja, dann?« Weber sah zur Decke. »Was dann?«

»Dann nimmt er es sich. Und wenn er Probleme kriegt, kauft er sich jemand, der ihm die Probleme vom Hals schafft.«

»So einer mordet nicht«, stellte Weber fest. »So einer läßt morden. Aber warum sollte er?«

»Keine Ahnung. Wie wär's, wenn du dir mal die beiden Kumpel vornehmen würdest?«

»Alles Blödsinn, die ganze Arbeit«, maulte er. »Es war ein Unfall. Wetten?«

»Mir ist das immer noch zu glatt.«

»Also gut«, gab er sich geschlagen. »Wenn du meinst... Ich knöpfe mir die vor. Und du?« fragte er mißtrauisch.

»Ich übe«, sagte ich.

»Du übst?« Seine Augenbrauen zogen sich über der Nasenwurzel zusammen. »Wofür?«

»Für die gute Sache«, tönte ich großspurig. »Ich rette die Ehre der Abteilung und der Frauen. Einer muß das ja machen.«

»Du läßt mich mit der Arbeit sitzen?« Seine Stimme hörte sich gefährlich an.

»Vorübergehend«, beruhigte ich ihn. »Nur vorübergehend.«

»Du willst doch nur 'ne Show abziehen«, rügte er mich. »Was willst du denn mit dem Scheißmotorrad machen?«

»Verschlußsache.« Ich legte den Zeigefinger über die Lippen. »Soll ja 'ne Überraschung sein.«

Er sah mich mißmutig an.

»Eh ich's vergesse. Fleischers Bericht.« Ich warf ihm den blauen Ordner über den Schreibtisch.

»Was meint er?« fragte Weber. »Mord, Selbstmord oder Unfall?«

»Unfall«, sagte ich und lief zur Tür.

»Und warum machen wir uns dann diese ganze Scheißarbeit?«

Weber verzog das Gesicht.

51

Das Wetter hatte sich wieder beruhigt. Keine Sonne, aber wenigstens war es trocken. Unter einem verhangenen Himmel rollte ich dem Wald entgegen. Die Laubbäume leuchteten in wilden Farben. Über einem Feld stand ein Greifvogel und schlug mit den Flügeln. Zwischen den Tannen stiegen die Herbstnebel vom Boden. Hier oben war der Winter zum Greifen nah.

Anna hatte Besuch. Keine Ahnung, wer das sein konnte. Der Wagen war nagelneu und kam mir irgendwie bekannt vor. Ich stellte meine BMW daneben. Weber hatte etwas verpaßt. Hier stand sein Traumwagen in Blaumetallic, und er war nicht da. Ich warf einen Blick durch die Scheibe. Hellgraues Velour. Das fahrbare Wohnzimmer. Auf dem Beifahrersitz lagen bunte Prospekte und Zeitungen. Eine barbusige Schönheit lächelte mich an. Die beiden hinteren Sitzreihen waren leer.

Zum Transportieren für alles, was Dreck machen könnte, hatte der Besitzer einen Anhänger an das Traumauto gehängt. Nicht besonders neu. Nicht besonders glänzend. Und sehr praktisch.

Ich lief um das Haus. Die Tür war offen.

»Anna?« Ich trat ein. Meine Freundin konnte nicht weit sein. Ich ging in die Werkstatt. Annas Sphinx stand auf zwei Böcken in der Mitte des Raums. Neben dem Marmorsockel lagen ein Hammer und ein Meißel. Ich strich über die kalten Pfoten und sah ihr ins Gesicht. Der untere Teil war sauber aus dem Stein gehauen. Das Kinn, die Lippen, eine gerade Nase. Darüber stand rauher unbehandelter Stein. Anna hatte keine Höhlen für die Augen herausgeschlagen. Die Sphinx war blind. Eine Gänsehaut lief mir über den Rücken.

»Bea, bist du das?« Anna stand in der Tür.

Ich ging auf sie zu und nahm sie in den Arm.

»Warum meldest du dich nicht an?«

Der Vorwurf in ihrer Stimme war unüberhörbar.

»Wenn ich störe, bin ich sofort wieder weg«, sagte ich.

»Du kannst bleiben. Aber ich habe zu tun. Ich kann mich nicht um dich kümmern.«

»Ich bin kein Baby.« Meine Stimme klang schroff. »Du brauchst mich nicht zu windeln.«

Anna lehnte im Türrahmen und lächelte.

»Ich weiß. Ich bin groß und stark und brauche niemanden. Wolltest du mir das nicht sagen?«

»Und ich habe eine große Pistole und fange Verbrecher. Das hast du vergessen«, sagte ich.

»Und du hast eine Freundin, zu der du gehen kannst. Die ist immer für dich da. Die ist nämlich blind und rührt sich nicht oft vom Fleck. Das ist praktisch.«

Sie hatte immer noch dieses Lächeln um die Lippen.

»Anna, du glaubst doch nicht wirklich...«

An diesem Punkt wußte ich nicht mehr, was ich sagen wollte.

»Du kommst immer nur, wenn du etwas willst, Bea. Ist dir das noch nicht aufgefallen?«

Das Lächeln verschwand von ihren Lippen.

»Was ist es denn diesmal?« fragte sie. »Dein neuer Fall? Liebeskummer? Soll ich dir den Rücken massieren? Oder brauchst du ein neues Zuhause für ein Haustier?«

Ich schluckte. »Du hast recht«, sagte ich. »Ich will wieder was. Ich wollte mit dem Motorrad hier bei dir üben.«

Anna ging in die Küche. Ich folgte ihr und setzte mich an den Tisch.

»Wenigstens lügst du nicht.« Sie tastete mit einer Hand den Rand der Spüle ab. Die Finger legten sich um den Hahn. Wasser schoß aus der Leitung in den Kessel.

»Es tut mir leid, Anna, ehrlich.«

»Das mit dem Motorrad ist in Ordnung. Du kannst auf den Platz gehen.« Sie stellte den Wasserhahn ab. »Aber komm bitte nicht hier rein. Wir wollen nicht gestört werden.«

»Wir sollten reden«, sagte ich. »In Ruhe.«

»Ja, das sollten wir«, Anna zog eine Dose aus dem Regal. »Aber nicht heute.«

»Wo ist das Kaninchen?« frage ich im Aufstehen.

»Neben dem Schuppen.«

»Willst du, daß ich es wieder mitnehme?«

Sie wandte mir ihr Gesicht zu.

»Spinnst du? Das ist ein Geschenk. Von meiner besten Freundin. Das geb ich nicht her.«

Ich nahm sie in den Arm und ging. Einfach so.

Über die Wiese kamen drei Männer mit einer Ziege zum Haus gelaufen. Einer der Männer winkte mir zu. Peter, Annas Bruder. Ich winkte zurück.

Der Nagezahn sah mich und kam sofort an das Gitter gehoppelt. Durch den Maschendraht preßte er mir seine Backe entgegen. Ich verstand den Wink und kraulte ihm die watteweichen Backen.

»Nicht schlecht hier«, verriet ich ihm. »Oder?«

Wohnungsmäßig hatte er sich schwer verbessert. Ein schöner großer Käfig, schätzungsweise viermal so groß wie der alte. Auch versorgungsmäßig konnte er nicht klagen. In einer Ecke lagen frische grüne Salatblätter und Möhren. Ein Napf quoll über von seinem geliebten Körnermischfutter.

»Bist du mir noch böse?« fragte ich ihn.

Er schloß die Augen und blieb mir die Antwort schuldig.

Die Sonne brach durch die Wolken.

Ich verabschiedete mich von meinem verflossenen Lebensgefährten. Er würdigte mich keines Blickes. Heute hatte ich einfach kein Glück bei meinen Freunden.

Über den holprigen Weg schob ich die Maschine in den Wald. Der Teppich von Tannennadeln und morschen Hölzern knirschte unter den Reifen. Rote Ameisen kletterten zu Hunderten einen braunen Hügel hoch und wieder herunter. Ein toter Igel lag mit aufgerissenem Bauch am Weg. Schwarze Fliegen krabbelten über das geronnene Blut und saßen in dem verwesenden Fleisch.

Sofort hatte ich das Bild des Toten vor mir. Die Maden, die aus dem Strangmal krochen. Anna hatte mir geraten, schöne Bilder zu sammeln. Ich verscheuchte das Bild wieder aus meinem Kopf.

Von Tannen und Laubbäumen gesäumt, lag der Übungsplatz mitten im Wald. Hier hatten wir mit Peters erstem Mofa unsere Kunststücke gemacht. Hier hatte ich während der Ausbildung mit meiner Walther rumgeballert, um zu üben. Mit der Munition, die er mir aus dunklen Quellen besorgt hatte.

Seit wann kannte ich Anna? Seit zwanzig Jahren, seit fünfundzwanzig Jahren?

Ich stieg auf die Maschine, setzte den Helm auf. Sie hatte recht, in den letzten Jahren war ich immer nur gekommen, wenn ich etwas wollte. Ich ließ den Motor an. Die Maschine vibrierte. Ich stieß mich ab. Mein Herz klopfte. Das Blut rauschte in meinem Ohren. Mit vollem Speed preschte ich auf die Schanze zu. Ich schoß über die Rampe und ein paar Herzschläge lang flog ich in den aufgerissenen Himmel. Strahlendes Blau brach durch dunkle Wolkenfetzen.

Eine Stunde später hatte sich der Himmel wieder zugezogen, und ich schob mit wackligen Knien meine BMW aus dem Wald. Webers Traumauto stand immer noch vor dem Haus. Vielleicht war Peter der stolze Besitzer. Dann hatte er entweder im Lotto gewonnen oder sich für den Rest seines Lebens verschuldet und unglücklich gemacht.

Aus dem Fenster über der Küche drangen Männerstimmen. Ich hörte Wasser rauschen und anschließend klar und deutlich ein lautes Blöken. Was machte eine Ziege in Annas Badezimmer?

52

Auf dem Weg zurück in die Stadt kamen mir Autos mit eingeschalteten Lichtern entgegen. Bunte Blechtiere mit blassen Leuchtaugen. Zentner von Blech, die mit einem unglaublichen Aufwand an Kraft bewegt wurden. Für einen Motor hatte Frank Bartels seine Freundin an einen Kollegen verkauft. Wenn Strottmann junior uns die Wahrheit gesagt hatte. Und bisher sah es verdammt danach aus.

Wie aus dem Nichts tauchten blaue Lichter vor mir auf. Kollegen in Uniform liefen über die Fahrbahn. Ich fuhr einen Bogen. Ein Wagen hing mit der Schnauze im Graben.

War Frank Bartels' Tod wirklich ein Unfall? Oder war es Mord? Und wenn ja, weshalb hatte er sterben müssen? Wer hatte ein Interesse daran, daß er tot war? Hatten seine Kollegen Angst, daß er wegen Vergewaltigung gegen sie aussagen könnte? Genug Angst, um zu töten?

Eine Straßenbahn klingelte. Ich bremste und stand auf einmal quer auf den Gleisen. Der Fahrer schüttelte ungläubig den Kopf. Ich räumte die Kreuzung.

Vielleicht war es ja doch ein Unfall. Selbstfesselung. Was wußte ich schon von den geheimen Lüsten ganz normaler Männer? Plötzlich war mir klar, wo ich hinwollte. Ein paar Meter entfernt befand sich eine Beratungsstelle für Prostituierte. Nachhilfe in Sachen Sex war genau das, was ich jetzt brauchte.

In den Fenstern an der Dudenstraße brannte Licht. Wer hier arbeitete, konnte nicht auf geregelte Bürozeiten bauen. Ich schellte. Der Summer brummte.

Eine blonde Frau mit einem schwarzen Hund erwartete mich am Ende der Treppe. »Keine Angst. Er ist ganz brav.« Sie tätschelte dem Hund die Flanken und sah mich freundlich an. »Kommen Sie herein.« Sie schob den Hund an die Seite und sperrte die Tür weit auf.

Ein heller Flur voll bunter Plakate. Aus der Spitze eines Damenpumps fuhr ein Schlangenkopf und fauchte. Das Maul des Reptils stand offen und gab den Blick auf spitze weiße Zähne und eine rot züngelnde Zunge frei. Sie führte mich in ihr Büro. Das Licht über dem Schreibtisch brannte. Wir setzten uns an einen runden Tisch. Der schwarze Hund legte sich neben ihren Stuhl und legte den Kopf auf die Pfoten. An der Wand hing ein rosa Plakat ›Sex auf Nummer Sicher‹.

»Mögen Sie einen Kaffee?« fragte sie. »Dann redet es sich leichter.« Sie lächelte mir aufmunternd zu. Nur die Falten um ihre Augen verrieten, daß sie schon einen langen Tag hinter sich hatte.

Ich zog den Reißverschluß meiner Lederjacke auf. Sie hielt mich für eine Klientin. Wie hatte der Verkäufer in dem Lederladen so schön gesagt? ›Du bist doch eher so ein dominanter Typ.‹

»Ich bin von der Polizei«, sagte ich und legte meinen Ausweis auf die lila Decke. »Beate Stein, 1. K.«

»Wenn Sie von der Sitte wären, würde ich Sie kennen. Jutta Bergmann-Klüth«, stellte sie sich vor.

»Kennen Sie sich aus in Selbstfesselungen?« fragte ich sie. »Ich könnte Nachhilfe gebrauchen.«

Sie lächelte müde.

»Fragen Sie mich lieber, womit ich mich nicht auskenne... Soll ich uns nicht doch einen Kaffee machen?«

Ich nickte. Sie sah aus, als könnte sie einen Muntermacher gebrauchen, und mir konnte er auch nicht schaden.

»Wenn Sie überhaupt Zeit für mich haben«, setzte ich nach.

Die Papierberge auf ihrem Schreibtisch sahen nicht nach Freizeit aus.

»Aber ja.« Sie stand auf und lief zur Tür. Der schwarze Hund hob den Kopf und ließ mich nicht aus den Augen.

Ich sah auf das rosa Plakat und las.

›Der normale oder Vaginalverkehr. Die Oberflächenstruktur der Scheide ist ähnlich gebaut wie die der äußeren Haut und daher ziemlich robust.‹

Ziemlich robust war ein ziemlich relativer Begriff. Wenn ich an die Fotos dachte, die ich schon auf meinem Schreibtisch liegen hatte.

›Bei einer hohen Anzahl von Freiern entsteht jedoch ein größeres Risiko von kleinen Verletzungen, daher sollten Gummis benutzt werden.‹

»Möchten Sie Milch und Zucker?« Sie huschte mit dem Geschirr durch die Tür.

»Schwarz«, sagte ich. Im Nu hatte sie die Tassen auf dem Tisch aufgebaut und war wieder aus der Tür.

›Champagner-Natursekt-Urinspiele‹, informierte ich mich weiter, ›sind nahezu risikolos. Es soll aber weder Urin geschluckt noch auf der Haut verrieben werden. Aus gesundheitlichen Gründen empfiehlt es sich, nur unter der Dusche zu arbeiten.‹

Ich stand auf, um alles Nähere unter der Überschrift ›Fummeln‹ zu lesen. Der schwarze Hund knurrte. Ich setzte mich wieder.

Fast lautlos kam sie zur Tür herein. Der Hund ließ zufrieden seinen Kopf auf die Pfoten fallen. Ich fragte mich, wie sie das schaffte, sich so leise zu bewegen.

»Fragen Sie nur«, forderte sie mich auf und goß den Kaffee in die Tassen.

»Wir haben da einen Fall von Selbstfesselung in einer Garage«, begann ich und trank einen Schluck.

Sie sah mich an und wartete.

»Ich bin mir nicht sicher, ob es ein Unfall ist.«

»Haben Sie in der Garage einschlägige Literatur gefunden?« fragte sie. »Oder einen großen Spiegel?«

»Keinen Spiegel. Ein Männermagazin mit nackten Frauen. Nichts Spektakuläres.«

»Wie hat er sich gefesselt?«

»Mit einem Seil«, gab ich Auskunft. »Um den Hals und um die Taille. Seine Lippen waren rot geschminkt, die Geschlechtsteile mit einem Strumpf abgebunden.«

»Haben Sie weibliche Dessous gefunden?«

»Nein.« Ich schüttelte den Kopf. »Nur den Lippenstift und die Zeitung. Das war alles.«

»Was genau wollen Sie von mir wissen?« fragte sie mich.

Ich zuckte die Schultern.

»Wie weit Selbstfesselung verbreitet ist, wie glaubwürdig so ein Szenario ist.« Ich zögerte. »Ich habe andauernd mit Toten zu tun. Und ich halte viel für möglich. Aber mir fehlt es...«, ich suchte nach einer halbwegs passenden Formulierung, »...an Erfahrung mit solchen Praktiken.«

Sie unterbrach mich nicht. Das war bestimmt das Wichtigste an ihrem Job. Zuhören können, leise sein und diskret.

»Und ich will mich nicht nur auf das verlassen, was meine Kollegen so erzählen«, schloß ich meine Ausführungen.

»Da sind Sie hier richtig.« Sie versuchte zu lächeln, aber diesmal machten ihre Augen nicht mit. »Sie glauben gar nicht, was diese Wände hier schon alles gehört haben. Das können Sie sich nicht vorstellen.« Sie lehnte sich zurück. »Fangen wir bei Ihrer ersten Frage an. Wie glaubwürdig so ein Selbstfesselungsszenario ist.«

Sie sah auf das rosa Plakat an der Wand und fuhr fort:

»Verbotene Dinge brauchen ihren Ort. Das Bordell, der Parkplatz im Wald und... näher am eigenen Haus... der Keller, der Dachboden, die Garage.«

Sie machte eine Pause.

»Ich finde Ihre Garage für Selbstfesselung sehr überzeugend. Auch wenn ein Spiegel fehlt«, fügte sie hinzu.

Sie sah mich aufmerksam an.

»Erzählen Sie mir mehr von dem Mann«, forderte sie mich auf.

»Er hat als Kfz-Mechaniker gearbeitet, hatte eine Freundin, die anschaffen geht, eine Wohnung, in der er mit ihr zusammengelebt hat. Und er hat erotische Fotos von seiner Freundin an Kollegen verkauft.« An dieser Stelle machte ich erst einmal Schluß.

Sie hatte mir aufmerksam zugehört. Jetzt dachte sie nach.

»Vielleicht hat ihn ja auch an seiner Freundin gereizt, daß sie Verbotenes tut, anschaffen geht...« sagte sie. »Das würde gut passen.«

»Und warum hat er sich nicht von ihr fesseln lassen? Wenn sie sich in dem Gewerbe auskennt...«

»Wollen Sie sich etwa in ihrer Freizeit mit Leichen befassen?«

Ich nahm meine Tasse vom Tisch. Jetzt konnte ich lesen, was unter ›Fummeln‹ auf der Wand stand. ›Fingernagelverletzungen durch Freier sollten auf jeden Fall ausgeschlossen werden.‹

»Wie verbreitet sind Selbstfesselungen?« fragte ich. »Können Sie mir das sagen?«

Sie strich die blonden Haare aus ihrem Gesicht.

»Schwer zu sagen.« Sie beugte den Oberkörper nach vorn. »Bevor ich hier gearbeitet habe, hätte ich mir nicht träumen lassen, was es alles gibt.« Sie schwieg. »Männer lassen sich ihre Geschlechtsteile auf Frühstücksbretter nageln.«

Sie sah auf den schwarzen zotteligen Hund.

»Anfangs hat mich das sehr schockiert. Aber heute?« Sie zuckte die Schultern. »Heute weiß ich, daß alles möglich ist. Alles, was Gefühle hervorruft, Körperreaktionen.«

Sie straffte ihren Rücken. Was sie da erzählte, ließ sie nicht kalt. Aber sie hatte sich in der Gewalt.

»Jede Körperöffnung läßt sich füllen, dehnen, stopfen, schmükken.« Es war leichter von Körperöffnungen zu reden, als sie beim Namen zu nennen.

»Hitze, Kälte«, fuhr sie fort. »Schmerz, Lust.«

Sie redete von Dingen, über die sie sich nicht erst seit heute Gedanken machte.

»Männlich, weiblich. Leder, Gummi«, zählte sie auf. »Immer geht es bis an die Grenzen, über die Grenzen hinaus.«

Sie kraulte dem schwarzen Hund die Ohren.

»Tiere habe ich noch vergessen. Und Kinder.«

Ihre Stimme klang bitter.

Ich dachte nach über das, was sie gesagt hatte.

»Da geht es doch nicht mehr um Lust«, sagte ich.

Sie legte eine Hand auf den Tisch.

»Manchmal denke ich, es geht darum, überhaupt etwas zu spüren.« Ihre Finger klopften auf die Decke. »Und dann denke ich wieder, es geht um das Jagen nach Höhepunkten. Höher, schneller, tiefer, härter.«

Die Finger trommelten auf den Tisch.

»Und ein anderes Mal denke ich, es geht nur um Kontrolle. Sich selbst unter Kontrolle zu haben, den eigenen Schmerz, die Lust, die Partner.«

›Griechisch-Analverkehr‹, stand auf dem Plakat an der Wand. ›Die Schleimhaut des Darmes ist sehr empfindlich und wird wegen der Enge der Körperöffnung beim Analverkehr immer verletzt.‹

»Stimmt es«, fragte ich, »daß Männer mit einem hohen Bildungs- und Ausbildungsstand ungewöhnliche Praktiken bevorzugen? Fesselungen zum Beispiel? Und alles, was Schmerz verursacht? Entspricht das Ihren Erfahrungen?«

»Ja und nein«, antwortete sie. »Sich Schmerzen zufügen lassen ist teuer. Das können sich nur gutverdienende Männer leisten.« Sie hielt kurz inne. »Und es stimmt auch, daß Männer in einer Machtposition gern die entgegengesetzte Rolle spielen, sich demütigen lassen.«

»Aber es gibt auch Männer, die nicht viel verdienen und in den Studios arbeiten, um sich das zu erlauben. Die kenne ich auch«, sagte sie.

Sie legte ihre Hand flach auf den Tisch.

»Und die anderen?« fragte ich. »Die in kein Studio gehen?«

»Die probieren es zu Hause.« Sie lächelte. Ihre Augen lächelten mit. »Wenn sie eine Garage zum Experimentieren haben. Und wenn es nicht klappt, landen Sie bei Ihnen. Das ist nämlich alles gar nicht so einfach«, setzte sie nach. »Umsonst werden die Frauen in der Branche nicht so gut bezahlt. Auch für das Fesseln gibt es Expertinnen.«

»Expertinnen?«

»Im Material gibt es Spezialisierungen. Es gibt Frauen, die vorzugsweise mit Leder arbeiten, mit Gummiseilen, mit Strümpfen. Da besteht die geringste Verletzungsgefahr«, ergänzte sie. »Das ist ein sehr angenehmes Material.«

»Was sind das für Frauen, die in dieser Sparte arbeiten?« fragte ich sie.

Sie betrachtete das rosa Perlmutt auf ihren Fingernägeln.

»Intelligente Frauen«, sagte sie. »Frauen mit Phantasie und Einfühlungsvermögen. Frauen, die gern selber handeln.«

»Es kann nicht angenehm sein, Männer zu quälen«, vermutete ich.

»Angenehmer, als gequält zu werden. Finden Sie nicht?«

Sie sah mir in die Augen.

»Doch. Da haben Sie recht.«

Ich stand auf und gab ihr die Hand.

»Danke für den Kaffee und die Nachhilfe.«

Sie nahm zwei Broschüren vom Schreibtisch und reichte sie mir. ›Tips für Frauen, die anschaffen‹ in Rot. Und ›Tips für Frauen, die aussteigen‹ in Grün.

»Schaffen viele Frauen den Ausstieg?« fragte ich.

Sie schüttelte den Kopf.

»Es wird immer schwerer. Wohnen, arbeiten, leben. Das ist für die Frauen kaum noch machbar. Manche schaffen's trotzdem«, fügte sie hinzu. »Wenn sie Hilfe bekommen.«

»Staatliche Hilfe?« erkundigte ich mich.

»Manchmal kriegen wir das hin«, sagte sie. »Aber offiziell ist das nicht. Der Staat kassiert«, ihre Stimme war bitter, »aber eine Umschulung finanziert er nicht.«

»Kennen Sie Tina Hetzel?« fragte ich ins Blaue.

Sie sah mich überrascht an.

»Ja, wir haben mit dem Sozialamt wegen der Übernahme der Krankenhauskosten verhandelt.«

»Ist sie nicht versichert?« fragte ich.

Sie lächelte müde.

»Jede Frau, die anschafft, wird sofort aus der gesetzlichen Krankenkasse geworfen, wenn die herauskriegen, was sie macht.«

»Und die privaten?«

»Die nehmen sie gar nicht erst auf.«

»Das darf doch nicht wahr sein«, entfuhr es mir.

»Das denken wir auch oft. Aber leider ist es so.«

Sie hatte auch keinen Job, um den ich sie beneidete.

»Für Tina hat erst einmal das Sozialamt gezahlt. Da waren wir froh. Hoffentlich kriegen wir das auch weiter so hin. Bei längeren Krankenhausaufenthalten zahlt das Sozialamt nicht mehr. Sie will aufhören«, fügte sie hinzu. »Und sie kann es schaffen. Was hat Tina mit der Kripo zu tun?«

»Sie war die Freundin des Toten.«

»Ach, dann ist Tinas Freund tot«, sagte sie nachdenklich.

»Er war der junge Mann in der Garage«, informierte ich sie. »Kannten Sie ihn?«

»Nein.« Sie schüttelte den Kopf. »Nur aus Erzählungen.«

»Aus welchen Erzählungen?«

Es dauerte eine Weile, bis sie antwortete.

»Aus Tinas Erzählungen«, sagte sie. »Ich kenne ihn aus Tinas Erzählungen.«

Das klang, als wollte sie sich den Satz gut einprägen.

»Fanden Sie ihn sympathisch?« wollte ich wissen.

»Ich kann mir kein Urteil erlauben.«

Wieso war sie auf einmal so verdammt vorsichtig?

»Wenn Sie mal eine Frage in bezug auf Leichen haben…« Ich gab ihr meine Visitenkarte. »Ich revanchier' mich gern.«

»Darf ich Ihnen auch etwas geben?«

Sie hielt mir ein paar rote Plastiklippen hin. »Die verteilen wir auf der Straße und in den Clubs.«

Das Lächeln vertrieb die Müdigkeit aus ihren Augen.

Ich klappte die Lippen auf, und ein eingeschweißtes Kondom sprang mir entgegen.

Vor der Tür empfingen mich vertraute Geräusche, vertraute Bilder. Das Klingeln einer Straßenbahn, die hell erleuchtet mit ein paar einsamen Fahrgästen die Hohe Straße hinunterfuhr. Zwei Frauen stiegen aus einem Taxi. Drei Männer in Anzügen gingen in eine Kneipe.

Die Welt tat so, als wäre sie nicht total aus den Fugen.

53

Meine Motorradkluft lüftete auf dem Sofa. Ich lümmelte frisch geduscht in meinem Kimono am Fenster. Heute abend brauchte ich nichts als ein paar Gläser Riesling und viel Ruhe. Ich sah nach draußen. Der Mond versteckte sich hinter dunklen Wolken. Die Laterne schien auf feuchtes Pflaster. In den Rinnsteinen häuften sich die Blätter. Ein Auto mit gelben Lichtern fuhr vom Parkplatz am Hafen.

Ich nippte an meinem Wein. Das Hafenamt lag hell erleuchtet am anderen Ufer. Weiter weg erkannte ich die Greifarme der Kräne vom Schrottplatz. Dort landeten früher oder später all die blitzenden Neuwagen, die heute noch hinter Strottmanns Glasfenstern blinkten. Webers Traumwagen würde auch so enden.

Ich dachte an Frank Bartels' nackten Körper, wie er in der Garage gebaumelt hatte. Ein passendes Ende für einen wie ihn. Gleich neben seinem roten Spitfire, für dessen Motor er seine Freundin verkauft hatte.

Wem würde Frank Bartels fehlen? Ich setzte mein Glas an. Er würde Tina fehlen. Tina, die ihn geliebt hatte. Tina, die er verraten hatte.

Wie ich es drehte und wendete, ich fand kein Motiv für einen Mord. Warum sollten die Kollegen ihn umbringen, wenn niemand die Vergewaltigung anzeigen wollte? Warum sollte Tina ihn umbringen, wenn sie seine Beteiligung an der Vergewaltigung so erfolgreich verdrängt hatte? Wie ich es drehte und wendete, ein Mord ergab einfach keinen Sinn.

Ich trank mein Glas leer.

Mach dir das Leben nicht unnötig schwer, flüsterte eine Stimme in meinem Kopf. Du hast Fleischers Bericht. Er sagt Unfall. Sag auch Unfall. Führ den verdammten Fall zu einem Ende.

Es geht nicht nur um den Fall, flüsterte ich in meinem Kopf zurück. Es geht um die Wahrheit. Wenn es mir nicht darum ginge, hätte ich schon längst das Handtuch geworfen in diesem blöden Verein. Ich will wissen, wie es war. Darum geht es. Jedesmal.

Belüg dich nicht, dröhnte die Stimme in meinem Kopf. Es geht nicht um die Wahrheit. Es geht um dich. Du willst wissen, wie alles für dich war.

Ich preßte die Hände an die Schläfen.

Die Stimme schwieg.

Ich trug die Flasche Wein mit dem Glas an mein Bett.

Eins war klar. Ich konnte diesen Fall nicht eher zur Seite legen, bis ich wußte, was wirklich in der Garage geschehen war.

Aufrecht mit einem Kissen im Kreuz saß ich im Bett. An Schlafen war nicht zu denken. Der Wein in meinem Glas glänzte goldgelb. Ich kippte das Glas. Die Flüssigkeit wogte zur Seite. Ich hielt das Glas wieder gerade. Feine Perlen stiegen vom Boden an die Oberfläche.

Ich trank aus und füllte nach.

Bilder stiegen auf in meinem Kopf.

Anna mit dem Kaninchen im Schoß, die schwarze Maske und die Handschellen auf dem Blätterboden im Wald, eine Made, die sich in einer Wunde windet, ein Mann, der seine Geschlechtsteile auf einem Frühstücksbrett drapiert.

Ich trank den Wein in gierigen kurzen Schlucken.

Sauf nicht so viel, warnte die Stimme in meinem Kopf.

Sei du bloß ruhig, blaffte ich sie an.

Ich goß mir das Glas wieder voll.

Anna hatte mir geraten, schöne Bilder zu sammeln. Ihre Kamera lag seit Tagen schon einsam und verlassen in meinem Golf. Ein einziges Bild hatte ich damit geschossen. Gab es denn in diesem Fall überhaupt schöne Bilder?

Plötzlich sah ich vor mir ein Lavendelfeld unter einem blauen Himmel und zwei lachende Gesichter Wange an Wange.

Ich hielt die Bilder fest und trank langsam Schluck für Schluck den Wein aus. Jetzt war mir wohlig warm.

Ich stellte das leere Glas auf den Nachttisch und machte das Licht aus.

Sauf nicht so viel, meldete sich wieder die Stimme in meinem Kopf. Aber da war es längst zu spät. Meine Augen fielen zu.

54

Vor dem Eingang zum Präsidium stand ein Sendewagen des lokalen Fernsehens, umringt von einer Traube von Männern. Ich schlug den Kragen meiner Lederjacke hoch und versuchte unerkannt vorbeizukommen. Ein braungebrannter Muskeltyp schnitt mir den Weg ab. Er schrieb für das ›Echo‹, angeblich überparteilich und liberal.

»Hi.« Er stellte sein Jeansbein quer auf die Stufen vor mir.

»Hi«, sagte ich und blieb stehen.

»Netter Anzug«, sagte er, »steht Ihnen gut.«

»Ihre Krawatte ist auch nicht schlecht.« Er trug gar keine.

Mit der Hand fuhr er sich in den offenen Kragen. »Ich mag Ihren Humor. Hat man selten. Warum haben Sie sich nicht mal gemeldet?« Irgendwann hatte er mir eine Karte zugesteckt. ›Ruf doch mal an.‹

»Ich steh eher auf schüchterne Typen«, verriet ich ihm.

»Sie wissen ja nicht, was Ihnen entgeht.«

»So ist es.« Ich stieg über sein Bein weiter nach oben.

»Hey«, rief er mir nach. »Ist es bei Ihnen üblich, Geständnisse mit Alkohol zu erpressen?«

Er hatte einen Treffer gelandet. Ich drehte mich um.

»Wovon reden Sie überhaupt?«

Er stieg mir nach.

»Der Mord an dem Nachtportier. Der Mann widerruft sein Geständnis. Er sagt, er wär's nicht gewesen. Ihre Kollegen hätten ihn mit Bier abgefüllt, damit er gestand.«

»Und die Kollegen, was sagen die?« fragte ich.

»Darauf warten wir alle hier«, sagte er. »Bisher vergeblich.«

»Na dann, fröhliches Warten«, wünschte ich und ließ ihn stehen.

»Wie wär's mit Kino?« rief er mir nach. »Sie bestimmen den Film.«

»Ich überleg' mir's«, rief ich zurück.

Ich grüßte unseren Portier hinter der Theke und sprang in den Paternoster. Ächzend schaufelte er mich nach oben. Kollege Kerner hatte also mit den Bierflaschen in der Plastiktüte keine Beförderung gefeiert, sondern eine arme Seele zum Plaudern gebracht. Ich weiß, warum ich ihn so liebe.

Weber saß vor der aufgeschlagenen Zeitung am Schreibtisch.

»Hast du schon gelesen?« freute er sich. »›Für Bier hätte ich auch zehn Morde gestanden.‹«

»Ich weiß Bescheid. Draußen ist großer Auftrieb. Die warten auf eine offizielle Erklärung.«

»Was hältst du von der Sache?« fragte Weber. Er klappte die Zeitung zusammen.

»Ich weiß nur, daß Kollege Kerner mit klirrenden Flaschen über den Gang gehuscht ist, als verhört wurde. Du kennst ja seine Methoden.«

»So ein Arsch«, schimpfte Weber. »Der macht alles, nur damit er einen einbuchten kann. Wenn wir so wären, hätten wir längst den jungen Strottmann eingesackt.« Mit der zusammengerollten Zeitung fegte er über seinen Schreibtisch. »Und würden uns genauso blamieren.«

»Du hast mit den anderen beiden Jungs gesprochen?«

Er nickte. »Die haben die Sache mit der Vergewaltigung bestätigt. So haben die das natürlich nicht genannt. Das kannst du dir denken. Aber es war genauso, wie er uns gesagt hat.« Er warf die Zeitungsrolle in den Papierkorb.

»Du glaubst nicht, daß die sich abgesprochen haben könnten?« fragte ich.

»Nein.« Er schüttelte den Kopf. »Die haben sich seither nicht gesehen. So einen Schock hatten die. Beide waren sauer auf Strottmann junior, weil der ihnen das eingebrockt hat.«

»Drei Verdächtige weniger«, stellte ich mißmutig fest. »Die hätte ich zu gern festgenommen. Schon allein wegen der Vergewaltigung.«

»Das Geld ist am Abend selber über den Tisch gegangen. Cash. Daß die Tina das nicht gesehen hat«, wunderte er sich. »Zehn blaue Lappen kann man doch nicht für 'nen Zwanziger zum Zigarettenholen halten.«

»Liebe ist«, dichtete ich drauflos, »wenn man nur noch sieht, was man sehen möchte.« Ich begann, die Papiere auf meinem Schreibtisch durchzusehen. Neue Erlasse, ein Rundschreiben meiner Gewerkschaft zur Umstrukturierung unserer Behörde.

»Und wie weiter?« fragte ich meinen Kollegen und fuhr fort, die Papiere zu sichten. Eine Anfrage der Staatsanwaltschaft in einem Fall, der neu aufgerollt wurde. Ein Nachbar, der verdächtige Aktivitäten auf dem angrenzenden Grundstück anzeigen wollte. Völlig unerklärlich, was alles auf meinem Schreibtisch landete.

»Wir hören auf.« Er kratzte sich mit dem stumpfen Ende eines Bleistifts hinter dem Ohr. »Es war ein Unfall.«

»So sieht es aus«, sagte ich nachdenklich. »Aber mir ist das immer noch zu glatt...«

»Ich finde, es paßt.« Weber drehte den Bleistift zwischen den Fingern. »Das war so ein Spielertyp. Mal probieren, wie's läuft. Er hat's mit den Fotos probiert, mit seiner Freundin. Und mit sich selbst.«

»Hast du schon den Bericht der Spurensicherung?« fragte ich.

Er schüttelte den Kopf.

»Dann klemm dich da mal hinter«, empfahl ich ihm. »Und ich spreche noch mal mit Tina. Wenn das nichts gibt, machen wir Schluß.«

Die Tür ging auf. Petra kam zu uns an den Schreibtisch.

»Habt ihr mal 'ne Fluppe?«

Weber zog die Schublade mit seinen geheimen Vorräten auf.

»Immer noch Menthol?«

Petra schnupperte mißtrauisch an der Zigarette. Weber riß ein Streichholz ab und gab ihr Feuer.

»Euch sieht man ja gar nicht mehr«, beklagte sie sich. »Und ich kann nonstop ans Telefon.« Sie schlug die Beine übereinander.

»Wir wären auch lieber im Büro«, entschuldigte uns Weber.

Petra zog an ihrer Zigarette. Das Ende zwischen den lackierten Nägeln glühte.

»Redet nicht so 'nen Stuß«, sagte sie. »Den glaubt euch doch keiner.«

»Irgendwer Wichtiges am Telefon?« fragte ich.

»Deine Mutter. Einen schönen Gruß, und sie hat morgen Geburtstag. Und dein Lover. Der mit der sexy Stimme.«

»Sonst noch was?« wollte ich wissen.

Sie zuckte die Schultern. »Hab' ich alles abgewimmelt. Die melden sich später.«

»Und für mich?« fragte Weber.

»Deine Frau. Ein paarmal. Das macht die doch sonst nicht«, staunte Petra. »Die arbeitet doch.«

»Noch nichts von zweiten Flitterwochen gehört«, klärte ich sie auf. »Soll es alles geben.«

Mein Kollege wurde tatsächlich rot. Petra kicherte.

»Noch was.« Sie zeigte auf die Plastiktüte, die am Fensterkreuz hing. »Kannst du nicht dafür sorgen, daß das endlich hier wegkommt? Die Kollegen von der Sitte machen ihre Witze.«

»Die ham's nötig«, sagte ich.

»Ich hab reingeguckt.« Petra schüttelte sich. »Pfui Teufel. Schenk das Zeug irgend 'nem Perversen.«

»Hast du Kerner gesehen?« erkundigte ich mich.

»Die haben sich eingeschlossen«, informierte sie uns. »Heinze, Kerner und der Dröge. Den ganzen Morgen schon.«

Es klopfte an der Tür. Petra nahm einen letzten Zug und drückte die Zigarette im Aschenbecher aus.

»Herein«, dröhnte Weber.

Die Tür ging auf. Ein Mann mit einer dunklen Tolle strahlte uns an und streckte uns die Zeitung entgegen. Er lächelte. Der goldene Schneidezahn blitzte.

»Ich war's«, rief er voller Begeistung. »Ich habe den Portier mit dem Eisenrohr erschlagen.«

Ein paar Wochen lang hatte Herr Rudolf keine Morde mehr gebeichtet. Es war schön, ihn in seiner Bestform zu erleben. Ich hatte mir fast schon Sorgen um ihn gemacht.

»Wir sind für den Fall leider nicht zuständig.« Ich lächelte Herrn Rudolf bedauernd an. »Zwei Türen weiter, Zimmer zweihundertelf. Die Herren helfen Ihnen weiter.«

»Danke, Frau Kommissar.« Herr Rudolf machte eine Verbeugung. »Vielen Dank.« Er verbeugte sich noch mal.

»Herr Rudolf«, ermahnte ich ihn.

»Ja, Frau Kommissar.« Der Schneidezahn blitzte.

»Und kein Wort, von wem Sie den Tip haben. Sonst kommen wir Sie zu dritt mit der Eisenstange besuchen.«

»Frau Kommissar.« In seinen Augen stand blankes Entsetzen.

»Es muß ja nicht dazu kommen«, beruhigte ich ihn.

»Kommt es nicht.« Er schüttelte beflissen den Kopf. »Kommt es bestimmt nicht. Frau Kommissar.« Er machte einen Diener und wich rückwärts zur Tür.

»Zimmer zweihundertelf.« Ich zwinkerte ihm zu. »Viel Glück.«

55

Die Sonne schien erstaunlich kräftig. Als wollte sie noch einmal zeigen, was sie konnte. Von Wärme beschwingt schlenderten die Menschen mit Jacken unter dem Arm durch die Straßen. Kellner trugen die letzten Eisbecher ins Freie. Hunde steckten ihre Schnauzen in bunte Blätterhaufen.

Ich rollte mit meiner Maschine durch die Herbstsonne, einer ganz anderen Welt entgegen. Einer Welt, in der Menschen in weißen Betten von Menschen in weißen Kitteln betreut wurden.

Ein Krankenwagen hielt vor dem Eingang. Zwei Männer in

grauen Uniformen trugen einen alten Mann auf einer Trage in die Aufnahme. Ich vergewisserte mich bei der Dame mit dem weißen Häubchen, daß Tina Hetzel noch auf derselben Station lag, und stieg in den Aufzug. Ohne Begleitung schwebte ich nach oben. Vor der Stationstür stoppte mich ein Weißkittel. Ich zückte meinen Ausweis und durfte weiter.

Tina Hetzel war nicht auf ihrem Zimmer. Die Frau im Bett vor dem Fernseher war dieselbe wie bei meinem letzten Besuch. Es kam mir so vor, als hätte auch der Film nicht gewechselt. Löwen streiften durch die Savanne. Bestimmt kamen gleich die Tierfänger und brachten sie in den Zirkus. Die Augen der Frau waren auf den Bildschirm geheftet.

Ich trat an das Fenster mit den gelben Gardinen und sah nach draußen. Der Park der Anstalt. Ein Essigbaum leuchtete glutrot in der Ferne. Weißkittel schoben Menschen in Rollstühlen über den Rasen.

»Tina ist unten.« Ich fuhr zusammen. Die Frau mit den Kopfhörern hatte gesprochen. Sie sah mich nicht an, sondern weiter auf den Bildschirm. »Die kommt gleich.«

Ich schielte auf Tinas Bett, die zurückgeschlagene Bettdecke. Auf dem Nachttisch standen bunte Astern, eine grüne Flasche Mineralwasser, ein halbvolles Glas. Ein aufgeschlagenes Buch lag daneben. »Englisch für Anfänger.«

Dann setzte ich mich an den Tisch, studierte die Bilder an den Wänden. Van Gogh, die Brücke bei Arles und das gelbe Café. Bestimmt hätte er sich nicht träumen lassen, daß seine Bilder genau wie er einmal in einer Anstalt landen würden.

Die Tür ging auf. Tina kam in Röhrenjeans mit dickem schwarzen Pullover zur Tür herein. Die Zeit des lachsrosa Bademantels war anscheinend überstanden.

»Wollen Sie zu mir?« Graue Augen sahen mich aus einem weißen Gesicht neugierig an.

»Ich hätte noch ein paar Fragen«, sagte ich. »Es wär nett, wenn Sie mit mir reden.«

»Warum nicht?« Sie setzte sich auf einen Stuhl zu mir an den Tisch. »Ist doch wegen Frank, oder?«

»Ja«, sagte ich. »Wir kommen nicht weiter.«

»Da kommen Sie zu mir?« Sie stützte einen Arm auf, legte das Kinn in die Hand und sah mich an. »Ist ja stark.«

Ich sah auf ihre Haare, die toupiert vom Kopf weg standen. Ein schwarzes Nest, mit Haarspray fixiert.

»Die Männer, die Sie vergewaltigt haben, waren es nicht.«

Nach meinen ersten Worten hob sie den Kopf und hielt sich mit beiden Händen am Tisch fest.

»Wir sind ganz sicher, daß sie es nicht gewesen sein können.«

»Aber die waren's.« Sie sah mich beschwörend an. »Die hatten Schiß wegen Frank.«

Mir war unwohl bei dem, was ich jetzt sagte.

»Sie erklären übereinstimmend, daß sie Frank Geld bezahlt haben. Geld für Sie.«

»Die spinnen doch«, schrie sie mich an.

Ich wich zurück.

»Feige Schweine sind das. Das ist nicht wahr.«

Ich ließ ihr Zeit, sich zu beruhigen.

»Und Sie glauben denen.« Sie schlug sich mit der Hand vor die Stirn. »Das halt ich im Kopf nicht aus. So blöd können nur Bullen sein.«

»Die drei haben Alibis. Die können es nicht gewesen sein.«

»A-li-bis«, sie spuckte verächtlich die Silben aus. »Die lügen Ihnen die Hucke voll.«

Was ich jetzt sagte, würde ihr noch weniger gefallen.

»Sie sagen, das Geld für Sie ging an dem Abend über den Tisch. Zehn Hundertmarkscheine. Das müssen Sie doch mitgekriegt haben.«

»Nein«, schrie sie mich an. »Verdammt noch mal. Es war ein Zehner für Zigaretten. Ein Zehner...«

Sie zog einen Fuß hoch und verschränkte die Arme vor der Brust. »Hauen Sie doch ab, wenn Sie mir nicht glauben. Machen Sie 'ne Biege.«

»Ich will nur herausfinden, wie Frank Bartels gestorben ist, dafür muß ich wissen, wie er war.«

Sie zog den zweiten Fuß hoch, legte beide Arme vor die Knie. »Er war so lieb«, sagte sie. »So lieb.«

Sie ließ ihren Kopf auf die Knie fallen.

»Alle hacken sie auf ihm herum. Warum?«

»Wer hackt auf ihm herum?«

»Der Doktor, Vera, was weiß ich«, wich sie aus.

»Wieso hacken die auf ihm herum?«

»Die sagen, er wär schlecht für mich gewesen. Was wissen die schon.« Sie hob den Kopf und sah mich an. »Ich war mit ihm zusammen. Nicht die.«

»Wieso war er schlecht für Sie?«

»War er ja nicht.« Sie wischte mit dem Pulloverärmel über die Augen.

»Was sagen die über ihn?« fragte ich sie.

»Na ja. Daß er nur wegen dem Geld bei mir ist, war. Mist.«

Die Tränen standen in ihren Augen, quollen über den Rand. Sie zog die Nase hoch. Ich wartete.

»Er war nicht dagegen, daß ich aussteige. Stimmt alles nicht.«

»Und warum sagen die das?«

»Was weiß ich?« Sie schniefte laut und fuhr sich mit dem Ärmel über das Gesicht. »Die kannten ihn eben nicht.«

»Wie lange müssen Sie noch hierbleiben?«

»Noch ein, zwei Wochen. Dann komm' ich raus.«

»Und was machen Sie dann?«

»Schule.« Sie sah mich herausfordernd an. »Diesmal pack ich's bestimmt.«

Sie ließ ihre Knie los und stellte die Beine auf den Boden. »Der Doktor sagt, ich pack's. Und Vera auch. Selbst das mit dem Riechen hab ich jetzt im Griff. Riecht gut hier, finden Sie nicht?«

»Doch, ja«, sagte ich leicht verunsichert.

»Wer ist Vera?« fragte ich. »Ihre Mutter?«

»'ne Mutter hab ich nicht mehr«, sagte sie. »Meine Eltern können Sie vergessen. Die sind tot für mich.«

»Und Vera?« hakte ich nach.

»'ne Freundin.« Sie sah mich an aus ihren grauen Augen. »'ne echte Freundin.«

Die Sonne fiel auf van Goghs gelbes Café.

»Und?« fragte sie mich. »Kommen Sie jetzt weiter?«

»Ich weiß nicht«, sagte ich. »Vielleicht war es ja doch ein Unfall.«

»Ein Unfall?« Ihre Stimme war empört. »Nie im Leben. Dafür würde ich mir die Hand abhacken lassen.«

Sie legte eine weiße Kinderhand auf den Tisch. Der Ärmel des Pullovers rutschte hoch und legte das orangefarbene Strickbündchen frei. Es verdeckte die Narben, die im Inneren des Handgelenks lagen.

56

Der Gang war voller Menschen. Die Aufregung um das von Kerner präsentierte falsche Geständnis sorgte weiter für volle Flure. Mir sollte es recht sein. Solange Heinze mit dem Fall beschäftigt war, konnten wir in Ruhe arbeiten.

Unerkannt schaffte ich es in unser Büro. Weber saß an seinem Schreibtisch und zupfte zufrieden an seinem Schnurrbart.

»Wir können den Fall zu den Akten legen.«

Er reichte mir ein paar Blätter über den Tisch.

»Lies mal, was Gebhard schreibt.«

Unaufgefordert brachte er mir einen Kaffee. Er mußte verdammt froh sein, wenn der Fall endlich von unserem Schreibtisch verschwand.

Ich schluckte den Kaffee und machte mich an die Arbeit.

Wie ich es geahnt hatte. Die Knoten gaben nichts her. Das Seil war in jedem Baumarkt zu haben. Artikelbezeichnung ›Spleitex‹, sechs Millimeter stark, verrottungsfest und schwimmfähig. Sogar die DIN-Norm hatte Kollege Gebhard erfaßt. 83 329. Die Jungens waren wirklich gründlich. Mehr als dreihundert Kilo konnte man an dem Teil liften.

In diesem Stil ging es weiter, Seite für Seite. Mikrospuren von diesem, Materialfäden von jenem. Nichts, was auf einen Mord hingewiesen hätte.

Frank Bartels hatte in seiner Garage einiges gesammelt. Werkzeuge, Ersatzteile, Elektrokram. Ich hätte wetten können, daß manches davon der Firma Strottmann in ihrem Lager fehlte. Das Batterieaufladegerät zum Beispiel.

Nach der ganzen Technik war der Damenstrumpf eine Wohltat. Ein getragener Strumpf mit undefinierbaren Schweißspuren. Gängige Marke, sechzig Denier, Größe zwei, Farbe schwarz. Ohne fünfstellige DIN-Norm und Schätzungen, welche Gewichte man an ihm festmachen konnte, ehe er riß.

Der Lippenstift trug die Fingerabdrücke des Toten. Die Kollegen hatten Marke und Farbe notiert. An diesem Punkt stolperte ich. Warum sollte sich Frank Bartels so einen teuren Lippenstift leisten? Tina hatte sich nur Lippenstifte der unteren Preisklasse angeschafft.

Weil er sich etwas Gutes tun wollte, sagte ich mir in Gedanken. Weil die Selbstfesselung für ihn etwas ganz Besonderes sein sollte. Ich schlug den Ordner zu.

»Na?« Weber gierte nach meinem Urteil.

»Wir legen den Fall zu den Akten.« Ich überreichte ihm feierlich Gebhards Akte.

»Das wurde auch Zeit«, befand er. »Da haben wir viel zu lange dran gesessen.«

Er legte die Akte auf seinen freien Schreibtisch.

»Ich habe immer noch so ein komisches Gefühl«, gestand ich ihm. »Das ist alles zu glatt.«

»Vergiß es«, empfahl er mir. »Der Fall ist zu Ende. Es gibt kein Motiv.«

Irgend etwas in meinem Kopf klingelte.

»Gib mir noch mal die Akte«, bettelte ich. »Ganz kurz.«

Er stöhnte laut auf. »Nein. Nur über meine Leiche.«

»Weber«, bettelte ich weiter. »Sei nicht so hart. Das paßt nicht zu einem intelligenten, kinderlieben Kollegen.«

»Intelligent, kinderlieb.« Er streichelte geschmeichelt seinen Bart. »Und? Was noch?«

»Gutaussehend«, log ich. »Großzügig, schnell, tierliebend, humorvoll.« Mir fiel nichts mehr ein.

Er gab mir den blauen Ordner.

»Der Fall ist abgeschlossen«, warnte er mich.

Ich schlug die erste Seite auf, blätterte weiter.

»Der Fall ist abgeschlossen«, beruhigte ich ihn.

Seite fünf, da war es. Die Auflistung der Gegenstände, die die

Kollegen im Spitfire gefunden hatten. Da stand, was ich gesucht hatte. Das, was nicht paßte. Ein Dinosaurier aus Gummi. Tyranno Saurus Rex. Gelobt sei die Sorgfalt der Spurensucher. Material: Gummi. Größe: ca. 30 Zentimeter. Fabrikat: Kiddycraft.

»Gib sofort die Akte wieder her.«

Ich prägte mir die Angaben ein und schlug den Ordner zu. Er riß ihn mir aus der Hand.

»Ich will von diesem Fall nichts mehr hören.«

Es klopfte kurz. Petra kam zur Tür herein.

»Deine Mutter hat heute Geburtstag. Denk dran.«

Weber legte den Ordner in eine Schublade und grinste schadenfroh.

»Sie hat gesagt, ihr seid im Westfalenpark verabredet.«

Ich konnte mich an keine Verabredung erinnern.

Weber schloß die Schublade mit dem Ordner ab.

»Um wieviel Uhr?« fragte ich.

»Jetzt gleich, sagt sie, um vier.«

»Ich bin schon weg.«

»Vergiß die Tüte da nicht.« Petra zeigte auf den Plastikbeutel am Fenstergriff. »Ich kann das Zeug nicht mehr sehen.«

»Das mach ich nur dir zuliebe.« Ich nahm den Beutel vom Haken.

57

Lore war nicht zu übersehen. Sie ist nie zu übersehen. Meine Mutter saß auf einer Bank, von der aus sie den Eingang im Blick hatte. Eine Mähne grauer Locken, Zigarillo im Mundwinkel, ein Modell aus ihrer unerschöpflichen Kollektion selbstgehäkelter Ungeheuer über dem strammen Busen. Die Stäbchenmaschen gaben den Blick auf schwarze Spitze frei.

»Muß das sein?« empfing sie mich. »An meinem Geburtstag?« Sie musterte meine Motorradkluft ungnädig.

Mit den Jahren habe ich mich daran gewöhnt, daß wir nicht den gleichen Geschmack in Sachen Kleidung haben. Ich drückte ihr mein Mitbringsel in die Hände.

»Herzlichen Glückwunsch auch. Zum Geburtstag.«

Der dicke Dahlienstrauß hatte die Fahrt auf dem Motorrad nicht ganz unbeschadet überstanden. Gelbe und braune Blütenblätter rieselten über die Wände der durchsichtigen Verpackung.

»Die sind schon alt«, befand sie unbarmherzig und ohne Sinn für die großen kosmischen Zusammenhänge, denen sie selbst ausgesetzt war.

Ich war froh, daß ich nicht Tage mit der Suche nach einem passenden Geburtstagsgeschenk vertan hatte. Ein Geschenk, das vor den Augen meiner Mutter Gnade findet, gibt es nämlich nicht.

»Das ist meine Tochter«, erklärte sie dem schmalen Mann an ihrer Seite.

»Das ist Erwin«, informierte sie mich.

Erwin war in grünes Tuch verpackt und trug einen Hut mit einem buschigen grauen Wedel. Beide Hände auf einen Wanderstock gelehnt, der mit silbernen Plaketten beschlagen war, lächelte er mich aus hellen Augen gewinnend an.

»Wollt ihr hier Wurzeln schlagen?«

Schon sahen wir Lore nur noch von hinten. Wir hefteten uns an ihre Fersen. Von der Treppe am Aufgang zur Seilbahn winkte sie uns zu.

Erwin und ich waren um Längen abgeschlagen. Sein Handicap war ein steifes Bein. Meins waren die schweren Motorradstiefel. Erwin pausierte kurz, auf den Stock gestützt, und atmete schwer. »Ein Mordsweib, Ihre Frau Mutter.« Bewundernd sah er auf die Figur am Ende der Treppe.

»Wo bleibt ihr denn?« klang es ungeduldig von der Treppe. »Ich habe schon die Karten.«

Eine blauweiße Gondel schaukelte zu uns heran. Lore stieg zuerst ein. Ich half Erwin und sprang nach.

Unter mir flanierten Menschen auf schnurgeraden Wegen an abgezirkelten Blumenbeeten vorbei. Ein Streifen dunkelblaue Blumen, hellblaue Blumen, ein Streifen rosa. Ein Stern von Astern in unterschiedlichen Rottönen. Die Sonne hüpfte über die Blumen, als wollte sie sich ausschütten vor Lachen.

»Guck mal, Erwin, die Dahlien.«

»Nein. Ist das schön.«

Entweder Erwin log, oder es hatten sich tatsächlich zwei verwandte Seelen gefunden.

»Was für ein schöner Tag.« Erwin streichelte die Hand meiner Mutter.

»Ihr wärt ja nie auf so eine Idee gekommen«, stellte sie klar. »Du nicht und meine Tochter erst recht nicht.«

Erwin tätschelte die Hand meiner Mutter weiter.

Die Gondel ruckelte der Endstation entgegen.

»Jetzt lade ich euch ins Turmrestaurant ein.«

Mir wäre ein Plätzchen im Freien lieber gewesen. Aber es war ihr Geburtstag.

Der Fahrstuhl war gerammelt voll.

»Turmrestaurant.«

Wir kämpften uns zum Ausgang. Die meisten wollten eins höher, auf die Aussichtsplattform.

»Da ist ein Tisch frei.«

Meine Mutter saß schon, als wir zum Tisch kamen.

»Und da fahren die Leute nach Spanien.«

Sie zeigte mit dem offenen Handteller nach draußen. Als ob sie uns die Stadt, die da unten lag, servieren wollte.

Von hier oben sah alles ganz friedlich aus. Spielzeughäuser, Spielzeugstraßen. Sonnig und harmlos.

»Du mußt hier den Apfelkuchen essen, Erwin«, befahl Lore.

Ich blätterte in der Speisekarte.

»Eis mit warmen Kirschen«, entschied ich mich.

»Die kommen aus dem Glas«, rügte sie mich.

Es war ihr Geburtstag, aber es war mein Magen.

Erwin entschwand zur Toilette.

»Na, wie gefällt er dir?« Lore klemmte sich einen Zigarillo zwischen die Lippen.

»Er scheint dich zu mögen«, sagte ich vorsichtig.

»Das ist ja wohl nicht schwierig.«

Ihr Selbstbewußtsein war mit den Jahren nicht weniger geworden.

»Und?«

»Ich kenne ihn ja erst kurz«, gab ich zu bedenken. »Du mußt mit ihm klarkommen.«

Sie nestelte an einem Träger herum. Unter den hellblauen Maschen ihres Pullovers blitzte die schwarze Spitze.

»Wir wollen heiraten. Oder findest du, daß ich dazu zu alt bin?«

»Du und alt«, beruhigte ich sie. »Du bist doch topfit.«

»Ich bin noch ganz gut in Schuß.« Sie zog ihr Häkelungeheuer in die Länge. Die Maschen weiteten sich über ihrem Busen. »Ganz gut in Schuß. – Aber du machst mir Sorgen«, sagte sie.

»Ich? Wieso?«

Immer hatte sie eine Überraschung für mich auf Lager.

»Wenn du dich so zurechtmachst, findest du nie einen Mann. Keinen zum Heiraten jedenfalls.«

Ich dachte, das Thema wäre erledigt. Ich hatte mich zu früh gefreut. Verunsichert sah ich an mir herunter. Sie hatte es wieder mal geschafft. Nicht, daß ich heiraten wollte. Aber trotzdem.

»Ich fahre Motorrad. Soll ich mich in einem Plisseerock auf die Maschine setzen?«

»Schwarzes Leder ist vulgär. Du siehst aus wie eine Nutte.«

Eins muß ich ihr lassen. Sie macht aus ihrem Herzen keine Mördergrube.

»Na, worüber redet ihr gerade?« Erwin lehnte seinen Wanderstab an den Tisch.

»Ein Gespräch unter Frauen, Modesachen.«

»Es gibt wenige Frauen, die sich so geschmackvoll kleiden wie Ihre Frau Mutter.«

Erwin tätschelte verliebt Lores Hand.

Es mußte auch Häkeldeckenliebhaber geben. Häkeldecken über strammen Busen.

Ich widmete mich meiner Eiskrem und den Kirschen und überließ die beiden Turteltauben sich selbst. Warum schaffte sie es nur immer, daß ich mich über sie ärgerte? Oder ärgerte ich mich nur über mich selbst?

»Es ist bestimmt nicht immer leicht für Sie, mit so einer dynamischen Mutter«, eröffnete Erwin das Gespräch.

Lore stand an der Theke und wartete auf den Kellner.

»Sie ist nur außen so rauh.« Erwin sah mich beschwörend an. »Hier drin...«, er tippte auf einen silbernen Knopf an der linken Seitentasche seiner grünen Jacke, »... schlägt ein Herz aus Gold.«

Eins stand fest. In Erwin hatte Lore einen echten Fan gefunden.

»Ihre Mutter ist so eine tolerante, aufgeschlossene Frau«, schwärmte er weiter. »Wenn Sie verstehen, was ich meine.« Erwin wurde rot. »Ich hätte nie gedacht, daß ich so etwas noch einmal erlebe. Meine verstorbene Frau war so prüde.«

Ich war hellwach. Das war ja interessant, was ich da zu hören kriegte.

»Nein, prüde ist sie nicht«, sagte ich gegen jedes bessere Wissen.

Meine erste Schminke hatte sie mir mit einem kalten Waschlappen aus dem Gesicht gerieben.

»Ich habe jüngere Frauen kennengelernt.« Erwin kam in Fahrt. »Die können sich von Ihrer Frau Mutter eine Scheibe abschneiden, was die Experimentierfreude angeht.«

Er kicherte in sich hinein.

»Heute ist ja alles viel toleranter geworden. Das hätten wir uns früher gar nicht vorstellen können.«

»Strapse, Leder, Gummi«, zählte ich auf. Der Fall in der Garage hatte meinen Horizont erweitert.

»Intimschmuck«, setzte Erwin beschwingt meine Aufzählung fort.

Er nahm die Dekoration vom Untersetzer meines Eisbechers. Vergnügt schwang er das Glöckchen mit dem bunten Papier. Es klingelte hell.

Experimentierfreude, Intimschmuck. Die Worte machten sich in meinem Kopf breit. Wo war ich hier eigentlich?

Erwin schwenkte weiter mit roten Bäckchen den Papierschmetterling mit Glocke.

»Wir können.«

Lore steckte die Rechnung in ihre Handtasche. Intimschmuck. Was um Gottes willen verbarg sich unter der hellblauen Häkeldecke und dem blauen Tuch um ihre Hüften? Mir wurde ganz anders.

Der Höhepunkt der Veranstaltung fand vor der Wasserorgel statt. Händchenhaltend saßen Erwin und Lore neben mir auf der Holzbank. Walzerklänge schepperten aus den Lautsprechern.

Wasser brach sich den Weg aus unzähligen Metallpfeifen. In schlanken Fontänen stieg es hoch, fiel wieder zusammen, blieb auf halber Höhe stehen, schwang sich erneut nach oben.

Eine Frau mit einem buntgewebten Tuch über der Schulter legte ein Kind an die Brust. Auf der Rasenfläche vor dem Wasser setzte sich ein kleiner Junge auf einen großen Ball und hüpfte damit über das Gras. Die Enten flüchteten ins Wasser.

Ich dachte an den Gummisaurier, den die Kollegen in Frank Bartels' Spitfire gefunden hatten.

Die Frau mit dem bunten Tuch legte das Baby zurück in den Wagen. Warum war keinem von uns das Gummitier aufgefallen? Frank Bartels schwärmte für schnelle Autos, nicht für Tiere. Kinder schwärmten für Dinos. Waren mir in diesem Fall überhaupt Kinder begegnet, oder hatte ich sie schlicht übersehen?

Die Lautsprecher schwiegen. Möwen setzten sich auf die Metallpfeifen. Die Oberfläche des Wassers war wieder glatt.

Im Pulk mit anderen Wasserorgelfreunden und -freundinnen zogen wir dem Ausgang entgegen.

Lore und Erwin begleiteten mich zu meiner Maschine.

»Das war ein schöner Geburtstag.«

Ich konnte kaum glauben, daß ein so unglaublich positiver Satz den Weg aus dem Mund meiner Mutter gefunden hatte. Was weiß eine Tochter schon von ihrer Mutter?

Sie schob sich einen Zigarillo zwischen die Zähne.

Ich spielte an den Riemen, mit denen die Tüte auf meinem Gepäckträger festgezurrt war.

Lore blies den Rauch aus. Die geballte Ladung zog Erwin ins Gesicht. Es störte ihn nicht. Er lächelte milde.

Ich löste die Gummiriemen über der Plastiktüte.

»Erwin«, sagte ich. »Sie gehören ja jetzt zur Familie.«

Lore kaute nervös an ihrem Stümpchen.

»Das habe ich im Wald gefunden.«

Ich reichte ihm die Tüte.

»Für mich ist das nichts.«

Lore zermalmte den Zigarillo unter ihren Füßen.

»Ich bin zu prüde.«

Erwin hielt die Tüte. Zu zweit beugten sie sich darüber.

Ich gab Gas und nutzte die Gunst der Sekunde.

Vielleicht waren sie ja ganz begeistert von meinem kleinen Präsent. Vielleicht aber auch nicht.

58

Die Abendsonne stand auf dem Wasser, und die Wellen kräuselten sich graugrün. Möwen schaukelten in den Wellen. In der Ferne schwebten die Greifarme der Kräne bewegungslos über den Schrottbergen.

Auf dem Parkplatz ließ ein Mann einen Hund von der Leine. Mit großen Sätzen rannte er los und jagte die Blätter, die der Wind über den Boden fegte.

Ich entspannte in meinem Stuhl am Fenster. Vor mir auf der Fensterbank lagen die Gegenstände, die ich mit einigem Glück noch kurz vor Ladenschluß erbeutet hatte. Ein Gummisaurier, ein Lippenstift und eine Trillerpfeife. Ich nahm die schwarzglänzende Hülle und schraubte den roten Stift heraus. Eine schmale Säule Rot, am Ende schräg angeschnitten. Wenig Ware für viel Geld. ›Rouge extrême‹ von Dior. Für diesen Lippenstift hatte ich vierzig Mark über eine feinriechende Ladentheke geschoben. Ich schraubte ihn wieder zu. Sollte sich Frank Bartels wirklich einen so teuren Stift geleistet haben? Bei der Pornozeitung hatte er sich für ein Magazin der billigeren Sorte entschieden. Ich setzte den Lippenstift auf die Fensterbank zurück.

Drei Jungen mit Baseballmützen sprangen über die Absperrungen vor den Gleisen der Hafenbahn. Über die alten Schwellen liefen sie auf die Brücke zu.

Ich spielte mit dem Saurier. Auf zwei Hinterbeinen stand er frei in meiner Hand. Eine untergegangene Art. Riesen, die sich auf dieser Welt nicht halten konnten.

Im Grunde geht es immer nur um das eine. Ums Überleben. Um nicht mehr und nicht weniger. Tod oder Leben. Ich dachte an Tina im Krankenhaus. An ein blasses Gesicht unter schwarzen, struppigen Haaren. Eine junge Frau, die leben will, aussteigen, ein neues

Leben beginnen. Und an ihren Freund, einen jungen Mann mit lustigen Grübchen. Einen Mann, der seinen Sportwagen mehr liebte als seine Freundin. Einen Mann, der nicht mehr war.

Tod oder Leben. Zwei Menschen auf einer Schaukel, die keine Balance hält, sich in die eine oder andere Richtung neigt. Für Tina hatte sich die Schaukel zweimal in die falsche Richtung bewegt. Die Vergewaltigung, der Selbstmordversuch. Tina zwar zweimal am Boden. Jetzt bewegte sich die Schaukel für sie aufwärts. Wäre das möglich, wenn Frank noch lebte?

Das Telefon schellte. Ich schnappte mir die Pfeife. Schwarz mit grünem Bändchen. Nach dem dritten Klingeln hob ich ab.

»Ja?«

»Lady Martina?«

»Am Apparat«, log ich.

»Sind Sie das?« Der Mann hustete. »Eine Lady, vor der auch der größte Mann klein und der kleinste Mann groß wird?«

»Still«, klärte ich ihn auf. »Bei mir werden die Männer ganz schnell still.« Ich setzte die Pfeife an die Lippen und pustete los. Es wirkte auf der Stelle. Das Besetztzeichen tutete mir entgegen.

In diesem Fall verfolgten mich die Ladys. Lady Elvira, Lady Martina. Ich versuchte, die Teile des Puzzles in meinem Kopf zusammenzukriegen. Den Lippenstift, den schwarzen Strumpf, mit dem die Geschlechtsteile von Frank Bartels abgebunden waren.

Der Fall ist abgeschlossen, warnte die Stimme in meinem Kopf. Was soll das? Das kommt sowieso vorne und hinten nicht hin.

Sei still, stoppte ich die Stimme in meinem Kopf. Wer ist hier die Kriminalhauptkommissarin. Du oder ich?

59

Ich sah auf die Leuchtzahlen meines Weckers. Halb sieben. Das letzte Mal war ich um halb fünf aufgewacht. Was für eine Nacht. Kaum eingeschlafen, war ich wieder wach. Aufgeschreckt von Bildern, die mein Herz zum Klopfen brachten. Der Fall hatte meine Phantasie auf Touren gebracht.

Ich war mit einem Motorrad den Fernsehturm hochgerast, hatte Tina aus den Fängen eines Sauriers gerettet, mein Telefon aus dem Fenster geworfen und ein goldenes Herz aus einer Plastiktüte befreit.

Was wollte mir mein Unterbewußtsein sagen? Ich sprang aus dem Bett und warf die Kaffeemaschine an. Die Sache mit dem Motorrad war klar. Wenn ich mich nicht blamieren wollte, mußte ich mich für ein paar Tage zum Training in die Sandberge absetzen.

Ich kletterte über die Bohrmaschine in die Badewanne. Warum hatte ich im Traum mein Telefon aus dem Fenster befördert? Ich streckte mein Gesicht dem heißen Wasserstrahl entgegen. Die Anrufe nervten mich anscheinend mehr, als ich mir eingestehen wollte.

Ich warf den Bademantel über. Mit triefend nassem Haar und auf nackten Füßen lief ich in die Küche. Koffein ist noch eines meiner harmloseren Rauschmittel. Blieben noch Tina und der Saurier und das goldene Herz aus meinem Traum.

Ich rubbelte die Haare trocken. Körperlich fühlte ich mich etwas schlapp. Ansonsten rundum vitalisiert und wild entschlossen, an diesem Tag sämtliche ungelösten Probleme meines Lebens in Angriff zu nehmen.

Das Tückische an solchen Stimmungen ist, daß sie nicht lange anhalten. Manchmal krieche ich schon nach zwei Stunden von soviel Aufregung geschwächt ins Bett zurück.

Ich wuschelte vor dem Spiegel meine Haarfransen trocken und widmete mich ausgiebig meiner Morgentoilette. Heute früh war Zeit genug für das volle Programm.

Ich steckte den Lippenstift und den Saurier in die Tasche und machte mich auf den Weg. Die Luft war frisch. Aus dem Hafenbecken stiegen Nebel auf. Die Blätter meiner Kastanie klebten feucht auf dem Bordstein.

Mit der Morgenzeitung unter dem Arm schloß ich die Tür zu unserem Büro auf. Diesmal hatte ich es vor Weber geschafft. Ich stellte den Saurier auf den Schreibtisch. Dann schlug ich die Zeitung auf.

Kerners Fall mit dem falschen Geständnis war von Seite eins auf Seite vier gewandert. Das hieß, wir mußten ab morgen wieder auf die Zuwendung unseres Dienststellenleiters gefaßt sein. Auf Seite eins wurde die traurige Haushaltslage der Stadt erörtert. Welche Hallenbäder geschlossen und welche Bücherbusse abgeschafft werden sollten, auf welchen Straßen das Licht demnächst nachts ausgeknipst wurde.

Die Tür sprang auf.

»Du hier? So früh?«

Meinem Kollegen gingen die Augen über.

Ich hatte nicht das Gefühl, daß meine Anwesenheit ihn begeisterte. Mit zusammengekniffenen Augen begutachtete er den Saurier.

»Wo hast du den her?« fragte er mich.

»Gefunden.«

»Stand da nicht was von einem Saurier in dem Bericht der Kollegen? Einem Tyrannus?«

»Ist nicht wahr«, staunte ich. »So ein Zufall.«

»Der Fall ist abgeschlossen.«

»Aber ja«, beruhigte ich ihn. »Wie geht es Inga und den Kindern?«

»Seit wann interessierst du dich für Kinder?«

Heute mißtraute mir mein Kollege auf der ganzen Linie.

»Ich bin gleich weg. Und morgen und übermorgen auch.«

»Urlaub?«

Ich schüttelte den Kopf. »Ich fahr nach Borkenberge zum Training.«

»Und mich läßt du hier mit dem Papierkram sitzen. – Willst du 'n Kaffee?«

»Aber nur 'n guten.«

Er ging zu der Maschine.

Ich blätterte in der Zeitung. Einmal vor und zurück. Dann fing ich wieder von vorn an.

»Suchst du was Bestimmtes?« fragte er mich.

»Ich krieg' da so blöde Anrufe.«

»Was für Anrufe?«

»So in der Art von ... ich habe Ihre Anzeige gelesen und möchte das mal probieren, die Wiedergeburt in Gummi zum Beispiel.«

»Da will dich einer ärgern.«

»Dachte ich auch erst«, gab ich zu. »Aber es ist immer jemand anders.«

Da war die Seite, die ich suchte. Möbel, Hausrat und Verschiedenes. Eine satte Spalte mit Kleinanzeigen.

»Vielleicht 'ne Clique von Perversen?«

Weber stellte mir den Becher mit dem Kaffee auf den Schreibtisch.

»Dazu klingt es zu seriös.«

Ich nahm den Bleistift und ging die Anzeigen durch. ›Kommen + Sehen + Staunen + Wohl Fühlen.‹ Ich strich den ›Herrenclub Nummer 1‹ durch.

»Und was suchst du jetzt da?«

»Wart's ab.«

Vom ›Bunny Club‹ über ›Sonjas Körpermassage‹ bis hin zu der ›Partnervermittlung Tipptopp‹ und dem ›Sonnenstudio Anna‹: Fehlanzeige. So schnell ließ ich mich nicht entmutigen. Ich machte weiter.

»Ich hab's.« Zufrieden verpaßte ich der Anzeige einen Rahmen.

»›Club Roxette‹«, las ich Weber vor, »›mit Studio und Telefonfee‹. Das ist es. Hör dir mal die Telefonnummer an: 823756.«

»Das ist doch deine«, wunderte er sich.

»Nicht ganz. Ich habe nicht 56 am Ende. Ich habe 65.«

»Du glaubst, die haben einen Dreher gelandet?«

»Vermutlich. Aber eins verstehe ich nicht...« Ich überlegte. »Keiner hat nach 'nem Club Roxette gefragt. Immer nur nach irgendwelchen Ladys. Und nach speziellen Dienstleistungen.«

»Ist doch klar«, sagte er. »Die schalten überall andere Anzeigen. Je nach Zeitung, je nach Kunden.«

»Du meinst, mal wirbt der Club Roxette mit seiner Telefonfee, mal mit Lady Elvira, mal mit den Gummispezialitäten...«

»Genauso läuft's«, bestätigte mein Kollege.

»Das ist ja beruhigend. Wenn da einmal 'n Dreher drin ist, geht er durch alle Anzeigen.«

»Modernes Marketing. Für TV-Erziehung wirbst du anders als für Entspannungsmassage.«

»Und was ist das, TV-Erziehung?«

»Erziehung für Transvestiten. Oder so ähnlich.« Weber grinste. »Da sollten wir Kerner abgeben.«

»Und wovon sollen wir die Lady bezahlen?« fragte ich. »Bei unserem Gehalt.«

»Wozu haben wir Kontakte...«, sagte er. »Vielleicht nimmt dich die Chefin von Studio dreizehn.«

Ich trank einen Schluck Kaffee.

»Wie nennen wir dich denn?« Er sah mich fragend an.

»Lady Beate.«

»Bist du verrückt? Du willst doch wohl nicht unter deinem richtigen Namen arbeiten?«

Webers Satz schlug in meinem Hirn Funken. Ich kippte den Kaffee herunter, packte den Saurier in meine Tasche und warf die Lederjacke über die Schulter.

»Ich muß los.«

»Du hast's aber auf einmal eilig.«

Ich rannte zur Tür. »Vergiß den Papierkram nicht.«

Bevor ich mich in die Sandberge schlug, mußte ich unbedingt noch zu den Kollegen von der Sitte.

60

Die frische Luft brachte meine Hirnzellen auf Trab. Während ich meine BMW wie einen widerspenstigen Gaul durch die Senken trieb und die Hügel hochjagte, flottierten sämtliche Puzzlestücke des Falls frei in meinem Kopf. Der Besuch bei den Kollegen von der Sitte hatte mir einen Namen und eine Adresse eingebracht. Noch war ich nicht sicher, wie die Teile zusammenpaßten. Aber ich war nah dran.

Runde um Runde kämpfte ich mich über den harten Parcours. Die Reifen meiner Maschine fraßen sich tief in den Sand. Ich gab Gas, steuerte den nächsten Huckel an. Es haute mich aus dem Sattel, ich flog über den Lenker und knallte in den Sand. Ein paar Meter entfernt lag die Maschine, die Räder kreisten in der Luft. Ich rappelte mich auf. Ein Reißen in der Schulter, mehr nicht. Mit weichen Knien lief ich zu meiner Mühle, packte mir den Lenker und stemmte sie hoch. Ich schwang mich in den Sattel und warf den Motor an. Plötzlich wußte ich, was ich zu tun hatte.

Auf glattem Beton rollte ich in die Stadt zurück. Die Maschine glitt schwerelos über die gerade Piste. Sie hatte den Härtetest locker verkraftet. Ich nicht. Meine Schulter schmerzte, und in meinen Armen spürte ich die Anstrengung, mit der ich den Lenker gehalten und ausbalanciert hatte. Abgesehen von solchen Kleinigkeiten fühlte ich mich ganz fit.

Ich steuerte der Adresse entgegen, die ich im Kopf gespeichert hatte.

Das Haus sah fröhlich aus. Mit Blumenkästen vor den Fenstern und bunten Rollos. Gegenüber war ein Spielplatz. Zwei Teenager saßen auf der Lehne einer Bank, Dosen in der Hand. Ich drückte auf die Klingel.

Schritte näherten sich hinter der Tür. Ich öffnete meine Tasche und nahm den Saurier in die Hand.

Eine Frau mit kurzen weißen Haaren stand in der Tür. Sie trug ein hellblaues Strickkleid mit einem runden Kragen, der von einer weißen Litze eingefaßt war. Freundliche blaue Augen sahen mich an.

Ich räusperte mich. Manchmal bin ich nicht besonders stolz auf die Tricks, mit denen ich arbeite.

»Guten Abend.« Ich gab mir Mühe, ein möglichst sanftes, möglichst überzeugendes Lächeln zu produzieren. »Entschuldigen Sie bitte die Störung. Ich wohne zwei Straßen weiter. Wir sind Nachbarn sozusagen.«

Ich hielt den Saurier hoch.

»Den habe ich auf der Straße vor Ihrem Haus gefunden«, sagte ich. »Und weil ich gesehen habe, daß hier Kinder wohnen, dachte ich mir...« Ich führte den Satz nicht zu Ende.

»Kommen Sie herein«, sagte sie. »Wir essen gerade zu Abend.« Ich folgte ihr in das Wohnzimmer.

Zwei Kinder saßen an einem gedeckten Tisch. Ich schätzte den Jungen auf sieben oder acht. Er trug ein rotes T-Shirt mit einer Palme. Drumherum schwarze Buchstaben im Kreis. ›Dubai, Queen of the Emirates.‹ Das Mädchen in der Bluse mit den gelben Sternen sah jünger aus.

»Möchten Sie vielleicht auch etwas essen?« fragte die Frau mit den weißen Haaren. »Es ist genug da.«

Sie rollte Spaghetti mit roter Tunke auf ihre Gabel.

»Nein, danke.« Es wäre mir lieber gewesen, sie hätte mich nicht ganz so nett behandelt. Ich verdrängte mein schlechtes Gewissen und stellte den grünen Saurier auf das weiße Tischtuch.

Der Junge ließ die Gabel fallen und sprang von seinem Stuhl. »Das ist meiner«, rief er aufgeregt und kam um den Tisch herum zu mir gelaufen.

»Das ist mein Tyro.« Er zeigte auf das grüne Plastiktier.

»Das heißt nicht Tyro«, belehrte das kleine Mädchen ihren Bruder. »Das heißt Tyrannus Saurus Rex. Tyrannus Saurus Rex.« Das lange Wort ging ihr locker über die Lippen.

Der Junge nahm den Saurier in die Hand.

»Den habe ich von Frank.«

Mein Herz klopfte schneller vor Aufregung. Es ist jedesmal ein spannender Moment, wenn ich merke, daß ich mit meinen Vermutungen richtig liege.

»Der gehört mir.«

»Frank ist dein Freund?«

Er nickte mit dem Kopf.

»Der ist mit uns auf die Kirmes gegangen. Die ganz große.«

»Wir sind mit ihm Geisterbahn gefahren«, sagte das kleine Mädchen. Hellbraune Haare, die von roten Plastikspangen gehalten wurden, fielen links und rechts von ihrem Gesicht über schmale Schultern.

»Bist du auch schon mal Geisterbahn gefahren?« fragte sie mich.

»Ich fahre ganz oft Geisterbahn«, verriet ich ihr. »Jeden Tag fahre ich Geisterbahn.«

»Auf der Kirmes?« Die rote Spange rutschte an dem dünnen Haarschweif nach unten.

»Nimmst du uns mit?« bettelte der Junge. »So wie Frank?«

»Hört auf zu betteln«, ging die weißhaarige Frau dazwischen. »Sonst kommt ihr ins Bett.«

»Ja, dann will ich mal...« Ich stand auf und sah zu dem Bild über der Anrichte. Auf dem Rücken goldfarbener Kamele trabte eine Gruppe von Beduinen durch unendliche Sanddünen.

»Wo wohnen Sie?« Die Frau mit den weißen Haaren erhob sich vom Tisch.

»Zwei Straßen weiter«, sagte ich schnell. »Tschüs ihr beiden«, verabschiedete ich mich von den Kindern.

Der Junge hielt den Saurier in der Hand und ließ ihn über das Tischtuch springen. Das kleine Mädchen sah gespannt zu. Ich interessierte sie nicht.

»Das war nett von Ihnen.«

Die Frau mit den freundlichen blauen Augen hielt mir die Haustür auf.

»Der Kleine hat sich gefreut. Das haben Sie ja gesehen. Kommen Sie ruhig mal wieder vorbei.«

»Ich werd' sehen, was sich machen läßt«, versprach ich.

61

Die Teenies hatten die Bank geräumt. Ich zog die Lederjacke aus und fegte damit mehr symbolisch die graue Sitzfläche. Ein paar Schritte entfernt lagen drei grüne Bierdosen im Sand. Ich widerstand der Versuchung, ordnend tätig zu werden, und nahm Platz. Die Aussicht war bestens. Kein Auto kam ungesehen an mir vorüber.

Eine Katze sprang aus den Büschen und näherte sich zögernd. Bald rieb sie ihr Tigerfell an meinen Stiefeln. Ich kraulte ihren Kopf. Sie ließ sich in den Sand fallen und streckte die Pfoten von sich. Meine Hände strichen über die weiche Haut am Bauch. Zufrieden schnurrte sie los.

»Du bist viel zu vertrauensselig«, schimpfte ich mit ihr. »Wenn ich nun ein Tierfänger wär und dich in das nächste Labor bringen würde?« Unbeirrt schnurrte sie weiter.

Wir haben alle unsere schwachen Seiten. Stellen, an denen wir wehrlos unseren Gefühlen ausgesetzt sind. Ich wuschelte in dem Fell hinter den Katzenohren. Bei mir ist das auch nicht anders. Vor zwei Monaten hätte ich meinen Freund noch aus der Wohnung geworfen, wenn er mit einem Bohrer angerückt wäre. Heute lächelte ich milde und überließ ihm mein Badezimmer zum Ausschlachten.

Keine Ahnung, was in den letzten beiden Monaten passiert war. Ich streichelte der Katze die hellen Bauchflanken. Irgendeine weiche Stelle bei mir mußte er erwischt haben.

Früher oder später erwischt es jeden. Ohne Ausnahme. Auch die, die nach außen besonders hart tun. Die gerade.

Die Katze rollte sich zur Seite und legte den Kopf neben die eingeknickten Pfoten. Wenn ich die Nacht hier verbringen sollte, war ich zumindest in guter Gesellschaft.

Der Mond stand schräg vor weißen Wolken. Motorengeräusche. Der gestreifte Tiger sprang auf. Ein Auto bog in die Straße. Die Katze verschwand zwischen den Büschen. Der weiße BMW holperte über das Pflaster direkt auf mich zu. Dann bog er nach rechts, wendete und fuhr auf das Haus zu, das ich vor kurzem von innen kennengelernt hatte. Nach einer Weile klappte das Garagentor zu.

Das mußte sie sein. Ich überlegte. Was wollte ich überhaupt von ihr? Die Wahrheit. Nicht mehr und nicht weniger. Ich wollte endlich wissen, was sich in der Garage abgespielt hatte. An einigen Stellen fehlten mir in meinem Puzzle noch die dazugehörigen Steinchen.

Ich stiefelte zu der Telefonzelle am anderen Ende des Spielplatzes. Vorbei an einem Klettergerüst mit nachtschwarzen Rohren. Ich schob die Telefonkarte in den Metallschlitz. Dann drückte ich die silbernen Tasten. Das Freizeichen ertönte.

Es brauchte seine Zeit, bis sich jemand meldete.

»Hallo.« Eine Frauenstimme.

»Spreche ich mit Vera Kuhlmann?«

»Am Apparat«, sagte die Frauenstimme am anderen Ende der Leitung.

»Tina braucht Sie«, sagte ich. »Sie hat mich gebeten, Sie anzurufen.«

»Ist etwas passiert?« Ihre Stimme vibrierte vor Aufregung.

»Es geht schon wieder«, schwindelte ich. »Tina möchte Sie sehen. Heute noch.

»Wer sind Sie?« fragte sie mißtrauisch.

»Ich arbeite auf der Station«, sagte ich und hängte den Hörer ein.

Es dauerte keine fünf Minuten, und die Garagentür sprang auf. Der BMW startete. Ich hängte mich dahinter. In halsbrecherischem Tempo raste sie über die leeren Straßen. Vor einer Ampel rollte ich an ihre Seite. Mit bloßen Händen trommelte sie unruhig auf das Lenkrad.

Während ich mit meiner BMW hinter ihr herraste, jagten sich in meinem Kopf die Gedanken.

›Wer ist Vera‹, hatte ich Tina gefragt.

›Eine gute Freundin‹, hatte sie geantwortet.

Und was für eine...

Dies war der Beweis, daß sie uns bei unserem Gespräch im Studio angelogen hatte. Sie wußte sehr wohl, wo Tina sich aufhielt. Sie steuerte so sicher durch die dunklen Straßen, als ob sie den Weg zu Tina ans Krankenbett noch mit verbundenen Augen finden würde.

Warum war ich nicht eher darauf gekommen, wer Vera war? Warum hatte ich sie bei unserem Besuch im Studio nicht nach ihrem richtigen Namen gefragt?

Weil du zu im Kopf warst, vernagelt, voll von Vorurteilen. Die unangenehme Wahrheit explodierte in meinem Kopf. Für dich war sie eine Hure. Mehr nicht. Madama Claude. Das hat dir gereicht. Die Frau dahinter interessierte dich nicht.

Ich konnte mich noch genau an ihre kühle, vernünftige Stimme erinnern. ›Ich habe eine Mutter und zwei Kinder zu versorgen. Glauben Sie etwa, ich könnte mir Gefühle leisten?‹

62

Der weiße BMW bog auf den Parkplatz. Ich stellte die Maschine neben die Aufnahme und wartete auf sie vor dem hellen Haupteingang.

In einem leichten weißen Mantel kam sie auf den Eingang zugelaufen. Die Neonröhren leuchteten auf die kurzen blonden Haare, die breiten Wangenknochen, die vollen Lippen. Madame Claude, die Chefin des Studios dreizehn. Auch wenn ihre Lippen jetzt dezent rosa geschminkt waren und sie einen hellen Mantel aus Fallschirmseide trug. Es war dieselbe Frau, die mir im Studio mit dramatisch geschminkten Katzenaugen und schwarzen Lackschalen über dem Busen gegenübergesessen hatte.

»Frau Kuhlmann.« Ich ging auf sie zu. Sie blieb stehen.

»Kripo? Was wollen Sie von mir?«

»Ich habe Sie herbestellt«, sagte ich. »Tina geht es gut.«

Wortlos drehte sie sich um. Mit schnellen Schritten lief sie über den Parkplatz. Ich lief hinterher. Sie schloß die Autotür auf und setzte sich hinter das Steuer.

»Ich muß mit Ihnen reden.«

»Sind das Ihre Methoden? Arbeiten Sie immer so?«

»Ist Ihnen eine schriftliche Einladung aufs Präsidium lieber?«

»Was wollen Sie von mir?«

»Ich will die Wahrheit.«

»Wieso kommen Sie zu mir? Sie sind in der Wahrheitsbranche. Nicht ich.«

»Machen Sie mit mir einen Spaziergang«, schlug ich vor.

»Nennen Sie mir einen Grund, warum ich das tun sollte?«

»Ich mag Tina. Und ich hasse Männer, die Frauen ausnutzen.«

»Ein Gespräch unter vier Augen?«

Ich nickte.

»Und Sie tragen kein Kassettengerät unter der Jacke?«

»Nein. Das ist als Beweismittel vor Gericht sowieso nicht zugelassen.«

»Also gut«, sagte sie.

Wir liefen über den Parkplatz. Dann nahmen wir einen Weg quer durch die abgeernteten Felder. Der Mond stand schräg am Himmel. Fahles Licht fiel auf die Steine am Boden.

»Sie mögen Tina?« tastete ich mich vorsichtig vor.

»Warum fragen Sie mich das? Das wissen Sie doch längst. Spätestens, seit Sie bei mir angerufen haben.«

»Es gibt Dinge, die ich noch nicht einordnen kann«, gab ich zu. »Zum Beispiel, warum Sie mir verschwiegen haben, daß Sie mit Tina und Frank befreundet waren.«

»Ich war nicht mit ihm befreundet«, fiel sie mir ins Wort. »Ich war Tinas Chefin.«

»Ihre Kinder waren mit ihm auf der Kirmes. Er hat ihnen Geschenke gemacht.«

»Männer wie er machen sich immer nur an die Schwachen heran.« Ihre Stimme klang rauh. »Er hat sie auf dem Spielplatz angesprochen. Sie haben gedacht, ich hätte ihn geschickt.«

Sie blieb kurz stehen, sah mich an. »Haben Sie Kinder?«

Ich schüttelte den Kopf.

»Sie sind nicht nach Hause gekommen. Wenn Sie keine Kinder haben, können Sie sich nicht vorstellen, wie das ist.«

Sie sah zum Krankenhaus hinüber.

»Wir haben überall nach ihnen gesucht. Es war grauenhaft.«

Wie ein steinerner Riese lag das Krankenhaus da am Rande der Felder. Düster, mit wenigen hellen Punkten.

»In der Nacht standen sie dann vor der Tür. Er hat sie mit seinem roten Wagen bis vors Haus gebracht.«

Wir schwiegen. Neben uns raschelte es im Gras.

»Warum hat er das gemacht?«

»Er wollte, daß ich Tina nicht mehr besuche.« Sie schwieg. »Und er wollte zeigen, was er mir antun kann.«

»Sie hätten ihn wegen Entführung anzeigen können.«

»Da bin ich nicht sicher.« Sie atmete tief durch. »Am Ende wäre da für mich noch eine Anzeige beim Jugendamt daraus geworden. Vernachlässigung der Aufsichtspflicht. In unserem Beruf geht das ruck, zuck.«

Der Weg endete vor hohen Büschen. Dunkel und bedrohlich standen sie vor uns. Wir drehten wortlos um.

»Warum wollte er, daß Sie Tina nicht mehr besuchen?«

»Schlechter Einfluß. Ich habe Tina in ihrer Therapie unterstützt. Ich habe ihr geraten, aufzuhören.«

»Warum haben Sie ihr dazu geraten?« wollte ich wissen.

»Sie hat das nicht ausgehalten.«

Ein weißer Wolkenstreifen zog durch den Mond.

»Ich konnte nicht mit ansehen, daß sie kaputtgeht dabei.«

Das klang fast so, als müßte sie sich für ihre Gefühle entschuldigen.

»Tina hat mir gesagt, Frank hätte nichts dagegen gehabt, daß sie aufhört.«

»Er hat sie belogen. Er hat sie immer nur angelogen, und sie hat ihm jedes Wort geglaubt. Mir hat er etwas ganz anderes erzählt.«

»Was hat er Ihnen erzählt?«

»Daß er mit seiner Frau machen kann, was er will. Daß ich mich da raushalten soll. Tina war sein Kapital. Er hätte nie auf das Geld verzichtet, das sie ihm brachte.«

Sie machte eine Pause.

»›Ich kenne sie am besten‹, hat er mir gesagt. ›Keiner kennt sie besser als ich. Das ist eine ganz heiße Perle, die will es andauernd von mir besorgt kriegen. So eine ist das.‹«

Eine Gänsehaut kroch mir über den Rücken.

»Die soll sich nicht so anstellen, hat er gesagt.«

Ich dachte an die Bilder, auf denen Tina nackt posiert hatte. An den glücklichen Ausdruck auf ihrem Gesicht. ›Liebe ist, wenn man sich nah kommt und einem warm wird.‹

»Sie hat ihn geliebt«, sagte ich mit trockener Stimme. »Und er hat sie verkauft.«

»Sie wissen von der Vergewaltigung?«

Ich nickte stumm.

»In der Nacht war sie bei mir. Die sind wie die Tiere über sie hergefallen.«

Die Frau neben mir schwieg.

»Sie sah übel aus. Den Tag danach wollte sie Frank nicht sehen. Sie hat nichts gesagt. Aber sie wollte ihn nicht sehen.«

Ein Rettungswagen bog mit heulender Sirene auf den Parkplatz vor der Klinik.

»Und dann ist sie wieder zurück zu ihm. Und er hat sie wieder anschaffen geschickt.«

Die Sirene schwieg.

»Ein paar Tage später hat sie sich die Pulsadern aufgeschnitten.«

Die Eingangstüren wurden von Männern in weißen Kitteln aufgerissen. Zwei Pfleger trugen eine Trage die Treppe hoch.

»Sie hatten Grund, ihm den Tod zu wünschen.«

»Ja«, stimmte sie mir zu. »Wollen Sie mich jetzt verhaften?«

Ich schüttelte den Kopf.

»Wir haben den Fall zu den Akten gelegt.«

»Das sehe ich«, zum erstenmal verzog sich ihr voller Mund zu etwas wie einem Lächeln. »Deshalb sind Sie hier und liegen nicht zu Hause in Ihrem Bett.«

»Ich bin hier, damit ich mich zu Hause in mein Bett legen kann und schlafen. Erst wenn ich die Wahrheit weiß, klappt das wieder.«

»Und?« fragte sie mich. »Können Sie jetzt wieder schlafen?«

»Noch nicht ganz.« Ich öffnete meine Handtasche. »Ist das Ihre Marke?«

Sie nahm den Lippenstift in die Hand.

»Und wenn es so wäre?«

»Dann würde ich die Marke wechseln.«

Sie gab mir den Lippenstift zurück.

»Eine gute Marke«, sagte sie. »Exzellente Qualität. Manchmal muß man dafür zahlen, wenn man sich für das Beste entscheidet.«

»Da ist etwas dran«, bestätigte ich.

Wir näherten uns ihrem weißen Wagen.

»Was passiert, wenn Tina aus dem Krankenhaus kommt?« fragte ich sie.

»Sie kann in der Wohnung bleiben oder zu uns kommen. Das muß sie entscheiden. Und dann sehen wir weiter.« Sie schloß die Wagentür auf. »Sie ist nicht dumm. Und sie hat den Willen. Sie kann die Schule schaffen.«

Sie setzte sich ans Steuer. Ich stand in der offenen Tür.

Das Licht über dem Spiegel leuchtete auf das Armaturenbrett. Sie zog etwas aus ihrer Tasche. Unschlüssig hielt sie den Stoff in ihren Fingern. Dann streifte sie die Handschuhe über die Finger. Erst den einen, dann den anderen. Ich traute meinen Augen kaum.

Weiße Punkte auf dunkelblauem Grund.

»Ich glaube, ich habe Sie schon einmal gesehen«, sagte ich. »Bei mir am Hafen. Das müssen Sie gewesen sein. Ich erinnere mich an die Handschuhe.«

»Und?« Sie zog den linken Handschuh glatt. »Was habe ich gemacht? Muß ich mich schämen?«

»Im Gegenteil«, beruhigte ich sie. »Sie haben drei Luftballons fliegen lassen«, sagte ich. »Das war sehr schön. Die roten Ballons, die durch die Luft trieben.«

»Die waren von einem Kunden«, sagte sie mir. »Für die Kinder.« Sie legte die blauweißen Handschuhfinger um das Lenkrad. »Wollen Sie wissen, warum ich sie nicht mit nach Hause genommen habe?« Ihre Veilchenaugen sahen mich an.

»Aber immer«, sagte ich. »Ich will immer wissen, warum.«

»Ich will nicht, daß meine Kinder in Kontakt mit Dingen aus dem Geschäft kommen. Noch nicht einmal Luftballons. Da bin ich komisch.« Sie streckte die Finger über dem Lenkrad.

»Wir haben alle unsere Prinzipien«, versicherte ich ihr.

Sie steckte den Autoschlüssel ins Schloß.

»Bei Tina haben Sie eine Ausnahme gemacht«, erinnerte ich sie. »Die haben Sie mit nach Hause gebracht.«

»So ist das nun einmal.« Sie zog ihre Handschuhe stramm. »Tina hat mehr als eins meiner Prinzipien durcheinandergebracht.«

»Ich habe ein Foto von Ihnen«, sagte ich. »Ihr blauweißer Handschuh zusammen mit den roten Ballons.«

»Ein Foto von einem Handschuh?« Sie sah mich erstaunt an.

»Das schicke ich Ihnen. »Sie werden schon sehen.«

»Wohin schicken Sie es?« wollte sie wissen. »Zu mir nach Hause oder in die Untersuchungshaft?«

»Der Fall ist abgeschlossen«, versicherte ich ihr.

»Und Ihre Wahrheit?« fragte sie und sah mich skeptisch aus ihren blauen Augen an. »Haben Sie die gefunden?«

»Doch, ja.« Ich zögerte. »Ich glaube schon.«

63

Der Mond hing angeschlagen am Himmel. Als wäre ihm das fehlende Stück mit einem Messer abgehauen worden. Die Wellen klatschten unbeteiligt und ölglänzend gegen das Hafenbecken. So, als könnte sie schon seit Ewigkeiten nichts mehr erschüttern.

Ich saß in meinem Kimono am Fenster und starrte nach draußen. Ob ich heute nacht wirklich besser schlafen konnte?

›Recht und Ordnung‹, brummte es in meinem Kopf. ›Recht und Ordnung.‹

Auf der Straße gegenüber krabbelte ein Riesenbaby über die Litfaßsäule. Anstelle des Kopfes trug es ein überdimensionales Fünfmarkstück auf den nackten Schultern.

»Du bist Kriminalkommissarin«, hörte ich jetzt Annas Stimme in irgendeiner Windung meines Hirns. »Kriminalkommissarin. Nicht der liebe Gott.«

Ich griff nach dem Riesling. Unter dem Dach der Haltestelle ragten rote Sitzschalen wie giftige Pilze aus dem Boden.

Das Telefon schellte. Ich nahm den Hörer ab.

»Ja?« Vorsichtshalber schob ich mir die Pfeife zwischen die Lippen.

»Hier spricht ein Perverser«, meldete sich eine mir wohlbekannte Stimme. »Ich kann nur mit Kommissarinnen.«

»Da sind Sie falsch hier.« Ich nahm die Pfeife aus dem Mund. »Kommissarinnen gibt's hier keine.«

»Was haben Sie denn im Angebot?« fragte er mich.

»Mörderinnen, Sympathisantinnen, Aussteigerinnen...«

»Bea.« Die Stimme meines Freundes klang besorgt. »Was ist los?«

»Ich habe meine erste Mörderin laufenlassen.«

Die Leitung blieb eine Zeitlang still.

»Machst du wieder einen deiner Witze?«

»Nein«, sagte ich. »Das ist nicht komisch.«

»Soll ich vorbeikommen?«

»Lieber nicht«, blockte ich ab. »Da muß ich allein durch.«

»Warum hast du sie laufenlassen?« wollte er wissen.

»Sie hat es nicht für sich getan. Nicht nur jedenfalls. Und...« Ich zögerte. »Es hat den Richtigen erwischt.«

»Wo ist dann dein Problem?« fragte er.

»Recht und Ordnung, die Gesetze, mein Job...«

»Kann dir jemand an die Karre fahren?«

»Nein«, sagte ich. »Hältst du mich für blöd?«

»Dann vergiß es. Mach dir nicht den Kopf heiß.«

»Danke für den Rat.« Meine Stimme klang schon wieder ganz schön bissig.

»Außerdem stimmt nicht, was ich dir gesagt habe.«

»Was meinst du?« fragte ich ihn.

»Ich kann nur mit Kommissarinnen. Der Quatsch. Die Kommissarin ist mir egal. Aber du nicht.«

»Ich sympathisiere mit Mörderinnen und hasse die Männer«, warnte ich ihn.

»Ich auch«, verriet er mir. »Wir passen gut zusammen.«

»Ich könnte mich an dich gewöhnen«, gestand ich ihm.

»Aber...« fuhr er fort. »Das hört sich so an, als müßte gleich ein Aber kommen.«

»Kommt aber nicht«, sagte ich und drückte den Hörer auf die Gabel.

Ich dachte nach über das, was er gesagt hatte. ›Kann dir jemand an die Karre fahren? Ja, nein? Wenn nein, warum machst du dir den Kopf heiß?‹ In manchen Dingen kann man wirklich von den Männern lernen. Ihre Sicht der Welt ist so bestechend einfach.

Ich trank mein Glas leer. Auf einmal hatte ich dieses Bild im Kopf. Tina in einem Gerichtssaal. Auf der Anklagebank Strottmann junior mit seinen Kumpeln. Ich sah, wie die Zuschauer auf den Bänken Tina anstarrten, wie sich ihre Lippen bewegten. Das ist eine Hure, murmelten sie. Eine Hure. Das Murmeln schwoll an, wurde lauter. Jetzt schrien sie es heraus mit haßverzerrten Gesichtern. Tina hielt sich die Ohren zu, rutschte von ihrem Stuhl, kroch darunter, verschanzte sich zwischen den Stuhlbeinen. Ich sah, wie der Richter in der schwarzen Robe lächelte und Tina eine blinkende Rasierklinge reichte.

In diesem Augenblick war mir klar, daß es nichts gab, für das ich mich zu schämen brauchte.

64

Das Schlimmste hatte ich hinter mir. Die Rede unseres Landesvaters, die Rede des Innenministers, die Rede unseres Präsidenten. Im Vergleich dazu waren die Darbietungen der Kollegen die reine Freude. Das Publikum auf den halbvollen Rängen klatschte begeistert. Die Kollegen von der berittenen Truppe führten gerade ihre Tierchen Gassi.

Ich fragte mich ernsthaft, warum ich mich ohne eine Vereinbarung von Schmerzenszulage auf diesen Zirkus eingelassen hatte. Die Sonne lachte hämisch vom Himmel. Es gab wahrlich vergnüglichere Arten, einen sonnigen Herbstsonntag zu verbringen, als in der Gesellschaft der Kollegen vom Polizeiorchester. Gnadenlos traktierten sie ihre Instrumente, untermalten jede Aktion im Stadionrund mit ihren schmissigen Weisen. Im Vergleich dazu klangen die Schäferhunde, die mit Jaulen und Kläffen die Vorgänge im Stadion kommentierten, geradezu menschlich.

Das einzige, was mich aufrecht hielt, war die Gewißheit, daß auch dieser Schrecken so wie alles auf Erden eine begrenzte Lebensdauer hatte. Tapfer ertrug ich das Kreischen der Rettungshubschrauber, die sich in die Stadionmitte senkten, die Schneidehämmer, mit denen zerbeultes Autoblech aufgeschnitten wurde, um Scheintote zu retten, und die zackigen Befehle, mit denen die Hundeführer die vierbeinigen Kollegen über den Rasen hetzten.

Endlich war es soweit. Die Musik schwieg für einen köstlichen Moment, und die Stimme des Ansagers ertönte:

»Meine Damen und Herren. Stadion frei für die schnellsten Männer auf zwei Rädern. Unsere Kradstaffel.«

Motoren heulten auf. Die Kollegen rollten im Kreis an den Zuschauerrängen vorbei, fuhren in Zweier-, Dreier- und Fünferformationen durch die Mitte. Ich fühlte mich nicht angesprochen und fuhr meine Maschine vor die Ehrentribüne.

Ein Mann mit hochrotem Kopf sprang auf und fuchtelte mit den Armen. Heinze machte sich mal wieder völlig überflüssige Sorgen.

Der erste Mann mit Kamera stürzte sich auf mich. Ich sah mich schon von der Hochglanzbroschüre des Herrn Innenministers lächeln. ›Die selbstverständlichste Sache der Welt. Frauen bei der Polizei.‹

Die Kollegen machten ihre Kunststückchen. Ich präsentierte mich und mein gewinnendstes Lächeln. Das Ende der Qual war zum Greifen nah. Aus den Augenwinkeln sah ich die Kollegen mit ihrer großen Pyramide durch das Stadion fahren. Das Publikum klatschte.

Die Herren vom Orchester quälten weiter ihre Instrumente. Die Schäferhunde jaulten. Mit gewohnt aparter Geräuschkulisse begann der Umbau für die nächste Nummer. Die nächste Nummer, das war ich.

Die Schanze wurde aufgebaut. Ein paar Meter dahinter das Stahlgerüst in Position gebracht. In Dreierreihen bauten sich die Kollegen mit ihren Maschinen vor dem Stahlgerüst auf.

Ein Tusch. Das war mein Einsatz.

»Bei der Polizei gibt es nicht nur mutige Männer«, dröhnte die Stimme des Stadionsprechers aus den Boxen. »In der folgenden Nummer riskiert eine Frau für Sie Leib und Leben.«

Ich fuhr mit meiner Maschine vor die Schanze.

Ein Kollege stieg mit einer brennenden Fackel auf das Gerüst und entzündete einen mannshohen Reifen. In Bruchteilen von Sekunden trieb der Wind das Feuer um den Kreis herum. Die Flammen loderten. Ein brennender Ring stand über dem Rasen.

Ich warf die Maschine an. Mit beiden Beinen stieß ich mich ab vom Boden. Mein Herz klopfte. Angst hatte ich keine. Bei der Generalprobe hatte alles geklappt. Ich drehte das Gas voll auf. Was war schon der Sprung durch einen brennenden Reifen verglichen mit dem ganz alltäglichen Abenteuer, als Frau unbeschadet durchs Leben zu gehen?

Ich jagte mit vollem Speed auf die Schanze zu. Das Holz unter der Maschine bebte. Das Vorderrad hob ab. Ich flog durch die Luft. Die züngelnden Flammen rasten direkt auf mich zu.

Epilog

Sie stand vor dem Haus und sah nach oben. Sämtliche Fenster unter dem Dach waren dunkel. Jetzt gab es nur noch einen Ort, wo er sein konnte. Durch die dunkle Toreinfahrt lief sie in den Hof. Zwei Fenster im Anbau schimmerten blau.

Die Front der Garagen lag im Dunkeln. Bis auf eine. Ein schmaler Lichtstreifen fiel nach draußen. Dort mußte es sein. Sie drückte die Tür auf.

»Bleib, wo du bist.« Er stand vor der offenen Kühlerhaube, ein öltriefendes Tuch in den Händen. »Was willst du?« Ohne sie aus den Augen zu lassen, rieb er sich an dem Tuch die Hände.

»Ich will reden.«

»Reden?« Er warf den Lappen auf den Boden.

»Man kann doch über alles reden«, sagte sie.

Seine Mundwinkel verzogen sich zu einem Grinsen. Wenn's weiter nichts ist, sagte sein Grinsen. Auch nur so eine Nutte, die reden will. Weil Frauen blöd sind. Weil sie denken, es käme darauf an, was man redet.

»Okay, reden.«

Sie wußte genau, was er dachte. Das kannst du haben, dachte er. Kein Problem. Ich habe noch jede Frau eingeseift. Du bist keine Ausnahme. Du bist genauso blöd wie alle.

»Worüber willst du reden?« Er zog das Papier von der Schachtel.

»Über alles.«

Das Papier raschelte zwischen seinen Fingern.

»Hast du für mich auch eine?« fragte sie.

Mit der offenen Zigarettenschachtel trat er vor sie.

Auf diesen Moment hatte sie gewartet. Sie rammte ihm das Knie zwischen die Beine. Einmal, zweimal, dreimal. Die Schachtel flog aus seiner Hand. Eine Zigarette rollte unter den roten Wagen.

Er riß die Hände vor sein Geschlechtsteil, stöhnte, sackte ein in den Beinen, fiel auf den Boden.

Es war so einfach. Weil sie so sicher waren. So überzeugt davon, daß sie mit allem durchkamen. Diese Jungen waren alle gleich. Wenn sie wüßten, wie ähnlich sie sich waren. Sie hatte sie zu oft erlebt. Mit dieser Kälte in den Augen, für die nichts zählte. Außer dem Geld, das sie hatten oder haben wollten.

Sie beugte sich über ihn, drehte ihm die Arme auf den Rücken. Er stöhnte. Sie legte die Hände übereinander und verknotete sie mit schwarzem Nylon. Dann band sie ihm die Füße zusammen.

Sein Kopf fiel auf die Seite. Eine gelbe Flüssigkeit rann aus seinem Mund. Er ächzte und hustete, rang nach Luft.

Sie ließ ihn liegen, rollte die Garagentür ins Schloß.

Er hatte Pech. Diesmal war er an die falsche Frau geraten. Sie machte ihre Tasche auf und packte aus. Das Seil, den Lippenstift, die Flasche mit dem Äther.

Er würde nie mehr eine Frau für einen Automotor verkaufen. Nie mehr Kinder in seinen roten Wagen packen.

Sie schleifte ihn zu dem Reifenstapel hinter dem Wagen, zerrte ihn hoch.

»Du Nutte.« Er war bei Bewußtsein, spuckte aus. Die Spucke landete auf dem schwarzen Gummi. »Alte Nutte.«

Kräftige Hände in blauweißen Handschuhen trieben ihm den Knebel in den Mund. Er wehrte sich. Sein Gesicht lief rot an vor Anstrengung. Die Hände gaben nicht nach. Er bäumte sich auf. Seine Augen quollen hervor. Adern platzten in den Augäpfeln. Weiße Punkte explodierten blau. Es nützte nichts.

Er konnte nicht fassen, was er sah.

Die erste Fotze, die nicht redete.

Die erste Frau, die es ernst meinte.

Die Frau in der Gesellschaft

Harriet Ayres (Hg.)
Schönen Tod noch, Sammy Luke
Zehn mörderische Geschichten
Band 10619

Fiorella Cagnoni
Eine Frage der Zeit
Kriminalroman
Band 10769

Sabine Deitmer
Bye-bye, Bruno
Wie Frauen morden
Band 4714
Auch brave Mädchen tun's
Mordgeschichten
Band 10507
Dominante Damen
Kriminalroman
Band 12094
Kalte Küsse
Kriminalroman
Band 11449

Sarah Dreher
Stoner Goes West
Kriminalroman
Band 11556

Maud Farrell
Violet taucht auf
Kriminalroman
Band 11555

Ellen Godfrey
Tödlicher Absturz
Ein Kriminalroman
Band 11559

Ingrid Hahnfeld
Blaue Katzen
Kriminalroman
Band 11872
Schwarze Narren
Kriminalroman
Band 11076

Maria A. Oliver
Drei Männer
Kriminalroman
Band 10402
Miese Kerle
Kriminalroman
Band 10868

Elisabet Peterzén
Bis daß der Tod sie scheidet
Thriller
Band 11293

Shirley Shea
Katzensprung
Ein Kriminalroman
Band 11021

Katrin & Erik Skafte
Lauter ganz normale Männer
Ein Krimi –
Nur für Frauen
Band 4732

Fischer Taschenbuch Verlag

fi 21 / 4 b